LE VOYAGEUR MAGNIFIQUE

Yves Simon, dont Michel Foucault a pu dire, après la publication de Océans, « *Il est un de ceux dont l'œuvre aujourd'hui m'intéresse énormément, et sous toutes ses formes* », *fut romancier avant d'être auteur-interprète et compositeur.* Le Voyageur magnifique *est son sixième roman.*

Adrien, jeune photographe, est fasciné par les lieux des commencements, ceux où, à ses yeux, l'histoire de l'humanité a basculé. Le lac Turkana au Kenya, où s'est redressé celui qui, cessant d'appartenir au monde animal, allait inaugurer le règne de l'homme. Hiroshima, où celui-ci a découvert qu'il pouvait s'autodétruire et annihiler l'univers. Cap Kennedy, enfin, d'où sont partis, en juillet 1969, trois Terriens qui allaient marcher, pour la première fois, sur un objet céleste qui ne s'appelait pas la Terre.
Au moment d'embarquer pour ces trois lieux du monde, Adrien rencontre Miléna, une jeune comédienne d'origine tchèque, impulsive, tout entière dans l'immédiat. « Joyeuse comme un début de révolution », leur histoire commence comme chaque passion amoureuse, loin des drames et dans l'illusion de l'éternité. Très vite, Miléna veut un enfant. Un nouveau commencement. Pour tous deux. Pour Miléna qui va s'immerger dans la maternité. Pour Adrien, surtout, qui se retrouvera, lui aussi, enceint, mais d'un autre enfant, différent, imaginaire et secret, qui ne le quittera plus, divaguant avec lui du Kenya au Japon, de Paris à Cap Kennedy, étrange Voyageur magnifique.

YVES SIMON

Le Voyageur magnifique

ROMAN

GRASSET

« Il pleut sur Saint-Jacques mon doux amour.
Dans le ciel brille et foisonne le camélia blanc du jour. »

FEDERICO GARCIA LORCA.

« Nous sommes entrés dans l'âge de nos
défaites, armés de certaines connaissances mécaniques. »

JOHN DOS PASSOS.

I

LES COMMENCEMENTS

1

Pendant une semaine Adrien était remonté le long du rift, cette cassure de la terre apparente comme une frontière, et qui partage le Kenya sur plusieurs milliers de kilomètres. Une fracture de continent.

Demain, il retrouverait Nairobi, un hôtel trois étoiles, salle de bains, air conditionné. Un aéroport.

Il eut brusquement envie de café et de miel.

Face au lac, il sortit un carnet jaune entouré d'un large caoutchouc et écrivit :

« *15 septembre. Lac Turkana (suite).*

... Des heures à regarder et photographier le ciel. Les couleurs changent à chaque minute... Rouges, ocres, violets qui sont là, grandioses, étalés sur ce gigantesque écran, offerts pour le plaisir, le seul plaisir de celui qui regarde. Le ciel comme un écran...

Il y a cinq millions d'années les premiers hommes du monde à force de le contempler et de vouloir s'en approcher se sont redressés... »

Il leva les yeux et vit autour de lui les pierres, la savane rabougrie. Le désert.

Il ajouta :

« Mais il n'y a pas de fossiles des rêves et des regards... »

Entre la dernière page et la couverture de carton, une photographie. Le visage d'une femme.

Elle avait choisi le dernier moment pour le lui dire. A l'aéroport : « Puisque c'est au pays des commencements que tu vas, pense à l'enfant... C'est ça que je voudrais maintenant, un enfant... »

En refermant le carnet il murmura trois syllabes, Mi...Lé...Na... et les répéta comme une confidence. Dans le silence de ce début de monde, il chuchotait le prénom d'une jeune femme, Miléna.

Miléna dans un désert.

2

Du scope noir et blanc. Miléna est cette fille qu'Adrien avait rencontrée au début de l'été dans une salle de cinéma.

A la fin du film, Woody Allen court sur les trottoirs de New York, traverse des rues, bouscule des gens et fait signe à des taxis. Il sait qu'il est trop tard, mais il court dans la ville en noir et blanc dire à une adolescente qu'il ne faut pas qu'elle s'en aille. Elle lui avait pourtant répété, le jour, la nuit, tout au long de leur histoire, qu'elle l'aimait, mais il a fait le malin et joué les indifférents. Maintenant il réagit, parce qu'il sait qu'elle va prendre un avion et s'éloigner de lui. Bien sûr, il aurait pu courir vers elle plus tôt, bien avant, ne pas hésiter, mais l'idée du scénario était justement ce décalage : ne pas avoir envie en même temps des mêmes choses.

Pendant que la fin de *Manhattan* se déroulait sur l'écran, Adrien entendit la jeune fille assise à côté de lui sangloter... Elle s'était mise à pleurer, pleurer. Maintenant, elle reniflait. Crescendo. Il avait aperçu son visage avant le début du film mais l'avait oublié. L'intensité des sanglots lui fit tourner la tête pour la regarder à nouveau. Il aperçut des cheveux mi-longs ondulés et l'épi sur le côté. Tout autour, pour manifester d'une manière encore polie leur agacement, des spectateurs s'étaient mis à bouger sur leur siège. Il eut l'envie de passer un bras autour de ses épaules, et comme il aimait l'éternité, dire « ce n'est rien, allez-y, pleurez tranquillement jusqu'à la fin des temps... ». Mais il pensa qu'elle venait peut-être de vivre un malheur et se tut...

15

Elle glissa plusieurs fois le revers de sa main sur ses yeux et sous son nez. Il hésita, et puisqu'il fallait être plus pratique que romantique, il lui tendit, les yeux rivés à l'écran, la pochette blanche qui ornait sa veste. Elle se moucha enfin. Le film finissait, et ce dernier bruit se mixa douloureusement avec la musique de George Gershwin.

Une fois les lumières rallumées, ils se levèrent. Elle demanda : « C'est de la soie, n'est-ce pas? »

3

La ville où ils vivent est immense.

Une ville d'Europe occidentale où dans des rues et des avenues circulent des millions de gens. Les corps se frôlent, se cherchent, s'évitent aussi. Des regards hésitent en se croisant dans les escalators. Parfois, un poème est écrit au dos d'un carton de bière puis apporté à une personne seule qui semble attendre en tournant interminablement sa cuiller dans une tasse de café. Mais peut-être aime-t-elle être seule et n'attendre personne...

La solitude.

Chacun pourrait en parler, à sa manière, à sa souffrance. Mais souvent les mots ne suffisent pas. Ils ne peuvent raconter cela, cette misère de se sentir débranché de tout, vivant au même rythme que le désordre du monde, sans rien avoir à imaginer de lumineux pour lutter contre cette agonie... Alors, il y a le silence, qui n'est pas le mutisme. Le silence.

Cette ville qui porte un nom est avant tout une ville. Avec le bruit et la multitude, des morceaux de ciel qui se découpent entre les toits des immeubles et des bouts de rues qui ne sont jamais des horizons. On pourrait dire que tous les pays sont réunis là, tant de races s'y croisent pour prononcer les mots du monde avec des accents différents... Taxi! Station! Métro! Café!

Ce territoire des possibles où sans cesse les habitants ont le vague sentiment que le cours des choses peut se briser et changer l'histoire d'une vie, leur assène chaque jour et chaque nuit le contraire : que leur temps s'y disperse et s'y dissout.

17

Souvent, un homme est tenté par la folle envie de suivre une inconnue quelques minutes pour en savoir plus, vivre avec elle le hasard d'une vitrine qui vient d'attirer son œil, son attente devant les affiches et les photos d'un cinéma multisalles, son ultime hésitation au moment de traverser un passage clouté alors que le feu vient de passer au vert... Ne rien imaginer de plus que ce corps qui avance quelques mètres devant soi, paré de vêtements, qui avance sur le trottoir d'une ville dont on connaît quelques quartiers et un vague plan d'ensemble.

Le jour de la rencontre d'Adrien et de Miléna, un anticyclone protégeait la ville dont nous parlons, ainsi que le pays tout entier, de perturbations annoncées au-dessus de l'Irlande et de l'Atlantique Nord. C'est dire le bleu du ciel et les berges du fleuve envahies de corps pâles venus rencontrer le soleil.

La troisième guerre mondiale n'avait pas encore de date, la seconde s'était terminée une quarantaine d'années auparavant, et dans des circonstances aussi exceptionnelles, on n'hésitait pas à prononcer les mots de « douceur de vivre ».

4

Certains photographiaient des visages, d'autres des villes. Lui, c'était les débuts. Peu lui importait d'arriver le lendemain, quinze ans ou un million d'années plus tard. Les lieux de commencements étaient ses attirances.

Le hasard des lectures et des voyages lui avait fait repérer toutes sortes de lieux ou d'événements qui auraient mérité que l'on prenne appareils photos, billets d'avion pour se rendre là où ils s'étaient passés.

Adrien savait que l'on pouvait photographier la naissance du soleil : les traces visibles de l'explosion, les lumières fossiles, erraient encore aujourd'hui dans l'univers en s'éloignant à trois cent mille kilomètres à la seconde. Il aurait aussi bien pu se rendre à Bethléem, à La Mecque retrouver la trace des pro- phètes, ou encore prendre un train de banlieue et aller à Versailles, revenir à Paris, descendre à la station Bastille, repartir aux Tuileries pour traquer les débuts de la Révolution française... Aller aussi dans le port d'Odessa, y marcher, retrouver certains escaliers célèbres, une bonne âme pour lui indiquer où les morceaux de la carcasse du cuirassé *Potemkine* pouvaient bien se trouver et tenter de subtiliser, au temps d'aujourd'hui, les secrets des marins insurgés et des premiers bolcheviques.

Pourtant, seuls trois lieux éloignés dans le temps et l'espace avaient retenu son attention : le lac Turkana au Kenya, Hiroshima, Cap Kennedy, au sud de la Floride.

Au lac Turkana, les premiers hommes s'étaient

redressés et Adrien voulait imaginer qu'ils s'étaient mis à lever les yeux, à regarder le ciel, à le rêver, à rêver en lui comme plongés à l'intérieur d'un casque immense de walkman qui aurait emmitouflé leur tête, pour qu'ils puissent ouïr le bruit du monde et se mettent à entendre la beauté de l'azur...

A Cap Kennedy, un jour de juillet 1969, trois Terriens de nationalité américaine embarquaient à bord du satellite Apollo 11, pour entrer dans un univers inconnu et se poser, pour la première fois, sur un objet céleste qui ne s'appelait pas la Terre.

A Hiroshima, c'est la mort qui était descendue du ciel. Cette fois, la nouvelle blessure infligée à l'humanité était atomique. Lieu zéro, temps zéro, le 6 août 1945, on apprenait que la matière était capable de libérer une énergie foudroyante quand on en fissurait le noyau. Adrien se demanda ce qui pouvait résulter d'Hiroshima... Un homme nouveau?... Différent, puisqu'il savait désormais qu'à tout moment, il pouvait se détruire, lui avec tous les autres, et venir s'échouer comme un banc de baleines, sur une plage du bord de l'univers.

Dans ces trois lieux, quelque chose entre les hommes et le ciel s'était produit ou était en train de se produire, qui semblait être la poursuite d'une même obsession, tenace, ayant traversé intacte des siècles d'histoire. « Un désir de ciel... » Et c'est cela qui passionnait Adrien : cette poursuite d'un même rêve pendant des millions d'années.

C'est là qu'il voulait se rendre, là où ces événements avaient eu lieu, pour regarder, photographier, trouver ce qui pouvait bien les relier, et tenter de résoudre cette énigme du « désir de ciel » qui s'était posée à lui, enfant... D'une tout autre manière.

Un jour, il avait vu un homme se percher tout en haut d'un clocher pour épater la femme qui venait de le quitter et tenter, de cette manière, de la séduire à nouveau. Adrien avait demandé à sa mère pourquoi l'homme était monté, plutôt que de descendre au fond d'un puits ou dans un gouffre... Sa mère avait répondu qu'il était monté sur un clocher parce que la conquête du ciel est un vieux rêve et que ceux qui savent vaincre cela sont des héros. Toute la petite ville avait les yeux en l'air... Adrien pensa alors que le cœur de la femme infidèle battait à tout rompre pour l'héroïsme qui lui était offert, et qu'aussitôt l'homme redescendu, elle allait l'aimer comme avant, plus qu'avant. Mais l'homme glissa, l'énigme ne put être résolue.

5

En sortant du cinéma, ils avaient marché sur un boulevard. Elle parla de Tchekhov et il devina qu'elle était comédienne. *Les Trois Sœurs...* Elle devait auditionner et savait par cœur les trois rôles.

Un début de juin, loin de la mer, et un soleil à l'heure des nouveaux cadrans de l'heure d'été. Des gens assis aux terrasses qui regardent passer d'autres gens.

– J'aimerais vous dire les dernières phrases d'Olga. C'est à la fin de la pièce...

Il détestait qu'on lui lise à haute voix des poèmes ou des chapitres de roman. Comme ils se connaissaient à peine, il affirma que cela allait lui faire plaisir. Elle ajouta : « C'est tellement plein d'espoir pour la vie... Pour la vie à venir, la nôtre aujourd'hui, que je me dis souvent ces mots-là quand je suis seule ou un peu triste. Personne n'écrirait cela maintenant, personne, parce qu'on ne pense pas à... »

Elle ne termina pas la phrase. Puis enjouée, et comme s'il était nécessaire de faire diversion...

– J'aimerais avoir des enfants, quatre, cinq, six, beaucoup d'enfants pour qu'il y ait de la vie autour de moi, des cris, des genoux écorchés, des fous rires... Vous avez un enfant?

– Non...

Curieusement, il s'était senti fautif.

– ... Vous devez trouver ça stupide qu'on pleure au cinéma?

– Non, j'étais ému aussi... Comme vous.

– Vous ne pouviez pas être ému comme moi. Ça ne se ressemble jamais, les émotions. Elles sont chaque fois bien à nous, colorées des gens que l'on a connus, de ce qu'on est en train de vivre...

– D'accord, dit Adrien qui n'avait aucune envie d'être contrariant, j'étais ému à ma manière.

– Et c'était quoi votre émotion?

– J'étais triste qu'ils ne parviennent pas à être amoureux l'un de l'autre, en même temps.

– Moi, j'étais étonnée depuis le début... Ils étaient si différents. Mais lui était tellement préoccupé... Elle avait beau lui dire qu'elle l'aimait, il ne l'écoutait pas. Il devait être blessé par quelque chose, quelque chose d'ancien, et vous avez remarqué, les gens blessés ne sont jamais tristes. Ils sifflotent, semblent renfrognés, comme s'ils avaient pris l'habitude d'un chagrin... Ils sont songeurs. Elle, elle ne pouvait pas encore avoir été blessée comme lui, parce qu'elle était trop jeune... Alors, elle l'aimait sans réfléchir.

– Et lui, il réfléchissait sur leur histoire... C'était cela le décalage. Puisqu'elle l'aimait sans réfléchir, il avait peur qu'elle puisse, sans réfléchir, ne plus l'aimer et le quitter. Alors, il jouait avec elle, comme si rien n'était sérieux entre eux... Il jouait et il l'aimait...

Comme Miléna faisait peu attention à ce qui se passait autour d'elle, tout entière à ce qu'elle disait, des passants parfois la bousculaient. Adrien eut envie de lui prendre le bras pour la guider comme une aveugle.

Elle dit :

– Les hommes ont peur en ce moment... Je le sens bien... Ils ont peur.

Adrien continua sur son idée, comme s'il ne l'avait pas entendue :

– Le décalage, le plus souvent n'est pas entre les

gens, il est à l'intérieur. C'est curieux, on pense, on éprouve certaines choses et on agit autrement...

— Vous compliquez tout. Il suffit de dire simplement ce que l'on pense, au moment où on le pense.

— Vous savez bien que ça ne se passe pas comme ça... Et puis, il y a tant de mots...

— ... Et pas de sentiments. Vous ne m'avez même pas demandé mon nom...

— Et vous ne m'avez pas dit la fin des *Trois Sœurs*.

— C'est vrai. Alors, d'abord Tchekhov... Mais il faut vous asseoir...

Elle choisit une des terrasses où il n'y avait ni cracheur de feu, ni chanteur, ni conteur. Elle attendit qu'il soit installé, elle, restée debout devant les consommateurs, mais s'adressant à lui seul...

« ... Oh mon Dieu! Le temps passera, et nous quitterons cette terre pour toujours, on nous oubliera, on oubliera nos visages, nos voix, on ne saura plus comment nous étions, mais nos souffrances se changeront en joie pour ceux qui viendront après nous; le bonheur, la paix régneront sur la terre, et on dira du bien de ceux qui vivent aujourd'hui, on les bénira. Oh mes sœurs chéries (elle fit le geste de prendre dans ses bras deux corps imaginés pour les serrer contre elle), notre vie n'est pas encore terminée. Il faut vivre! La musique est si gaie, si joyeuse! Un peu de temps encore, et nous saurons pourquoi cette vie, pourquoi ces souffrances... Si on savait! Si on savait! »

Adrien fut gêné, elle s'était laissée aller aux mots de Tchekhov comme s'ils avaient été seuls, elle et lui, dans un lieu désert... Des couples, une femme l'avaient écoutée. Certains avaient souri, d'autres applaudirent. Quand elle fut assise près de lui, il dit :

– Maintenant, vous devriez prendre une soucoupe et faire la quête...

– Vous aimez Kafka?

– ... Oui...

– Je m'appelle Miléna.

6

Cette ville où ils marchent fut un jour appelée *Ville lumière*... Puis les néons et les beaux esprits se répandirent, et ce qualificatif ne désigna plus aucune particularité. Elle devint Paris, France, dans le département de la Seine, une capitale...

Si, à Berlin, un mur de pierre délimite deux mondes, ici les murs qui séparent l'ancien et le moderne, l'étrange et le baroque sont invisibles. C'est une ville multiple avec un fleuve et deux îles en son milieu, et un générique de film en cinémascope couleur qui lui rendrait hommage montrerait, en une suite de plans courts, ce qu'elle a de plus magique et de plus prestigieux : une rame de métro, qui traverse le pont de Bir-Hakeim sur la ligne Etoile-Nation, les Champs-Elysées le soir vus depuis le parc des Tuileries, l'obélisque de la place de la Concorde en premier plan, derrière, le scintillement blanc et rouge des voitures qui montent et redescendent l'avenue sur trois kilomètres, et tout au fond, légèrement flou, sur un même plan, bien que très éloignés, l'Arc de triomphe napoléonien et les tours des années 80 du quartier de la Défense. Un jour de 14 Juillet, on filmerait un feu d'artifice, le plus coloré, celui tiré du Champ-de-Mars, près de la tour Eiffel couverte d'ampoules électriques...

Il y aurait aussi des quartiers étranges, Belleville aux caractères arabes des vitrines, le XIIIe arrondissement près de la porte d'Italie, avec ses enseignes chinoises, un musée-paquebot, Beaubourg, à la charpente métallique extérieure faite de hauts pylônes en acier rouge et bleu, l'intérieur du RER à la station

Auber, près de l'Opéra, pour ses sièges en bakélite bleu nuit, les bateaux-phares qui sillonnent la Seine dès la tombée de la nuit, éclairant comme un théâtre ambulant les façades du XIXᵉ siècle. Enfin, avant de terminer place du Trocadéro sur une femme de Maillol, nue, recouverte d'or, aux seins parfaits, il y aurait quelques plans des Six Jours cyclistes de Bercy pour que se mélangent aux lumières du spectacle et des rayons laser les smokings luxueux des spectateurs invités, dînant aux chandelles au milieu de la piste en bois verni, pendant que tournent les coureurs aux maillots de satin, et que les spectateurs de Paris applaudissent et sifflent les champions depuis les gradins...

Pendant que se dérouleraient ces images, on entendrait une musique de Debussy ou peut-être la *Chanson de Prévert*, mélancolique, en hommage à un poète élégant, une voix *off* dirait :

« J'adore cette ville...

Certains matins, tant sa couleur s'accorde aux façades pâles des immeubles, à leur beauté majestueuse et aux vagues grises du fleuve qui la traversent, le soleil semble ne s'être levé que pour elle... Aujourd'hui, un jeune homme aux yeux extrêmement clairs et une fille aux cheveux ondulés, un épi sur le côté, viennent de s'y rencontrer. C'est dans cette ville qu'ils habitent, qu'ils sont en train de vivre un commencement, celui des premiers mots échangés, d'une attirance vague, imprécise, et peut-être que de cet ensemble flou va naître une histoire où le ciel et la terre se rencontreront, la vie et l'imaginaire se mêleront, que ce sera une vie de tous les jours accrochée aux heures presque immobiles de l'Histoire, qu'elle ne ressemblera à aucune autre, puisqu'ils tenteront de la relier au temps où les dieux descendus s'étaient mélangés aux hommes, et avaient fini par leur ressembler. »

7

Ce sont les débuts qui sont mystérieux.

Précise, douloureuse, déchirante, la mort est toujours repérable, elle est un trait brutal sur la carte du temps et de l'espace. Elle détruit en un éclair un ensemble de liens visibles ou invisibles qui ont parfois mis des années, des siècles à s'entremêler. Pourtant, malgré et à cause de cela, elle est la condition pour que la vie continue, se complexifie, créant des ordres provisoires qui retardent chaque fois le désordre croissant du monde : chaque agonie d'un réseau, si cruelle qu'elle soit, est nécessaire pour que de nouvelles connexions puissent s'établir, plus fortes, plus subtiles, différentes. La mort fabrique le temps.

Une fois au moins, chacun dans son histoire, Adrien et Miléna avaient eu à la rencontrer. La mère de Miléna était morte dans un accident de voiture, le père d'Adrien s'était arrêté de respirer après qu'un cancer eut envahi sa gorge. Ils avaient pleuré et le chagrin qui les avait submergés leur signifiait qu'ils seraient désormais privés d'un nombre incalculable de mots et de gestes, qui sûrement les auraient aidés à vivre autrement. Mieux, peut-être.

Mais les débuts...

Ceux des rencontres entre les personnes, ce qui les relie entre elles, les débuts d'histoires d'hommes et de femmes sont mystérieux parce qu'invisibles et imprécis, et ceux qui les vivent n'en perçoivent rien. Partis, oubliés dans nos mémoires les premiers mots prononcés, la première compassion, le premier mot griffonné...

De leur rencontre dans un cinéma, Miléna et Adrien n'allaient retenir avec le temps que le reniflement et la pochette. Alors qu'il y avait bien eu un premier regard. Avant le début du film, Adrien avait été accaparé par ce visage, un court instant sans doute, mais l'attraction s'était bel et bien produite. De plus, il était arrivé à la séance en retard, et comme il aime plutôt être face à l'écran, elle avait dû se lever pour le laisser passer. A ce premier frôlement, il avait senti un parfum, une odeur, vite oubliés eux aussi, puisqu'il n'imaginait pas avoir à s'en souvenir. Miléna, elle, dérangée par Adrien, n'avait remarqué qu'une seule chose : le jeune homme assis à côté d'elle portait un pantalon de toile blanche et l'avait distraite aux premières images du film, faisant une tache claire qui se détachait dans la pénombre. Puis les images de New York étaient apparues accompagnées de la première phrase de clarinette de *Rhapsody in blue*. Là déjà, tout était oublié. Enfoncés dans leurs fauteuils, ils étaient tout entiers à la fiction qui les entraînait loin de leur histoire, et les invitait à se prendre pour Ike et Tracey, les deux héros du film.

Adrien et Miléna avaient eu à souffrir de la mort, ils désiraient que leurs vies continuent, même s'il faudrait le plus souvent s'arranger avec elles, et ils oublieraient leurs débuts.

Souffrance, désir, arrangement et oubli, ils étaient faits de ce bric-à-brac bizarre où se mélangent au quotidien le souffreteux, la lâcheté et l'amnésie. Restait le désir...

8

Après le film, Adrien devait se rendre à une fête dans un arrondissement éloigné, près des anciens abattoirs. Il insista pour qu'elle l'accompagne... « On vous attend? » Elle ne répondit pas et finit par monter dans la voiture. En fait, il ne savait quels mots trouver, quelle situation provoquer pour qu'elle reste auprès de lui.

Ils passèrent par les grands axes de la ville. Miléna regardait les monuments, les musées, et leur pierre ocre clair qu'éclairaient des projecteurs. « On ne se connaît pas et je suis dans votre voiture, près de vous... C'est étrange. Si on nous regarde, on peut imaginer que l'on est un couple, avec des projets, un passé, des secrets... »

Comme il ne savait rien de ce qui pouvait résulter d'une telle rencontre, il parla de son goût des commencements, du « désir de ciel », de ses futurs voyages...

– Je pars après-demain pour Cap Kennedy, en Floride... Je reviens le soir de l'été.

Comme elle avait baissé sa vitre parce qu'elle aimait sentir le vent dans ses cheveux, il avait été obligé d'élever la voix pour être entendu. Elle répondit de la même manière...

– Qu'est-ce que vous allez faire là-bas?

– Je vais faire un reportage sur le lieu d'où sont partis pour la lune les premiers astronautes américains.

Elle fit remarquer qu'ils avaient décollé depuis longtemps, et qu'elle ne comprenait pas l'intérêt de s'y rendre maintenant. Adrien tenta d'expliquer alors

que ce n'étaient pas les événements qui l'intéres-
saient, mais les lieux où ils s'étaient produits.

– En septembre je pars pour le Kenya, là où les
premiers hommes se sont redressés... C'était il y a
cinq millions d'années, j'arriverai encore trop tard!

– Si vous aimez tant les commencements, pourquoi ne photographiez-vous pas la naissance d'un
enfant? Ça c'est un vrai début, c'est beau, c'est tout
près, et il y en a tant chaque jour, que vous ne
risquez pas d'arriver trop tard... Je vous trouve
compliqué... Des débuts, il y en a partout autour de
nous, tous les jours, c'est eux qu'il faut surprendre...
Elle rit. Regardez, nous on vient de se rencontrer, ça
deviendra peut-être une histoire magnifique et vous
n'avez même pas votre appareil photo avec vous...
En revanche, vous allez en Afrique... Vous allez en
Floride...

– Ce qui m'intéresse... Remontez votre vitre, on
ne s'entend pas...

– Ce que vous êtes bougon, soupe au lait et
caetera... Ne vous fâchez pas, dites-moi ce qui vous
intéresse...

Elle remonta la glace de sa portière.

– Bon... Pourquoi à un moment donné des singes
se sont redressés, pourquoi une fusée est partie pour
la première fois si loin de la terre, pourquoi un pays,
le Japon, décolle aujourd'hui des autres continents et
pourquoi lui, et pas l'Argentine, le Pakistan...

– Et qu'est-ce que vous photographierez au
Japon?

– Hiroshima...

– Mais c'est la mort à Hiroshima... Le contraire
d'un envol!

Il freina brutalement et s'arrêta.

– Vous êtes incroyable... Je vous explique des
choses passionnantes et vous me contredisez sans
arrêt... Le Christ est bien monté au ciel après être

31

mort sur une croix... Qui vous dit que ce n'est pas à cause d'Hiroshima que le Japon s'élève aujourd'hui au-dessus des autres continents?

Miléna en resta muette. Le Christ! Et cette prétention « je vous raconte des choses passionnantes... ». Elle continuait de trouver étrange ce goût des commencements, et encore plus extravagant d'aller les photographier...

— Il y a deux choses, dit Adrien. Les photos et l'histoire que j'ai envie d'écrire avec elles, sur elles, à travers elles...

— Voilà! s'écria Miléna, qu'il vit rayonnante comme si elle regardait la mer pour la première fois... Vous faites des photos et vous voulez en écrire l'histoire! En fait, au lieu de taper confortablement un roman chez vous qui s'intitulerait *la Conquête du ciel* ou *les Commencements*, vous êtes aussi photographe pour vous offrir des voyages à travers le monde...

— J'aime que les mots que j'écris soient remplis des paysages qu'ils décrivent... C'est tout... Et je pars dans deux jours...

— Vous me l'avez déjà dit, et vous revenez le soir de l'été... Le début d'une saison!

Adrien redémarra.

Des verres à la main, une foule dense circulait, entre les deux arbres d'un patio, les étages, les pièces d'une immense maison. Certains étaient assis dans les escaliers. Une sono arrogante diffusait une musique africaine. Des visages inquiets cherchaient des visages à reconnaître, d'autres cherchaient à être vus par ceux qui regardaient. Dans une pièce immense, des affiches de cinéma sur tous les murs. On dansait, parlait, se trémoussait. « Bonsoir, tu vas bien? C'est inouï dans Paris une maison pareille! » Des verres trébuchaient et le contenu se répandait par terre ou sur des chaussures vernies. Adrien présenta Miléna, il prenait plaisir à prononcer son nom, Miléna. Parfois, il ajoutait... une amie.

Il voulait absolument lui faire rencontrer un couple, Antoine et Maria, qu'il enviait parfois de vivre une même histoire depuis longtemps... Les hôtes s'approchèrent d'eux, embrassades, Miléna leur sourit. Elle semblait déjà n'être plus là. Adrien leur demanda si Antoine et Maria étaient venus... « Oui, ils sont... ils firent un geste vague... par là... »

Une cinglée arrivée bruyamment s'accrocha au cou d'Adrien... « C'est incroyable de te voir ce soir, j'ai rêvé de toi la nuit dernière, enfin de nous, on était dans un musée à Cologne, tu sais le musée du chocolatier... Ludwig... Le musée Ludwig de Cologne et on... » Elle venait d'apercevoir Miléna... « On se connaît? » Mais elle n'attendit pas la réponse et continua vers Adrien... « Tu sais ce qu'a dit le Président du dernier film de Luc... Que c'était un point culminant, un éblouissement absolu, noir et drôle, hanté par le sourire de la vitesse... Le sourire de la vitesse, génial non? »

Elle détourna brusquement la tête : « Fania! Fania! »

Elle s'était éloignée d'eux pour s'agripper au bras d'une Noire élégante qui passait.

– Qui c'était? demanda Miléna.

– Une styliste... Pas très stylée...

– Ils sont snobs à chier vos amis...

– Ce ne sont pas mes amis... Il aperçut Antoine et Maria. Ce sont eux que je voulais vous faire rencontrer.

Antoine était marchand de tableaux, Maria, italienne, traduisait Calvino, Del Monte, Malaparte, Carlotti... Ils étaient un peu plus âgés qu'Adrien. Après les présentations et quelques phrases isolées de conversation, Miléna sembla trouver Maria à son goût, elles se mirent à parler, s'éloignèrent, laissant Antoine et Adrien derrière elles...

– ... Non, je l'ai rencontrée tout à l'heure au cinéma...

– Elle ressemble... elle est jolie... à cette fille qui joue dans... *Fool* quelque chose, tu ne trouves pas?

– Elle est comédienne je crois...

– Je peux t'appeler demain soir, parce que là... Tout ce boucan...

– Tu as des ennuis?... Appelle demain, après je serai en Floride...

– Pas vraiment des ennuis... Je te raconterai... A propos d'Etats-Unis, j'y serai aussi. J'ai soulevé là-bas un lièvre monumental. Figure-toi qu'un conseiller de Reagan, un haut responsable du Pentagone, s'est fait refiler par un des plus grands marchands de New York un Dierick Bouts – c'est un peintre flamand du XVIe siècle – pour la somme, tiens-toi bien, de sept millions de dollars! Environ cinq milliards de centimes! Et moi je prétends que c'est un faux. Un faux grossier même, fabriqué au XXe siècle. Le tableau s'appelle *l'Annonciation*, et quand je leur ai... « annoncé » ça, ils n'ont pas vraiment rigolé. Même le Metropolitan Museum, le Getty Museum s'en sont mêlés... Maintenant, l'establishment des marchands new-yorkais me traite carrément d'insupportable voyou...

Maria était seule quand elle vint les rejoindre. Adrien demanda où elle avait abandonné Miléna.

– Elle est partie...

– Partie... C'est formidable!...

Il s'était adressé sans se fixer vraiment, vers Antoine, Maria, Antoine, Maria enfin...

– Je la console parce qu'elle pleurniche au cinéma... Après, elle me déclame du Tchekhov à une

terrasse de café, je ne savais plus où me mettre...
Maintenant elle s'en va sans prévenir... Et avec ma
pochette...

— Elle m'a chargée de te dire au revoir.
— Merci, tu es bonne!

9

Avec Sabina, sa sœur aînée, et son père, Miléna
était arrivée à Paris à la fin de l'été 1968. Elle avait
huit ans et ne parlait que le tchèque. Les dernières
images de Prague qu'elle avait emportées étaient ces
jeunes filles aux longues jambes qui se déhanchaient
devant les chars russes, leurs jupes plus courtes qu'à
l'accoutumée. Pour « donner de la nostalgie » aux
soldats, lui avait expliqué son père, et pour qu'ils
souffrent terriblement d'être seuls et loin de leurs
fiancées.

Une autre image revenait sans cesse, dans des
rêves. Elle se trouvait la nuit dans une ville inconnue
qui parfois ressemblait à Prague, et elle tentait, dans
le labyrinthe des rues et des culs-de-sac, de retrouver
l'appartement où elle vivait. N'y parvenant pas, elle
se réveillait en larmes.

A l'automne, quand elle avait quitté sa ville natale,
toutes les plaques indiquant les noms de rues avaient
été peintes en noir. Comme dans son rêve, les soldats
étrangers s'étaient perdus, sans repères, dans Prague
anonyme.

A Paris, les coins de rues portaient des plaques
bleu et blanc, mais elle ne pouvait les déchiffrer. Elle
sut que c'était cela l'exil. Se retrouver dans un lieu
où les rues n'ont pas de noms.

Longtemps la petite fille ne sut pas ce qu'était ce
pays, la France, dans lequel elle était obligée de
vivre. Un pays avec des visages, une langue et des
souvenirs. A l'école de Prague, elle avait commencé
d'apprendre l'histoire de la Tchécoslovaquie. Au-

jourd'hui, à cause d'un minuscule voyage de cinq cents kilomètres, ce n'était déjà plus la même histoire. A si peu de distance, elle découvrait que les peuples ont, comme les personnes, une identité, avec une mémoire, des manies et une odeur...

Révolution/1917. Elle avait associé pendant toute son enfance ce mot, Révolution, à cette date, 1917, et ils étaient aussi inséparables pour elle que Miléna et Pallach, son prénom et son nom. En France, tout était bouleversé et on lui apprenait qu'à ce même mot correspondait un autre chiffre : 1789. Son père, devant sa perplexité, et pour qu'elle apprenne la relativité des mots et les méandres de pensée de son pays d'accueil, lui expliqua, à sa manière, trois dates à retenir.

— 1789, c'est l'année où les Français firent une révolution et prirent le pouvoir aux nobles et au roi. Ils annoncèrent alors au monde entier que les hommes naissent libres et égaux... C'est bien, non?

La petite fille balança la tête.

— Et tu sais quand l'esclavage fut aboli? Seulement soixante ans plus tard, en 1848. C'est incroyable, non?

La petite fille hocha encore la tête et dit :

— Ils sont lents les Français...

— Oui, lents et curieux, car, en 1847, un an avant d'abolir l'esclavage, ils avaient pensé à créer... la Société protectrice des animaux!

Là, elle rit carrément et fut très heureuse, car elle adorait les chats.

Miléna sut enfin qu'elle était parvenue à se glisser complètement dans ce flux qu'étaient les mots, les rues et les commémorations de France, quand un jour elle eut des picotements aux yeux en entendant un orphéon jouer *la Marseillaise*.

Après avoir fui le quartier des abattoirs, elle était partie rejoindre son ami d'alors, chez lui, dans l'appartement qui donnait sur une place minuscule où deux marronniers et un figuier pouvaient faire croire que l'on était loin d'une ville. Elle dormit là et rentra chez elle le lendemain matin. Toutefois, elle n'avait pas raconté *Manhattan*, comme si le simple fait d'en parler l'eût obligée d'incorporer un nouveau personnage dans le scénario. Elle trahissait et le savait.

Arrivé chez lui, Adrien alluma la télévision. A distance, allongé sur son lit, il passa d'une chaîne à l'autre, puis finit par couper le son en ne gardant que ces ombres de réalité qui bougeaient devant ses yeux.

Quelque chose était à l'intérieur de lui, entré dans son corps... Il ne parvenait pas à regarder sur l'écran le visage des acteurs, les voitures et les girophares tournant dans la nuit... Il n'y avait qu'un écran coloré, rien de plus. Sa réalité d'alors était l'autre visage, cette autre manière de regarder, de lancer le côté droit des cheveux vers l'arrière. D'un geste rapide. Invisible. Et ce prénom de Prague que Kafka avait fait connaître au monde par quelques lettres et une histoire d'amour...

En quittant le café où elle lui avait joué Tchekhov, elle avait inscrit un numéro de téléphone sur le ticket de caisse en tenant, comme le font certains enfants, le sommet du stylo tourné vers l'extérieur, la plume pointée sur le cœur.

Adrien composa le numéro. Après plusieurs sonneries, quand il entendit le son d'une voix de femme, il raccrocha, comme s'il avait été déçu d'une présence et qu'il eût souhaité que la sonnerie ne s'arrêtât jamais pour que ce soit le hasard qui fît un choix à sa place. Un jeu. Il eut le sentiment d'être en faute et resta quelques instants, le téléphone sur ses jambes. Il imagina alors que la voix entendue était celle d'un répondeur. Il recomposa le numéro. Ce fut bien un message enregistré qu'il entendit alors... Un détail le fit sourire... Le rassura? La voix disait : « Je ne suis pas là... » Et non « nous ne sommes pas »... Au top sonore, il raccrocha sans laisser de message, pas même une respiration.

Les messages des répondeurs sont trompeurs... Miléna ne vivait pas seule et partageait avec sa sœur un grenier à la Bastille transformé en appartement élégant. C'est parce qu'elle était comédienne et voulait qu'on la devine « disponible » pour un travail éventuel, qu'elles avaient convenu que les messages seraient à son seul nom.

Dans le réfrigérateur, il trouva un reste de poulet, des chips et un morceau de tarte aux fraises. Les fenêtres grandes ouvertes, il entendit au loin les sirènes d'une ambulance et remarqua le bruit que faisait sa bouche en mastiquant.

Peut-être que la distance, l'Amérique, lui feraient oublier cette première émotion d'un soir... Une fille qui reniflait! Mais il savait que les rencontres sont rarissimes, celles qui émeuvent, transforment et tracent une frontière sur le temps pour qu'il y ait un avant et un après.

11

Si Adrien se passionnait pour les commencements du monde, il avait de la difficulté à imaginer les dimensions de la vie, la sienne, celle des autres. Marianne, la fille avec qui il avait auparavant vécu une histoire, aimait répéter qu'il était le seul homme qu'elle eût jamais connu incapable de dire « toute la vie ». « L'éternité », répondait-il quand elle lui demandait combien de temps ils s'aimeraient. De toute façon, il s'était trompé puisqu'ils s'étaient quittés.

Mais il savait être pratique, et lorsque l'agence *Voir* fut convaincue de financer son reportage des commencements, il sut organiser son premier voyage et vérifia jusqu'à la dernière minute chaque détail de son séjour américain.

Donald Lauder, l'ingénieur des vols spatiaux avec qui il correspondait maintenant depuis quelques semaines, serait en Floride son guide, protecteur et confident dans les dédales de la NASA, des fusées et des aires de lancement. Lauder l'avait définitivement séduit lors de son dernier séjour en France, quand Adrien sut qu'il s'était rendu à Auvers-sur-Oise sur la tombe de Van Gogh, et avait dîné le soir même avec Louis de Broglie, le père de la mécanique quantique.

Mais Miléna?
Son apparente vulnérabilité le séduisait en même temps qu'elle le terrorisait. Qui était-elle?
Il imagina des fausses pistes, une fausse histoire avec des mots qui iraient se perdre entre des corps

qui ne se comprendraient pas? Avait-elle souffert et aimait-elle tuer ceux qui l'aimaient?

L'oublier à l'instant... Quelle femme se cachait, recroquevillée à l'intérieur des six lettres de son prénom?... Préférait-elle Lauren Bacall dans *Le Port de l'angoisse* ou Jessica Lange dans *Le facteur sonne toujours deux fois*?

Rentrait-elle le pied en dedans quand on lui disait qu'elle était jolie?

Il faudrait bien lui apprendre, puisqu'elle ne le saurait pas, que le point le plus à l'ouest de l'Europe se trouve au Portugal et se nomme *Cabo da Roca*...

12

Le théâtre, la scène, le spectacle, transmettre à des inconnus des émotions qui n'avaient pas été préméditées par elle, étaient tout ce qui passionnait Miléna. Mais elle était bien autre chose...

Une jeune femme, parfois enfant et insouciante, parlant si vite, pressée de dire à quelqu'un ce qu'elle voulait qu'il sache, sans détour, qu'elle pouvait bégayer ou inverser les mots ou les syllabes. D'autres fois, elle était grave, rêveuse, une mélancolie insondable sur tout le visage, dans chacun de ses gestes, comme si elle vivait au bord du monde, à sa frontière, sachant regarder comme l'Alice de Lewis Carroll l'autre côté des visages, et deviner ce qui pouvait s'y dissimuler de laid et d'effrayant. Mais elle aimait les gens, aimait les écouter des heures raconter leurs misères ou leurs facéties, et pouvait passer du rire aux larmes avec autant de conviction que de rapidité. Imprécise, elle était entrée un jour dans une librairie demander « Les cent mille verges » d'Apollinaire. Le libraire, gentiment, lui avait répondu qu'il n'en avait que « onze mille » pour le moment, mais toutes disponibles...

Certains sont sans cesse tiraillés par des pulsions morbides, elle, ses pulsions étaient d'amour. Elle pouvait rester des mois éloignée du regard d'un homme, sans pour autant cesser d'aimer... un enfant, une amie, un inconnu lui racontant un épisode de sa vie dans un café... Comme d'autres se protègent du monde ou y sont indifférents, Miléna *aimait*. Dans ces temps où elle sentait que les sentiments se couvraient de voiles et allaient devenir absents, un soir, elle avait voulu mourir. Elle n'était alors ni triste, ni désabusée, seulement exaltée d'amour pour tout et désemparée de ne pas trouver le visage, l'objet où porter cette immense cargaison de gestes et de sentiments... « Alors mourir », s'était-elle dit, mourir de cette bouffée insupportable sortie de sa bouche, de ses mains, de son souffle, ce flot qu'elle regardait se déverser pour rien.

Elle mourut vraiment. C'est-à-dire qu'elle ne fit pas semblant, l'overdose devant dépasser largement les limites de sa vie. Seul le hasard mit un couple sur ce qui aurait dû être sa dernière trajectoire, et elle se réveilla deux jours plus tard dans un lieu inconnu, blanc, où des visages qu'elle ne connaissait pas, la regardaient en grimaçant.

Elle entendit « pourquoi? », elle dit « j'aimais », on dit « qui? », elle répéta : « j'aimais ».

13

Chacun à sa manière, à son ardeur, avait vécu quelques histoires. Certaines de complicité, d'autres où la sensualité l'avait emporté. Comme ils n'avaient pu parvenir, une fois en situation d'aimer, à transformer ce sentiment cent fois imaginé, pour lui donner forme et énergie, ils se crurent condamnés à ne vivre que des histoires navrantes.

Il leur sembla que l'époque qu'ils traversaient était justement une de celles où les sentiments avaient quitté la Terre, comme s'ils s'étaient satellisés autour de la planète, hors de portée de ceux dont ils étaient censés faire battre les cœurs.

Procréation, insémination, rein, poumon, cœur, jambe, intelligence, rien ne semblait pouvoir résister un jour ou l'autre au charme discret de l'artificiel. Beaucoup se demandèrent alors si leurs histoires ne l'étaient pas elles aussi, de même que leur existence ou leurs amours. *Recherche tendresse naturelle, désespérément*, fut le type d'annonce qui apparut dans les pages de certains journaux qui savaient mélanger dans leurs colonnes l'humour et le désespoir.

La vie s'enfuyait, les simulacres demeuraient. Les salles de cinéma et de concert restaient des lieux où les rituels continuaient de s'exercer et les seuls endroits où les mots d'amour étaient prononcés, les sentiments déclarés, où la passion déchirait les cœurs.

Certains éprouvèrent de la nostalgie pour des sentiments qu'ils n'avaient jamais connus, ou qu'ils ne découvraient qu'à travers des films et des romans. D'autres encore pleurèrent en apprenant que les amours de célébrités qu'ils vénéraient n'étaient plus ce qu'elles étaient, mais identiques aux leurs, distraites, infidèles et passagères.

Alors que l'on avait cru l'aventure au coin de la rue, celle des corps, des âmes, de l'imagination, de l'invention, chaque désir d'infini buta sur des bornes auxquelles personne n'avait songé, mais qui avaient l'aspect de Jivaros embusqués, puisque leur fonction était bel et bien de réduire : le sens, l'espace et le temps. Planté devant des écrans à contempler, sans jamais parvenir à en crever un seul pour y entrer, chacun se mit alors à la recherche d'un rôle à jouer, et non d'une vie à vivre.

Miléna dit à Sabina : « J'ai le sentiment que l'on fait des gestes, que l'on prononce des mots parce qu'ils sont habituels à une situation, mais qu'au fond de nous, il y a un désarroi terrible à nous rendre compte qu'ils ne correspondent à rien. Et je suis effrayée par ce décalage. Je voudrais tellement aimer, donner, vivre des choses divines, venues de loin, et je me regarde agir comme une étrangère, sans pouvoir entrer à l'intérieur de mes sentiments... »

Adrien avait dit à Antoine : « Je suis certain que sur les lieux des commencements, je redécouvrirai des parcelles de cette magie... Comme des sanctuaires de l'histoire passée, c'est vers ces endroits qu'ont convergé un jour tous les désirs, les volontés, les forces des hommes pour se surpasser, tenter d'unir le ciel à la terre, les dieux aux solitudes, les mots aux sentiments... »

Détachés du vent, de la mer, des étoiles, de la brume et des rosées, Adrien et Miléna se sentaient vivants dans une ville, et morts dans le monde. Citoyens d'un pays qui n'existait pas, des Européens sans Europe.

14

Un sac de voyage et une valise en aluminium posés à côté de lui, Adrien fumait une cigarette en attendant son taxi. Le téléphone sonna. Il reconnut Antoine et n'eut pas le temps de lui dire qu'il était sur le point de partir.

– Tu sais, à la soirée je t'ai dit qu'il fallait que je te parle. Eh bien... il fallait bien que ça arrive un jour... J'ai rencontré quelqu'un... une femme et... Maria ne sait rien bien sûr... Je dors la nuit auprès d'elle avec dans la tête les images d'une autre... Si on m'avait dit ça il y a seulement... un mois... C'est la première fois... tu te rends compte... Moi qui croyais être l'homme d'un seul amour... Toute cette certitude maintenant, c'est... de la bouse de bison...

Le téléphone sous le bras, Adrien tenta d'aller jusqu'à la fenêtre vérifier si le taxi arrivait. Mais le fil était trop court. Il resta debout, là où il était arrivé.

– ... Je ne sais pas s'il faut arrêter tout maintenant... Je veux dire la nouvelle... Elle s'appelle Alice... J'en suis incapable... C'est une rencontre sexuelle, intellectuelle, tous azimuts tu vois... Chaque nuit je pense à notre rencontre du lendemain dans un hôtel... Avant je ne connaissais pas les hôtels de Paris, tu penses! Et puis si on casse tout de suite, j'aurai un regret, l'impression d'avoir manqué quelque chose... Je me dis aussi... peut-être qu'il faut être à l'écoute de ce qu'apporte la vie... J'ai vécu dix ans avec Maria, on s'est rencontrés à vingt ans... Dix ans, c'est un chiffre rond et maintenant le moment est peut-être venu d'entamer une nouvelle vie... Il y a sûrement des cercles d'harmonie avec quelqu'un qu'il faut interrompre pour se lancer dans l'inconnu... Est-ce que tu penses qu'il vaut mieux se tromper que de ne pas oser? C'est une question que je me pose...

— Oui, je comprends, dit Adrien en regardant sa montre.

— Non, tu n' peux pas comprendre... Il y a tant de trucs entre Maria et moi, une histoire, un enfant, des souvenirs, des anniversaires, des cadeaux, des vacances, des nuits, toutes sortes d'attentions... J'ai enlevé ses photos de mon portefeuille, parce que quand je suis avec l'autre, et que je paye au restaurant, je vois Maria à côté de ma carte *American Express* et ça me fait une boule à l'estomac... J'ai presque envie de pleurer et du coup je ne digère plus... Elle qui a toujours été si directe avec moi, sans arrière-pensée... Tout ça c'est d' la bouse de bison... Je ne suis qu'un lâche, un infidèle... Tu ferais quoi toi?

— Moi... je...

— Je sais, tu es célibataire... Mais quand... Comment elle s'appelait? Ah oui Marianne... quand elle est partie, tu as ramé des mois et des mois... Je me dis que si je choisis de partir avec la nouvelle, je ne vais plus penser qu'à Maria et si je renonce à cette histoire je vais finir par l'étrangler... C'est décadent non?

— Antoine, qui te demande de choisir? As-tu rencontré une personne, une seule qui t'ait dit, Antoine tu dois choisir entre Maria et... Alice? Non. Alors écoute quatre principes bouddhistes...

— Tu es bouddhiste maintenant? Il ne manquait plus que ça...

— Je ne suis pas bouddhiste, je me cultive, c'est différent. Quatre savoirs qui sont les clefs de la non-souffrance : savoir accepter, savoir faire, savoir donner, savoir sentir... Dans le cas présent, retiens les deux premiers... Savoir accepter et savoir faire. Il faut accepter, c'est important, tu m'entends, il faut accepter cette situation nouvelle : tu es émoustillé par Alice et tu aimes toujours Maria. C'est seulement ensuite, quand tu auras accepté cette nouvelle donne qui, entre nous soit dit, n'est pas dramatique, deux femmes... qu'il te faudra agir, mais... Excuse-moi, j'ai commandé un taxi... je regarde s'il n'est pas arrivé...

Un temps.

– ... Je disais... Pour l'emploi du temps c'est un peu compliqué bien sûr, Alice dans les hôtels et Maria à la maison, mais c'est secondaire. Il ne faudra prendre une décision qu'après avoir accepté cette nouvelle situation. N'agis pas sans accepter, OK ? Pour la suite, on en parle à mon retour. Accepte, et ça va prendre tout ton temps...

– Au fait, je serai à New York la semaine prochaine pour mon affaire de faux tableaux... Appelle au Méridien si tu passes par là...

Ils raccrochèrent.

Mais pourquoi « bouse de bison », se demanda Adrien en montant dans le taxi.

15

Sur un écran vidéo, Adrien regarda la fusée s'éloigner de la terre. Gerbe de flammes, compte à rebours, insert sur la salle de contrôle, Neil Armstrong, Edwin Aldrin et Mike Collins, trois Terriens de nationalité américaine quittent leur planète pour être les premiers de l'histoire à se poser sur la lune. On est le matin du 19 juillet 1969, 7 h 07, heure locale. Visages des épouses. L'une des trois porte une main devant sa bouche et se mordille les doigts. L'orbite terrestre à atteindre est à 190 km de ce point de Floride situé lui à 28° de latitude nord et à 81° de longitude ouest. Un peu moins de dix heures plus tard, à 17 h 06 exactement, le satellite Apollo 11 va à nouveau s'éloigner à la vitesse de 39 000 km/seconde pour filer cette fois, dans la nuit, vers son objectif final : la *mer de la Tranquillité*.

Par l'intermédiaire de ce guide raffiné et compétent qu'était l'ingénieur Donald Lauder, l'agence spatiale américaine mit à la disposition d'Adrien toutes sortes de documents, vidéos, photos, bandes sonores... Dès leur première rencontre, dans le grand hall de réception, ils avaient lié amitié et pendant une semaine Adrien photographia les aires de lancement, les hangars à fusées, le ciel, l'océan Atlantique tout proche, le LEM, le satellite lui-même, tout était là, y compris les combinaisons blanches que le monde entier avait regardées en direct ce jour et cette nuit de juillet 69. Il travaillait avec un Hasselblad chromé de format 6 × 6, carré, parfait pour le ciel et les objets verticaux. Concentré sur tout ce qu'il voyait, il se jugeait en mission, comme en charge de trouver le secret des commencements.

Le soir, ils se retrouvaient pour dîner. Donald présenta Patricia, sa femme, à Adrien. Ils étaient un peu plus âgés que lui et vivaient dans une petite maison en bordure d'une forêt de pins. Ils parlèrent de Walt Whitman, de Jack London, de Niels Bohr, de Woody Allen et imaginèrent le synopsis d'un livre à écrire qui raconterait la rencontre impensable d'Albert Einstein et d'Arthur Rimbaud.

Aussitôt ils improvisèrent pour Patricia une séquence imaginée.

Arthur : Elle est retrouvée...

Albert : Quoi?

Arthur : L'éternité...

Albert : Mais le temps et l'espace ne signifient rien en dehors de ce que nous percevons...

Arthur : J'attends Dieu avec gourmandise. Je suis de race inférieure de toute éternité.

Albert : Il me paraît difficile de regarder dans le jeu de Dieu. Mais je ne puis croire qu'il joue aux dés. La distinction entre passé, présent et avenir n'est qu'une illusion, même si c'est une illusion tenace.

Arthur : J'ai les yeux fermés à votre lumière. Je suis une bête, un nègre...

Albert : Le meilleur, c'est un sommeil bien ivre sur la plage.

Arthur : Elle est donc retrouvée...

Albert : Quoi?

Arthur : L'éternité. C'est la mer mêlée avec le soleil.

Ils étaient contents d'eux, Patricia avait beaucoup ri à leur numéro, et ce soir-là, ils se quittèrent en trouvant un titre à leur future collaboration : « Une gravitation en enfer ».

50

Le séjour d'Adrien allait se terminer. Pendant tout ce temps, en secret, Donald lui avait préparé une rencontre exceptionnelle. Tant qu'il n'avait pas été certain qu'elle puisse se faire, il s'était tu. Aujourd'hui, il connaissait la réponse et jubilait d'avoir à annoncer sa surprise.

Ils déjeunaient pour la dernière fois dans ce fast-food du bord de mer.

– Voler est un vieux rêve, dit Donald, mais je suis persuadé qu'il y a une obsession plus violente, intense et archaïque et qui englobe et surpasse ce mythe ancien d'Icare. C'est le désir de pénétrer le ciel, non pour planer et se déplacer comme les oiseaux d'un lieu à un autre, mais pour relier la Terre au cosmos, à l'univers. C'est cela le premier rêve de l'homme sur terre. Rappelez-vous la Genèse... Ce sont les fils de Noé, rescapés du déluge, qui entreprirent de construire une tour qui serait une ville dont le sommet atteindrait le ciel « afin de se faire un nom et de n'être pas dispersés à la surface de la terre ». Et Dieu – qui s'y connaît en matière de souveraineté – vit très vite qu'à l'intérieur de cette tour, tous les hommes unis, parlant la même langue et puissants d'un rêve unique, seraient capables d'atteindre leur but, le ciel, et de Le déposséder de son pouvoir. Alors, Il descendit pour voir cette fameuse ville et la tour que bâtissaient les fils des hommes et dit : « Ils forment un seul peuple et ont une même langue, et c'est là ce qu'ils ont entrepris. Maintenant, rien ne les empêcherait de faire tout ce qu'ils auraient projeté. Confondons leurs langages afin qu'ils n'entendent plus la langue les uns des autres. »

Donald ajouta : « Vous voyez, pour la Bible, l'obsession divine est bien que l'humanité se redresse comme un seul homme à la conquête du ciel! » Il se mit à rire. « Dieu est mort et ses prêtres aussi, mais le rêve subsiste. »

Adrien, séduit :

– ... Et les fusées d'aujourd'hui sont les petits-petits-enfants de Noé qui continuent de partir à l'assaut du ciel...

– ... Les fusées ne sont que des objets fabriqués par des hommes, qu'ils lancent dans le ciel comme des cailloux, mais elles sont vides d'humanité. La Babel moderne des petits-enfants de Noé, c'est New York, et elle n'a jamais pu atteindre le ciel, parce qu'elle ne pouvait décoller... Trop de violence, de luttes, d'antagonismes, de diversité. La prochaine étape importante de la conquête du ciel ne sera ni une fusée, ni une ville, ce sera, à mon avis, un pays solidaire, uni, ayant les mêmes signes et un seul langage qui cette fois décollera tout entier vers le ciel. Aujourd'hui, il n'y en a qu'un capable de cela... Parce qu'il est le premier de l'ère post-industrielle... Vous ne voyez pas?

Adrien savait que Donald voulait parler du Japon, mais il voulut lui faire ce plaisir de poursuivre sa démonstration en solitaire pour aboutir aux conclusions que lui-même avait faites, depuis les semaines et les semaines qu'il pensait à ce projet. Donald crut à de l'embarras et détourna la tête. Il repoussa ses lunettes vers la base de son nez et continua :

– Les fusées que nous lançons sont à la fois l'aboutissement et les dernières images des technologies lourdes du XIXe siècle. Toute l'industrie née de ce siècle a été basée sur la force, le muscle, les cheminées d'usine, la lutte des classes, les antagonismes entre ouvriers et propriétaires, le capitalisme sauvage, effréné. Aujourd'hui, la matière première stratégique de l'industrie n'est plus le charbon, l'acier, le pétrole ou quelque métal rare, mais la matière grise. Et il y a un pays aujourd'hui qui lit plus qu'ailleurs, qui voyage plus qu'ailleurs, informé plus qu'ailleurs, où les entreprises consacrent cinq ou dix fois plus d'argent qu'ailleurs à la formation de leur personnel... Ce pays a le quotient intellectuel le plus développé de la planète, bref, ce pays mise non plus sur la force de travail, mais sur la seule matière première qu'il possède, l'intelligence. Ce pays, vous y allez bientôt, c'est une île du bout du monde, une île, comme Manhattan, mais qui, elle, décollera j'en suis certain, parce que l'intelligence c'est la légèreté et elle possède tous les pouvoirs...

– ... Le Japon, dit enfin Adrien.

– Au fait, j'ai une surprise pour vous. Demain, dans un ranch près de Santa Fe, au Nouveau-Mexique, vous avez un rendez-vous... important. A 18 heures, Neil Armstrong vous attend... Bonne chance !

16

Le désert.

La Thunderbird marron glacé roulait toutes fenêtres fermées, l'air conditionné au maximum. Un désert, rouge. *No desire.*

Adrien, fasciné par la route rectiligne qui, loin en avant, rencontrait le ciel, ne regardait que cet ensemble route/désert/ciel. Un espace entre deux dimensions, intermédiaire entre vie et mort, le spectacle d'une vie vierge de tout sentiment. Ni regret, ni espérance, le lieu esthétique de l'indifférence, somptueux, mélancolique, vide. Des panneaux rappelaient la règle du freeway, 55 MILES/H, emblèmes américains et, à eux seuls, toute l'Amérique. Comme ce néon rouge clignotant du *Moon Motel* où il avait passé la nuit près de l'aéroport de Santa Fe.

Rouler, entendre le glissement de la voiture dans la couche d'air brûlante, fascination, rouler comme entraîné par un désir sans objet, happé par la profondeur, un seul souhait : qu'il n'y ait pas de fin. Rouler pour toujours sans secret, sans mémoire, avec une morale à deux injonctions : vitesse limitée, suivre la bande blanche du macadam...

Parfois des montagnes surgissaient, posées sur le sol, sans contreforts ni dégradé, artificielles. D'autres fois, une baraque en bois, misérable, un cheval et une voiture en stationnement devant, côte à côte. Une ligne électrique longeait la route...

Sans cesse Adrien se disait, voici l'Amérique, voici l'Amérique... Un contraire de l'Europe puisque gigantesque de son espace. Libérés des étendues, les yeux entre le ciel et la terre fixaient une ligne d'horizon imaginée, tête droite.

Comment retrouver une seule expression de Miléna dans ce lieu hors du temps? Ce lieu où les souvenirs ne sont que des mirages de chaleur. Il regarda le siège vide sur sa droite et tenta d'imaginer des jambes, un corps, un visage, un bras posé derrière lui. Un corps de Miléna en Amérique...

Il tentait de reconstruire l'image d'une femme qu'il connaissait à peine alors qu'il allait à la rencontre du premier homme ayant marché sur la Lune.

17

– J'ai pensé à ma mère et à l'humanité...

C'est sans hésiter que Neil Armstrong avait répondu à la question d'Adrien : « A quoi pense celui qui touche le sol lunaire, sachant qu'il est pour le reste de toute notre histoire le premier à faire cela ? »

Devenu politicien et quinquagénaire, le cheveu rare et ras, l'astronaute avait attendu le photographe français dans un transat, au bord d'une piscine dont le pourtour, en mosaïque, dessinait des échiquiers. A son arrivée, il lui fit visiter la maison en bois rouge de séquoia, et l'invita à se rafraîchir et se détendre dans l'eau Véronèse du bassin.

Ils nagèrent comme s'ils se connaissaient depuis longtemps et Armstrong en parlant de Lauder affirma, entre deux respirations, que c'était le seul ingénieur de ses relations qui sache tout aussi bien parler de la théorie quantique que des poèmes de Gérard de Nerval... « Vous saviez que Nerval avait traduit le *Faust* de Goethe et qu'il s'était pendu dans une rue de Paris, de folie... Fou de ses rêves. »

Ils sortirent de l'eau et devant deux verres de jus de fruits frais, Armstrong répondit à la première question d'Adrien.

– ... Je n'ai pas pensé au drapeau, à l'Amérique... Tout ça était secondaire. A ma mère, parce que chaque fois que je me suis trouvé en danger, ou qu'un honneur m'a récompensé, c'est toujours vers elle qu'ont été mes premières pensées. Instinctivement...

... A l'humanité aussi, c'est-à-dire du premier

homme au dernier, parce que j'avais le sentiment qu'avec ce geste en train de s'accomplir – banal en soi, qui consiste à poser le pied quelque part – j'allais être à jamais le premier de toute l'histoire de la terre à le faire. Le pied gauche, précisa-t-il en riant. Et contrairement à tout ce qui avait précédé, préparation au sol, simulations d'apesanteur ou d'atmosphère lunaire, où nous considérions alors, avec mes deux équipiers, cette aventure comme un jeu, je savais à cet instant précis qu'un événement prodigieux allait se produire et j'ai hésité, attendu plutôt, une, deux secondes peut-être, pour profiter de ce dernier laps de temps et concentrer toutes les ressources de ma mémoire, toutes les facultés de mémorisation de mon corps et de mon esprit pour qu'à chaque instant de ma vie je puisse retrouver ce qui allait se produire. L'événement et l'environnement, ce ciel nouveau, la Terre éclairée dans la nuit au-dessus de nos têtes, ces décors désolés et émouvants, blancs, livides, ces semblants de montagnes, effilées... Puis tout a basculé de nouveau. Au moment de poser le pied, mon geste étant commencé, j'ai douté. J'ai pensé que tout cela était un rêve et que, comme Little Nemo, j'allais me retrouver au bas de mon lit. Pourquoi moi? Pourquoi moi? Et c'est alors que l'orgueil remplaça ce doute insidieux. Je me suis vu, auréolé, solitaire au milieu des hommes sur terre et me suis répété : pourquoi moi? Et bien plus qu'un champion qui arriverait premier, je me suis senti l'élu d'une puissance qui nous dépassait, ingénieurs, politiques et autres... *Elu*... Quand je posai enfin le pied, l'orgueil était dans tout mon corps.

Armstrong but une gorgée de jus de fruits.

– Lauder m'a convaincu de vous rencontrer quand il m'a parlé de ce projet... Les débuts, les premiers hommes en Afrique, la première fusée

Hiroshima... Qu'est-ce qui relie tout cela,
savez?

'est le but de ce travail. Je photographie, je
ntre des gens qui racontent, j'enregistre, je
note...

– Vous savez que la bombe d'Hiroshima a été
conçue en secret tout près d'ici, de l'autre côté du
Rio Grande, à Los Alamos...

Adrien fit un vague signe.

– ... et que le 19 juillet 1945, deux semaines avant
Hiroshima, la première bombe atomique du monde a
explosé dans un désert un peu plus haut, les White
Sands à côté d'Alamogordo. Bob Wilson, un des
ingénieurs qui y avaient travaillé, est mort comme
Nerval, fou.

De grands lambeaux rouges se mélangèrent au
bleu du ciel. Les deux hommes se taisaient. Adrien
revint sur une des questions d'Armstrong :

– Je ne sais pas encore ce qui relie tout cela, mais
je repense à cette journée du 21 juillet 1969, votre
journée... De la Terre, ce fut le premier spectacle en
mondovision, vu en temps réel et applaudi à la
seconde même par plusieurs milliards d'individus qui
reconnaissaient à travers cet événement un signe de
progrès pour l'humanité, attendu depuis des millions
d'années. Je l'ai vu à la télévision chez des voisins,
c'était la nuit, quatre heures du matin, j'avais onze
ans... Et mon père et ma mère, tous on a pleuré...
Car ce qui faisait sens, ce n'était pas tant la chaîne
d'inventions et de technologies qui avaient pu faire
aboutir votre fusée dans la mer de la Tranquillité et
que vous, Armstrong, posiez votre fameux pied, mais
l'enthousiasme des milliards d'oreilles et d'yeux tendus vers des postes de radio et de télévision, dans
chaque fuseau horaire de la planète, de jour et de
nuit, surveillant le bon déroulement de l'opération et
qui s'appropriaient orgueilleusement, tout comme

vous, une parcelle de cette réussite pour en être heureux.

— Vous êtes vraiment un très chic type, Adrien! Il riait... Ainsi, dix-sept ans plus tard, vous venez de me déculpabiliser de mon orgueil... Il rit encore. Vous savez, j'ai quelque chose d'extrêmement concret à vous dire : j'ai faim. Je vous invite au bord du fleuve dans un petit restaurant mexicain, vous verrez...

— Moi, j'ai une question imbécile à vous poser... Acceptez-vous... que je photographie votre pied, le gauche, avec ce ciel?

— OK. Et pour la légende ce sera... Pied de Neil Armstrong avec soleil couchant...

La photo fut prise. Ils se rhabillèrent pendant que deux oiseaux-mouches, volant en surplace, aspiraient l'eau sucrée que le propriétaire des lieux préparait chaque jour à leur intention.

18

Elle avait absorbé une gélule de Tranxène, mais quand vint son tour de monter sur scène, le trac la reprit. Effroyable. Elle se voyait jouer, s'entendait parler. Elle assistait au spectacle de Miléna interprétant Irina, un personnage de Tchekhov. Une fille plus âgée qu'elle lui donnait la réplique.

Acte III. Pathétique sans excès... « Se maîtrisant », indiquait Tchekhov...

« J'aurai bientôt vingt-quatre ans, il y a longtemps que je travaille, mon cerveau s'est desséché, j'ai maigri, enlaidi, vieilli, et rien, rien, aucune satisfaction, et le temps passe... »

Elle eut envie de pleurer. Non pas à cause des mots qu'elle prononçait, mais parce que c'est seulement arrivée à la fin de la tirade qu'elle avait réussi à être ailleurs qu'à Paris, sur une scène de théâtre, en train de passer une audition. Fragile et forte, elle était enfin parvenue à être Irina.

Depuis la salle, le metteur en scène la remercia et lui demanda de revenir le lendemain, même heure. Sans autre commentaire.

Elles avaient été dix-huit comédiennes convoquées pour le rôle d'Irina. Une heure plus tard Miléna sut que trois seulement reviendraient le lendemain. Cette bonne nouvelle fut plus efficace que le Tranxène, l'anxiété disparut. Elle entra au café le Lucrèce, en face du théâtre, avec la fille qui lui avait donné la réplique. Tout sourire. Elle avala un café, puis en commanda un autre... « Je ne sais jamais quoi prendre quand j'entre dans un café, alors je dis un café! » La fille s'appelait Anne et avait été choisie la semaine d'avant pour interpréter Olga.

Il pleuvait. Elles restèrent un long moment dans le café. Mais le tintamarre du flipper finit par les énerver et malgré la pluie, elles s'en allèrent marcher sur le boulevard. Pluie chaude et douce de juin... Elles firent des stations sous des stores de magasins ou aux terrasses protégées des cafés. Elles se réfugièrent, quand la pluie redoubla, dans une entrée de cinéma. On n'y jouait pas *Manhattan*, mais Miléna eut envie de parler d'Adrien. Elle dit : « J'ai connu un garçon, il y a une semaine... C'est curieux, il ne s'est rien passé et je pense à lui... Il avait l'air si présent et ailleurs en même temps. Dans un premier temps, il m'a fait un peu peur à cause de son regard... Des yeux brillants, fiévreux, un regard qui scrute chaque détail, l'air de rien... Je me sentais observée, jugée... Et à présent, je le sens vulnérable, embarrassé de tout. »

Anne affirma que c'était le souvenir flou qui transformait les premières impressions et qu'il fallait se méfier de l'éloignement...

Miléna dit : « J'ai même rêvé de lui... Il essayait de rattraper un enfant qui courait en sandalettes le long de l'océan, il lui disait de revenir, mais l'enfant courait, courait... A un moment l'enfant a disparu dans le sable, comme s'il était magicien, et lui, il s'est pris la tête entre les mains, lissant ses cheveux en arrière. Il pleurait en regardant le ciel... »

La pluie cessa, elles marchèrent à nouveau. Un jeune type les accosta en disant qu'il était sorti de prison le matin même... Elles passèrent indifférentes.

– C'est un drôle de rêve, dit Anne... Les hommes sont parfois si bizarres... Moi je vis seule avec un enfant. Je voulais absolument un enfant et mon mec n'en voulait pas. Alors sans prévenir, j'ai arrêté la pilule...

– Je trouve ça dégueulasse.

– ... Non. De toute façon il m'a quittée un peu après, sans savoir que j'étais enceinte. Je ne l'ai jamais revu... C'est bien aussi comme ça.

Un groupe de gens stationnait devant un magasin, tous leurs regards tournés vers l'intérieur, au travers de la vitrine... Au moment où les deux filles passaient, il y eut comme un mouvement de dépit exprimé par des « oh » désenchantés et des bras qui s'étaient levés puis s'étaient laissés retomber. « C'est la coupe du monde de football », dit Anne.

– Mais si vous vous revoyez? demanda Miléna.

– Il croira que c'est l'enfant d'un autre. C'est mon secret...

Anne avait dit cela très tranquillement. Miléna :

– Il n'y a que les femmes qui ont le pouvoir de tels secrets. Moi, je veux que mon enfant ait un père et une mère... c'est ma façon de voir...

Elles se quittèrent devant une station de métro. Les trottoirs étaient mouillés. Miléna passa une main dans ses cheveux, sur un seul côté, et les rejeta en arrière.

Le soir, chez elle, elle ouvrit son album de photos. Sa sœur était de garde à l'hôpital. Elle regarda attentivement les visages. Son père Ivan, Sabina, elle Miléna, quelques-uns de ses amoureux. Elle inscrivit au crayon blanc des légendes qui la firent rire. Des dates oubliées... Elle regardait ses différents visages de petite fille, puis de jeune femme. Qu'est-ce qui changeait? se demanda-t-elle. Qu'apprenait-elle chaque jour de la vie, du monde, de comment vivre? Elle se demanda si elle progressait et si elle apprenait à mieux interpréter le silence des autres.

Elle enclencha la touche enregistrement de son

petit magnétophone et se mit à parler, les yeux au plafond, allongée sur son lit...

« Vous êtes en Amérique, je suis à Paris. J'ai une pochette à vous rendre, c'est le seul prétexte que j'ai de vous rencontrer à nouveau... Ce soir, je pense à vous et si je ne prenais pas le temps de vous enregistrer ces mots, vous ne le sauriez jamais... Ce serait un instant qui a existé pour moi, mais pas pour vous... Pour l'instant, cette pensée est un secret et si je vous donne un jour cette cassette ce sera un vrai cadeau, car ce qu'on a à offrir de plus beau, ce sont nos secrets... Je suis étonnée de vous dire vous, moi qui tutoie si facilement... J'aime cette politesse, qui n'est pas une distance... Ça vous met dans une catégorie où vous êtes seul : l'homme à qui je dis vous, et dont je rêve la nuit... Je vous le raconterai ce rêve de l'océan et de l'enfant... C'est vrai, ce soir, je pense à vous comme lorsqu'on imagine un pays, une ville où on rêve d'aller... Se promener, flâner, une ville de l'imaginaire où on sait que l'on pourrait vivre, émigrer... Les histoires d'amour sont toujours des histoires d'émigrés qui momentanément ont trouvé un pays d'accueil... Ce soir de la mi-juin, je pensais à vous... Et vous ? »

19

Dans la salle du restaurant Oaxaca, trois Mexicanos jouaient une valse triste. Guitare trémolo, voix trémolo, son trémolo. Parfois le chanteur accentuait les nuances entre le mezza voce et le forte, et des convives se retournaient vers la scène, pour applaudir. En clair, il en faisait un peu...

A leur arrivée, on leur servit deux verres de mezcal. « C'est l'autre alcool du Mexique, rien à voir avec la téquila, dit l'astronaute, vous allez voir, ça chauffe la tête... »

Neil Armstrong était un type curieux de tout, cultivé, raffiné, d'une politesse extrême. Bien qu'il fût habitué depuis une bonne quinzaine d'années à répondre à toutes sortes d'interviews, et surtout à les refuser, il fut attentif toute la soirée aux détails, que ce soient ceux du repas, ou ceux qui relevaient de son invité. Il écoutait, posait des questions...

Adrien, lui, prenait des notes, photographiait, enregistrait. Il avait très vite remarqué que la différence d'âge au lieu de lui nuire le servait. L'ancien astronaute aimait parler, aimait faire part de ses connaissances et de ses réflexions. Les voyages orbitaux aidant, c'est-à-dire le fait de regarder de haut et de loin toute cette architecture terrestre de sentiments, de conflits et d'oppositions, l'orgueil légitime d'être un héros de la conquête spatiale avait dû très vite se trouver relativisé, pour faire place à son presque contraire, l'humilité...

— Les camps nazis continuent d'obséder les Allemands, même ceux qui n'étaient pas nés... Quand on roule sur l'autoroute, un peu avant Munich, et que l'on aperçoit sur sa droite un panneau comme tous les autres, mais où est inscrit *Dachau*, on n'est jamais indifférent... On devrait parler plus souvent d'Hiroshima, dit-il. Peu d'Américains vous parleront de cela, mais Hiroshima est une tache dans notre mémoire... Vous rendez-vous compte, ce pays, les Etats-Unis d'Amérique, pays de la démocratie, de la liberté, capable de renvoyer un président pour mensonge, ce pays est le premier et le seul à avoir utilisé l'arme atomique sur des populations civiles! Le premier pays de l'histoire à avoir fait cela...

Un des musiciens fit le tour des tables avec un sombrero retourné. Armstrong eut un geste en direction d'Adrien signifiant... Laissez! Et il fit glisser un billet de dix dollars.

– A la maison, tout à l'heure, je vous ai parlé de cet ingénieur, Bob Wilson, qui est mort de folie. C'est sa femme qui m'a raconté cela... Le soir du 6 août 1945, Wilson qui venait d'apprendre au laboratoire que l'opération Manhattan avait réussi et que le Boeing *Enola Gay* avait bien lâché sa bombe au-dessus d'Hiroshima, monta dans sa Dodge et fila vers cette maison que lui avait louée l'armée, sur les collines de Los Alamos. En arrivant chez lui, il se mit à vomir, à vomir. Sa femme le déshabilla, lui passa un peignoir et fit couler un bain. Pendant que l'eau remplissait la baignoire, elle revint vers lui, et là assise sur un divan, l'allongea et prit sa tête contre elle, contre son ventre. Et elle regarda cette tête en imaginant la quantité de savoir accumulée dans ce cerveau, si près de sa peau de femme, contre sa chaleur... Tout ce savoir et cette destruction lointaine qui venait de se produire! La radio n'avait encore rien dit. Mais elle avait deviné que l'Amérique et l'Occident venaient de gagner la guerre. Le savoir et la destruction... L'homme qu'elle aimait se redressa, la fixa, ils se regardèrent, et elle sut à l'instant qu'il était un personnage de tragédie. Plus jamais il ne prononça un mot. Plus jamais il ne sourit. Plus jamais il ne leva la tête vers le ciel.

Quand ils quittèrent le restaurant, l'orchestre entama *Blue Moon*.

– Ça, c'est pour moi, dit Armstrong en riant... J'y ai droit dans tous les lieux publics avec orchestre.

– Peut-être qu'à Paris on vous jouerait... (Adrien se mit à chanter) *Le soleil a rendez-vous avec la lune, mais la lune n'est pas là et le soleil attend...* C'est une vieille chanson de Charles Trenet.

– Trenet, il était très connu ici dans les années 50... Comme Edith Piaf, Yves Montand...

Quand ils furent dans la voiture, Armstrong raconta que ses parents l'avaient emmené un soir au Carnegie Hall de New York. C'était Trenet...

– J'ai un 78 tours de lui... *Douce France, cher pays de mon enfance...*

Ils fredonnèrent la suite sans se souvenir des autres paroles.

Dans la nuit, la Cadillac noire longea pendant un kilomètre le Rio Grande, avant de bifurquer à droite vers le ranch et la maison en séquoia.

– Vous savez ce qu'on chantait dans la cabine Apollo avec Aldrin et Collins? Le hit de l'été... *Get Back*, des Beatles!

20

New York, début de soirée.

La chambre d'hôtel donne au-dessus des arbres de Central Park. De l'autre côté, les buildings de la 5e Avenue et ceux de l'East Side. Il ne manquait que la clarinette de Gershwin pour se retrouver dans le générique de *Manhattan*... Miléna?

Adrien écrivait. Remémoration des conversations. Neil Armstrong, Donald Lauder. Remise en ordre de tout ce qui avait été vu, entendu. Cassettes, notes manuscrites sur un carnet orange fermé d'un élastique, étiquetage et classement des films Illford et Eastmancolor.

« New York, la Babel des petits-enfants de Noé... » avait dit Lauder. Mais il avait oublié de parler de la fascination qu'exerce cette beauté, les nuages qui se reflètent sur les buildings-miroirs, l'acier, le verre fumé, la chaleur, écrasante, les taxis jaunes à bandes damiers sur le côté, le policier à cheval sur l'avenue des Amériques...

Tout l'après-midi, Adrien avait marché, photographié, marché encore, pris métro et taxis... Photographié la réclame néon pour la bière Budweiser, ce patron de coffee-shop grec, une dent argentée sur le devant, les distributeurs chromés de serviettes en papier, l'envers des machines à air conditionné, la pile de *Washington Post* posée à même le trottoir par un petit vendeur de la 48e Rue, le diplodocus du musée d'Histoire naturelle, les costumes en lin clair des promeneurs, les marchands de bretzels... Comme un hologramme, chaque partie ou détail de New York était New York tout entière.

Des sirènes venaient le distraire dans ses réflexions. Miaulements électriques, inhumains, tragiques. Il ne pouvait s'empêcher d'imaginer l'accident, l'overdose de mal. La mort qui assaille la vie à chaque instant.

Aussitôt arrivé, il avait appelé l'hôtel Méridien. Antoine absent. Message en attente. Tout au long de la journée Adrien avait été, tour à tour, seul, heureux... heureux, seul...

Heureux d'être dans cette ville plantée de gratte-ciel, ces fusées qui n'étaient pas parties, comme si Cap Kennedy avait commencé là. Heureux de cette énergie, ce cataclysme coloré de folie maîtrisée et de dérèglement total. L'extrême pauvreté sur la 9e Avenue, à deux blocs de la plus grande banque du monde... Contrastes? Non, de la vie déglinguée à l'état brut. Pas de demi-teintes... Les centres du monde sont des zones où la violence, la fulgurance, la création, les inégalités sont hurlantes, indécentes, magnifiques. Nulle compassion possible, nulle adhésion. Il suffit de sentir l'électricité qui traverse tout : les bagnoles, la peau noire des Portoricaines, les ascenseurs grande vitesse des buildings, les néons de Broadway, l'électricité traverse tout, voluptueuse...

Mais quelle énigme! Pourquoi New York semblait-elle réveiller des sentiments perdus, oubliés dans un rêve d'enfance, ou d'avant l'enfance? Qu'est-ce qui faisait que cette verticalité provoquait de telles émotions, hantait à ce point?

Ici, rien n'est pareil... Les autres villes du monde portent sur elles les strates des batailles de ceux qui les ont habitées, la guerre journalière de ceux qui y vivent. New York est une ville sans histoire. Vierge. Chaque histoire ancienne est rasée, camouflée par un building nouveau, plus beau, plus mince, plus haut... Le passé s'efface et à chaque jour qui revient, tout renaît, sans mémoire. Elle est un rêve orgueilleux, obscène, forêt totémique de verre et d'acier que les Indiens, qui la vendirent aux Hollandais pour quelques verroteries et vingt-quatre dollars, hantent sans l'habiter.

Ville animale. Narcissique. Chaque morceau d'immeuble où se reflète une caravane de nuages est une séquence, chaque être humain qui l'arpente, le héros d'un film qui ne se tournera jamais. Comme Narcisse, c'est son image qu'elle vénère plus qu'elle-même, et pareille aux amoureux, le simulacre est préféré à la réalité.

La ville du dernier rêve européen, plantée là, à l'entrée de l'Amérique, par ceux qui savaient qu'ils venaient de trouver le territoire de toutes les utopies... La palmeraie à l'entrée du désert... Un mirage.

Dieux nouveaux d'un nouveau monde, ces pionniers se crurent investis d'une mission divine et créèrent une ville à leur image : debout. Ils avaient traversé l'océan poussés par un rêve de l'Ouest, épousant la courbure de la terre sur des bateaux faméliques, New York fut leur unique chef-d'œuvre : la forme sublime de cette utopie.

Heureux et seul...

Seul, sans connivence avec un être du monde qui donnerait la certitude, illusoire peut-être, que quelqu'un est là, existe à un endroit, avec une pensée, une inclination pour l'absent. Miléna était encore si floue... Et puis si agaçante pour un premier soir. Pourtant, elle revenait sans cesse dans ses pensées. Un geste, ses sanglots du cinéma, cette façon de dire une phrase hors contexte... Mais ne pas posséder une image d'elle, sensuelle, ne pas pouvoir l'imaginer désirante, désirée, lui manquait. Ne pas avoir passé cette première nuit avec elle lui interdisait aujourd'hui d'évoquer le son d'une voix, un visage, la sensation d'une bouche, d'un sexe, une peau... Relier tout cela à cet instant, à New York, pour évoquer Miléna... Miléna tout entière dans sa tête à New York City...

Adrien aurait voulu trouver ce filtre qui supprime les couleurs, voir New York comme dans le film de Woody Allen, et se mettre à regarder, de sa fenêtre, la crête des arbres, le soleil qui se lève sur East Side, derrière les masques muets des gratte-ciel, pour tenter de la sentir, elle, la fille de Paris qu'il n'avait vue qu'un soir, l'entendre encore une fois pleurer à ses côtés et se laisser aller à un attendrissement ébloui. Ecouter cet appel d'humanité près de lui, tendre sa pochette et poser un bras sur son épaule. Adrien aurait dû la prendre dans ses bras et il ne l'avait pas fait.

Dans cette ville à l'entrée de l'Amérique, comme si tout vivait sans lui, en dehors de lui, il fit cet effort intense d'inventorier son propre corps : sentir sa respiration, prendre conscience de ses bras, ses jambes, ses muscles qui fonctionnaient, le sang qui coulait dans ses veines et ses artères, ses yeux qui regardaient, ses oreilles qui entendaient, sa peau effleurée par la moiteur de l'été new-yorkais, le bois d'un rebord de fenêtre à caresser...

Il était cet homme d'une fin de siècle qui attendait tout, n'espérait rien, ballotté de vague en vague, perdu dans l'espace, le temps, sans but, comme un parachutiste atterri sur le monde par hasard, et qui faisait tous ses efforts pour que cette opacité qui l'entourait et ce mystère dont il était fait ne demeurent pas étrangers l'un à l'autre.

Il se sentait être cette absurde pièce de carton qui serait restée dans la main du joueur, alors que le puzzle est emboîté, terminé : parfait.

21

Ils s'étaient donné rendez-vous au musée d'Art moderne, devant la reproduction du tableau noir et blanc de Guernica.

– Je voulais que tu voies ça, dit Antoine. Cette fresque imaginée dans un atelier de Paris pour stigmatiser une guerre civile espagnole, venue ici pendant toutes les années du franquisme et qui se trouve aujourd'hui au Prado, à Madrid. Imagine tous ces lieux... Le massacre de Guernica, l'atelier du 7, rue des Grands-Augustins, ce musée tout en verre à New York... Qu'est-ce qui les relie? Un homme, Picasso. Les artistes sont ceux qui passent leur vie à relier les morceaux détachés du monde.

– Tes amours?

Antoine eut une hésitation.

– Elle est venue avec moi, à New York. Elle ne connaissait pas, et... elle déteste. Elle sort à peine de la chambre d'hôtel. Elle lit, regarde la télé. Heureusement on rentre dans trois jours... C'est cette chaleur qu'elle a du mal à supporter... Mais elle est là, avec moi, elle voulait te rencontrer... Elle est aux toilettes...

– Tu t'arranges comment de tout cela?

– J'ai accepté... Suivant tes conseils... bouddhistes! J'ai accepté. Elle est un peu folle et en même temps d'une rigueur incroyable, c'est ça qui me fascine en elle, et j'ai l'impression que toute ma vie c'est ce qui m'a manqué. Eclater, sortir des normes, être louffe quoi, jouer sa vie... Qu'est-ce que j'ai pu être sérieux!

Il regarda par-dessus l'épaule d'Adrien.

– Tiens, la voilà...

Une jeune femme s'approchait, gracieuse, la démarche pourtant gauche... Peut-être parce qu'elle se sentait regardée, commentée. En tout cas élégante.

– C'est... hum (il se racla la gorge) Alice dont je t'ai parlé. Alice, Adrien. Adrien, Alice... Voilà c'est fait. Finalement, elle m'a accompagné pour cette affaire...

– Veuillez m'excuser, je suis abasourdie. Je lève la tête tout le temps, je ne peux pas m'empêcher, et j'ai un de ces mal de cou... La chaleur, toute cette énergie!

– Antoine me dit que vous n'aimez pas New York...

– Comment je n'aime pas? Je déteste. Vous savez, je suis de Metz, d'une famille catholique, et New York... Ce sont bien les Hollandais qui l'ont construite n'est-ce pas? Des protestants... Vous avez lu le livre de Max Weber sur les rapports entre protestantisme et capitalisme?

– Tu t'emballes... Tu te fais du mal, dit Antoine en lui prenant le bras. Puis s'adressant à Adrien : Elle fait une allergie à New York...

– Laisse-moi parler s'il te plaît... Je disais que Metz est une ville harmonieuse... Harmonieuse et prussienne. Moi, j'aime l'harmonie... C'est une forme de la spiritualité. Exactement ce qui manque ici. C'est une ville athée, agnostique, pas d'élévation morale... Ils se sont contentés d'élever des buildings...

Ils allèrent manger dans un restaurant de la ville chinoise. Ensuite, parce que la nuit était douce, ils voulurent marcher, revenir vers Greenwich Village à pied en passant par Soho. C'est au milieu de toutes ces anciennes manufactures, déglinguées comme des décors des années trente, qu'Alice prit peur et crut qu'ils allaient se faire attaquer. Une peur incontrôlable. Aucun taxi ne passait et il était minuit. Elle se mit à pleurer, assise sur les escaliers d'une maison. A sangloter nerveusement, hoquetant de tout son corps. Puis, comme si elle venait de croiser Al Capone, elle se mit à hurler... Les consolations, les douces paroles d'Adrien et Antoine n'y faisaient rien. Elle hurlait dans New York comme si elle rencontrait la mort...

Quelqu'un par une fenêtre se mit à demander si on avait besoin d'aide. Ils dirent : « Un taxi... Appelez un taxi s'il vous plaît! »

Adrien les raccompagna au Méridien. Pendant le parcours, chacun tenait une main d'Alice. Elle s'était apaisée et dit en le quittant : « Je voudrais vous revoir, à Paris ou ailleurs, mais dans une ville où je peux me sentir vivante... Veuillez m'excuser... A Metz, tout était si paisible... »

Le lendemain, quand le taxi qui l'emmenait à l'aéroport s'engouffra sur le George-Washington Bridge, Adrien se retourna. Par la lunette arrière, il vit cette ville entourée de brume. Il imagina qu'un jour elle serait vieille et que l'on s'y rendrait comme aujourd'hui à Venise, pour prendre du plaisir à marcher dans les rues du passé, dans ce qui avait été un centre du monde, et retrouver le sentiment d'une gloire disparue.

22

Par le hublot il n'aperçut que les nuages et l'océan. L'Atlantique sur des milliers de kilomètres. Bleu. Un ciel à l'envers. En haut, l'azur, net, limpide, sans la moindre fissure. Un tableau somptueux...

« L'obsession divine est que l'humanité se redresse comme un seul homme pour conquérir le ciel », avait dit Donald Lauder. Est-ce cela le premier rêve? La conquête du ciel... Y pénétrer, à la verticale, droit, tendu, s'y engouffrer libéré des pesanteurs de la terre. « Que l'humanité se redresse... » Etait-elle pliée? courbée? à genoux?

Les objets verticaux du XXᵉ siècle n'étaient plus religieux, pensa-t-il. New York est une ville de cathédrales... fonctionnelles. Dieu a disparu. Elles sont toutes à la seule gloire de l'homme. Pas à la sienne.

Il se mit à suivre le manège de deux types assis sur le même rang que lui de l'autre côté de l'allée. Ils faisaient une cour effrénée à une des hôtesses, blonde, jolie, ses cheveux longs repliés en chignon avec des épingles, stricte. Tout avait commencé par un poème joliment écrit sur le sac en papier normalement destiné aux éventuels vomissements des voyageurs... L'écriture était belle, stylo à plume, pleins et déliés, du plus bel effet... Celui qui n'avait pas écrit devint le messager. L'hôtesse lut, sourit, puis glissa le message dans une poche. Celui qui écrivait avait les cheveux tirés en arrière et serrés dans un catogan. Le messager portait une cicatrice au sommet d'un crâne où le cheveu était rare. Comme ils étaient dans une section non-fumeurs, Adrien se leva en même temps qu'eux quand il les vit prendre une petite boîte de cigarillos et se diriger vers le fond de l'appareil.

Ils fumèrent et burent de la vodka. « De la polonaise ordinaire », commenta, désabusé, l'un des deux. L'hôtesse passait, souriait, repassait, flattée d'être courtisée. Ils surent par un steward qu'elle s'appelait... Marie-Geneviève. « Un peu chic comme prénom, mais quand on lui défait son chignon, dit le garçon au catogan, elle doit devenir complètement sauvage... » Ils s'amusaient. Et c'est vrai qu'elle était belle avec ses yeux transparents... Le « catogan » était directeur de recherches en communication dans une agence de publicité. « Sémiotique, les signes de changements, comment les gens perçoivent ces changements, les styles de vie... Je viens de faire une étude aux Etats-Unis sur les différents modes de vie pouvant se regrouper en catégories plus larges. J'en ai trouvé onze... j'avais fait la même étude en France. A votre avis, il y en a plus ou moins?

— Moins, dit Adrien sans hésiter.

— Erreur, il y en a seize. La société américaine est, contrairement à ce qu'on peut penser, plus monolithique qu'en France.

Adrien raconta son voyage et cette dernière image de New York qui lui était venue, une ville de cathédrales.

— Moi qui suis juif, mais qui connais les cathédrales du Moyen Age, dit le « catogan » tout sourire et en regardant tour à tour Adrien puis son ami pour s'assurer de l'effet, je peux vous dire la différence qui existe entre un building et une cathédrale. Au Moyen Age, toutes les clefs de la connaissance parfaite se trouvaient dans les nombres, et les architectes étaient des initiés... La mathématique était la science qui rapprochait de Dieu... Le dieu catholique évidemment!

Sérieux à nouveau :

– Vous avez vu? A New York, tous les matériaux de la modernité sont mélangés, acier, béton armé, verre, chrome, aluminium... Les cathédrales étaient, elles, d'un seul matériau : la pierre, pour donner à Dieu une équivalence visible de l'unité du genre humain. C'est pour pouvoir supprimer les charpentes en bois qu'ils inventèrent l'arc et la clef de voûte. Et pour vaincre la pesanteur, pour que les cathédrales soient encore plus hautes et remplies de lumière, ils innovèrent avec le plein cintre et l'arc-boutant extérieur. Les cathédrales furent des équations, la mise en forme esthétique et magique d'un langage créé par des hommes pour parler à un Dieu, maître des choses et de leurs noms...

– Mais où est passée Marie-Geneviève? dit la « cicatrice ».

– On s'en fout de Marie-Geneviève, on parle de Dieu et des cathédrales...

– Oui, mais Marie-Geneviève, elle est vivante...

Adrien voulut conclure :

– Et contrairement aux cathédrales, les buildings de New York ont été fabriqués par des hommes... pour des hommes.

Le « catogan » termina la phrase au vol...

– Pour leur offrir un miroir, qu'ils puissent s'y admirer et s'y reconnaître : puissants et grandioses.

– Nous sommes puissants et grandioses et Marie-Geneviève ne le sait pas.

L'avion était parti à la rencontre de la nuit et des milliers de lumières apparaissaient sur terre. L'Angleterre, la France? De si haut, le nom des pays lui parut dérisoire. Adrien se dit qu'il naviguait au-dessus de l'Europe...

Autour du tapis roulant, son attention était fixée sur une seule chose : repérer son sac de voyage au milieu d'objets les plus divers qui passaient devant lui, caisses en bois, chapeaux, pieds de caméras, cages à chiens, valises...

Ses deux compagnons de voyage avaient le sourire : ils brandissaient, vainqueurs, un papier, le numéro de téléphone de l'hôtesse aux yeux bleus. Adrien récupéra son sac en premier, puis ayant passé la douane sans avoir à discuter, il considéra, au-delà de cette frontière, que son voyage américain était tout à fait terminé. Des visages attentifs scrutaient chaque voyageur, mais comme aucun ne s'était arrêté sur lui, il se glissa parmi les non-identifiés et chercha le panneau jaune indiquant les taxis.

C'est à ce moment qu'une voix prononça son nom. Il se retourna et l'aperçut... « Vous deviez revenir le soir de l'été. Aujourd'hui c'est l'été, et ce soir, il n'y avait qu'un avion... »

Sortie de derrière un immense pilier en béton, Miléna tendit la main vers lui... « Je suis venue vous rendre votre pochette... »

Il posa son sac, sa valise de photo, et au lieu de reprendre l'objet qui lui était tendu, entoura de ses bras cette fille qui était venue l'attendre et à laquelle il n'avait cessé de penser pendant dix jours.

La voix suave des aéroports annonça un vol pour l'île de la Réunion. Ils s'embrassèrent pour la première fois. L'annonce fut de durée normale, destination, embarquement immédiat, porte numéro... Leur baiser fut un peu plus long. Pourtant, ils se sentirent embarrassés, étrangers. Surpris.

Dans la file d'attente des taxis, ils se turent. Quand ce fut leur tour, Adrien hésita, puis donna son adresse. Miléna ne dit rien.

23

Au matin, il lui demanda si elle préférait thé ou café. Il avait espéré café. Elle dit, thé.

Il prépara un pot des deux et fit griller du pain. Quand il eut apporté le plateau dans la chambre, Miléna dit qu'elle détestait prendre ses petits déjeuners au lit, émollient, ajouta-t-elle. Elle se leva aussitôt et affirma qu'elle adorait les cuisines. Elle demanda s'il avait des biscottes.

Quand ils furent habillés, qu'il fut rasé, elle voulut téléphoner. Il la laissa seule mais entendit au loin quelques mots d'une conversation qui se révéla très brève. Elle revint vers lui et dit :

– Je me sens soulagée...

– De quoi?

– J'ai téléphoné à Pierre que je ne le verrais plus. C'est avec toi que je veux rester.

Adrien fut épaté. Epaté et surpris d'une telle rapidité. Lui qui mettait un temps fou à décider des choses. Il eut presque peur. D'elle.

Il pensa aussitôt, c'est elle qui me quittera, et elle me l'annoncera un matin par téléphone!

Elle dit : « Je voudrais rester avec toi longtemps... C'est possible? » Comme il se sentait contraint de répondre, il dit : « Les histoires d'amour se finissent toutes... » Il ne le pensait pas. Ça lui avait échappé comme s'il avait aussitôt voulu refréner un enthousiasme qu'il trouvait excessif.

Elle pensa, il me quittera sûrement, et il n'osera pas me le dire...

Sur ce double malentendu, leur histoire, commencée dans une salle de cinéma, commençait vraiment dans la vie.

L'amour, Copernic, Don Quichotte et Montaigne.

(Deux hommes parlent au bord d'un canal un soir d'été. La lune les éclaire et les isole. Le jeu d'humilité de l'un sert à mettre en valeur le savoir de l'autre... Entre ces deux pôles, un flot d'idées, de mots peut alors circuler. Ils y mettent le ton. L'un a pris celui du professeur, l'autre celui de l'enseigné.)

— Copernic...
— La rue?
— Non, vous n'y êtes pas, le système... Les planètes qui tournent autour du Soleil...
— Et alors?
— Alors? Ce Polonais, Nicolas Copernic, publia quelques jours avant de mourir, au milieu du XVIᵉ siècle, un *Traité sur les révolutions des mondes célestes*... La Terre était en orbite autour du Soleil, de même que Vénus, Mars, Mercure, Saturne...
— Et pourtant elle tourne!
— Non, ça c'est Galilée... Copernic qui n'était ni poète, ni oiseau de mauvais augure, venait pourtant d'infliger la première grande désillusion à l'humanité... La Terre n'était pas le centre du monde.
— On s'en est remis!
— Tout d'abord, personne ne voulut y croire, mais pour le cas où l'on pourrait y souscrire un jour, l'Eglise prit date et le pape condamna la théorie comme contraire aux Ecritures...
— Copernic s'en moquait puisqu'il était mort...
— Mais pas ceux qui le défendirent, Galilée, Giordano Bruno... Ils furent excommuniés, brûlés, exclus.

– Mais si la Terre n'était plus le centre du monde, l'homme n'était par conséquent le centre de rien...

– Bravo... Je vois que nos conversations affinent votre esprit... Et si l'homme n'était plus le centre du monde, c'est que Dieu, ses prêtres et les Ecritures avaient menti...

– Ce ne serait pas la première fois!

– Cette fois-là, si. C'était la première fois. Et si Dieu mentait, tout l'ordre qu'il avait instauré sur terre n'était que faux-semblant, apparence, illusion. Il allait falloir se mettre à tout vérifier, et en tout premier lieu ce que racontaient les livres, puisque tout le savoir venait d'eux... Au XVIᵉ siècle, l'écrit représentait la réalité. Et on n'en finissait pas d'écrire le commentaire du commentaire, d'un commentaire écrit ailleurs, dans un autre temps... Ecritures, et commentaires des Ecritures... « Nous ne faisons que nous entregloser », disait Montaigne. Mais je vous reparlerai de lui tout à l'heure.

– Montaigne et La Boétie... Veuillez m'excuser, je ne peux m'empêcher quand j'entends prononcer le nom d'un des deux, je... C'est comme Roux-Combaluzier, Smith & Wesson, Blake et Mortimer...

– Donc, « on s'entreglosait »... Imaginez alors comme le monde était lointain avec ces remparts d'écriture pour le protéger... Lointain mais répertorié, nommé, chaque chose étiquetée... Des tables de la Loi en somme pour chaque domaine. Imaginez encore la bombe Copernic qui éclate en pleine guerre religieuse de la chrétienté! Le monde n'étant plus ce qu'il était, le point de vue pour le regarder devait changer. Il fallait un héros pour aller vérifier tout cela, et comme les romans de chevalerie l'avaient beaucoup impressionné lors de ses premières sorties dans le monde, il prit les ailes des moulins à vent...

– Don Quichotte!

– Exactement. Ce grand point d'exclamation dessiné par Picasso... Cervantès envoya Don Quichotte décrypter le monde et vérifier que les livres ne mentaient pas...

– Et ils avaient menti...

– Ils ne disaient pas vrai! A chaque pas, Don Quichotte perçait un mur d'illusion pour en retrouver un autre, puis un autre... Il découvrait que les mots et le monde ne se confondaient pas, ne se ressemblaient pas, qu'il y avait entre eux une jungle touffue, dense, et son aventure fut exactement celle-là : se retrouver sur un océan inconnu, immense, entre deux continents, alors que tout l'avait porté à croire qu'il devait se trouver sur une terre ferme.

– Christophe Colomb qui découvrait l'Amérique en croyant arriver aux Indes!

– Cervantès fut le premier découvreur de cet autre territoire, immense : l'existence... Un monde sans Dieu, sauvage, où l'âme et l'imagination de l'homme se mêlent aux forces du réel, qu'elles soient extérieures ou intérieures à lui.

– Et Montaigne dans tout ça?

– Là, je n'ai rien à vous apprendre... Vous vous souvenez sûrement de votre Lagarde et Michard à propos de son amitié avec La Boétie...

– « Parce que c'était lui, parce que c'était moi... »

– Vous êtes amoureux en ce moment, je crois.

– ... Je le crois aussi!

– Vous savez pourquoi vous l'aimez?

– Oui... Oui et non... Je serais tenté de vous répondre comme Montaigne, « parce que c'est elle, parce que c'est moi ». Mais vous, monsieur le professeur, vous avez sûrement une réponse magnifique, intelligente, subtile...

– Non, justement.

– Et c'est pour arriver à ces banalités que vous

venez de me tenir la jambe toute la soirée avec Copernic et Don Quichotte...

— Apprenez monsieur l'élève que les sciences ont accéléré leur progrès quand les scientifiques ont substitué aux questions du genre « comment le monde a-t-il été créé? » des questions banales du genre « pourquoi une pomme tombe-t-elle par terre au lieu de s'envoler? ».

Entre autres, j'ai voulu que vous découvriez, par vous-même, que depuis Copernic les sciences ont sans cesse progressé, qu'on est passé par Newton, Einstein, Niels Bohr et beaucoup d'autres pour arriver aujourd'hui à la mécanique quantique, à la théorie des particules, à la biologie, à l'astrophysique...

J'ai voulu encore que vous constatiez, par vous-même, qu'après Cervantès, des milliers d'aventures différentes s'étaient imaginées, avec ces « explorateurs de l'existence » qui s'appelèrent Balzac, Stendhal, Proust, Joyce, Musil, Kafka et qui ont fait rencontrer à l'homme d'autres jungles, l'Histoire, le Temps, la Mémoire, l'Ambition, l'Imaginaire, l'Irrationnel où il s'est débattu, perdu, embrasé...

Mais je voulais surtout que vous déduisiez, par vous-même, que depuis Montaigne, à la question : qu'est-ce qui fait que deux personnes s'attirent, cohabitent, se chuchotent des mots, se caressent, jouissent, s'étreignent, décident de passer une vie ou un morceau de vie ensemble...?

— ... On répond encore « parce que c'est moi, parce que c'est lui ». J'ai tout compris, monsieur le professeur... Il faut que je vous quitte, c'est l'heure de mon feuilleton...

— J'espère que vous n'avez pas rendez-vous avec les phantasmes câblés du Minitel...

— Un feuilleton, je vous dis... De quoi parlerons-nous la prochaine fois?

– Contentez-vous de la leçon d'aujourd'hui : l'amour est aussi mystérieux que la naissance du monde!

– Méfiez-vous des grandes questions... Au revoir, monsieur le professeur.

– Au revoir, monsieur l'élève.

II

EUX

1

Une glace cernée d'ampoules électriques reflétait son visage.

Miléna, une robe verte serrée à la taille, de la dentelle à l'encolure, passa le doigt sur sa paupière pour étaler le fard gris-bleu.

— A votre avis, je me dessine une petite mouche?

— Tchekhov, ce n'est pas Marivaux, dit Anne... En tout cas, pas la plus jeune des trois sœurs... Françoise ou moi, mais pas toi.

Françoise, la plus âgée des trois, qui jouait Macha, se désigna : « J'adore les mouches! »

Miléna avait été choisie pour être Irina.

Les premières représentations publiques devaient avoir lieu à la mi-septembre. Pendant tout l'été elle répéterait dans ce lieu, le théâtre François-Villon, près du Châtelet.

Les trois comédiennes faisaient des essais de costumes, de coiffures, de maquillage. Françoise :

— La mouche, sur le visage ou sur les seins?

— Sur les seins, voyons, répondit Anne faussement sérieuse.

— Vous êtes folles, s'écria Miléna, ça va attirer tous les regards!...

— Non seulement tu es naïve, mais en plus tu n'as pas de mémoire, dit Anne. Il n'y a que moi dans cette pièce qui aie un décolleté... Sûrement parce que j'ai la plus belle poitrine des trois! Elle se pencha : Admirez, les filles... D'autre part, continua-t-elle, la mouche sur les seins, c'est Martine Carol, années cinquante... Un brin de vulgarité...

Miléna extirpa d'un sac à dos plutôt volumineux une trousse de toilette, d'où elle sortit un atomiseur.

— Tu reviens, ou tu vas aux sports d'hiver? demanda Françoise, moqueuse, en désignant le sac.

— J'ai dormi chez Adrien... A chaque fois, je suis obligée de me trimbaler avec un jean, une robe, deux paires de chaussures, des slips... Tout en double...

— J'ai connu ça, dit Anne. C'est justement le matin où tu veux mettre ton T-shirt noir avec une rose rouge, ta petite jupe mini adorable, que tout cela se trouve justement chez toi... Le plus drôle, c'est les ballerines de la veille pour grand soleil, et la pluie qui tombe à torrent le lendemain... On est très amoureuse ces matins-là...

Miléna ne dit rien. Maistre, le metteur en scène de la pièce, venait d'entrer dans la loge.

— Tu pourrais frapper, dit Françoise.

— Qu'est-ce qu'on a à se cacher, le spectacle, c'est une histoire à vivre ensemble, non?... Puis laissant son regard glisser de l'une à l'autre : Vous êtes magnifiques! Cette mouche te donne un air cruel et provocant... Je ne sais pas si c'est une bonne idée... Il regarda le décolleté d'Anne. Elle surprit son regard :

— Tu es metteur en scène ou voyeur?

— Quelle est la différence...

Il sortit, Françoise ricana :

— Heureusement qu'on ne tourne pas un film... Ce serait un gros plan pour Anne, et encore un autre gros plan pour Anne...

— Anne et ses sœurs... Françoise ferma les yeux et s'inclina : Merci Tchekhov d'avoir écrit trois rôles formidables, différents et émouvants, trois vraies sœurs...

– Tu as envie de t'installer chez lui ou pas? demanda Anne à Miléna.

– Oui. C'est la première fois... Je suis pourtant bien avec ma sœur, l'atelier est immense, on a de la place, et chez lui, c'est plutôt étroit... Mais j'ai envie d'essayer...

– Méfie-toi, c'est ça qui casse tout, le quotidien, dit Françoise.

– J'adore le quotidien, s'écria aussitôt Miléna, comme si elle s'était sentie provoquée. Si ça casse, c'est qu'on n'aura pas été assez forts pour surmonter tout ça, et ce sera alors une excellente raison de tout casser...

– Ne parle pas comme ça... Il n'y a jamais de bonnes raisons pour se quitter... Elles sont toujours tristes, amères...

Quand elles furent prêtes, elles partirent ensemble vers le plateau de scène rejoindre les autres acteurs, costumés eux aussi. Des militaires de l'armée russe impériale, galons et épaulettes dorées, qui parlaient de l'été à Paris, de Flushing Meadow, du Tour de France, la main négligemment posée sur le pommeau de leur épée.

2

Pendant un temps, Miléna assuma cette situation nouvelle de n'être plus chez elle et pas encore chez Adrien. Elle ne retourna plus dans son appartement que pour y relever les messages du répondeur, prendre son courrier, changer de vêtements et voir sa sœur. Ce va-et-vient entre deux lieux l'exaspéra. Un matin elle décida d'habiter chez l'homme avec lequel une histoire venait de commencer.

Elle possédait peu de chose et en quelques heures les cartons entassés dans une camionnette louée à la mi-journée avec déménageur, changèrent de domicile. Par une translation amoureuse, son univers glissa vers un autre lieu choisi par elle, pour y vivre autrement.

Sabina l'avait aidée à empaqueter, c'est elle encore qui aida à l'installation des cassettes, des livres, des robes, des objets, souvenirs d'anniversaires, dans le deux-pièces d'Adrien. Il fallut faire avec... avec les étagères surchargées, la penderie envahie, l'armoire déjà remplie...

Adrien, qui avait passé sa journée à projeter ses photos américaines à l'agence, trouva en rentrant deux femmes dans sa maison et un déménagement. Sabina était blonde, plus fragile que sa jeune sœur, plus grande pourtant, un visage clair. Miléna tenait encore à la main des morceaux de verre, elle venait de pleurer.

– J'ai l'impression de ne pas en finir de me chercher une place ici... En plus, je viens de casser le cadre de ma mère...

Des cartons écorchés traînaient un peu partout, il

se sentit envahi. Il embrassa Miléna, et fit un effort pour que rien ne paraisse de cette contrariété, laissant ce futur s'organiser autour de lui, comme un joueur qui abat une carte. Pour voir.

Sabina regardait, attendait que les questions soient posées. Elle observait avec une sorte d'attention qui pouvait passer pour de la mélancolie, mais qui semblait, plutôt qu'un état d'âme du moment, sa manière habituelle de regarder la vie des autres.

Ils dînèrent tous les trois au milieu des robes et des cintres, d'une paire de chaussures de ski, de chapeaux d'homme et d'un néon bleu formé de lettres de verre, désormais posé au-dessus du téléviseur. C'est Sabina qui le brancha, et le mot *Aujourd'hui* illumina la pièce. Ils se regardèrent et quand ils aperçurent leurs mines livides, ils éclatèrent de rire. Adrien dit : « En ce moment il y en a qui se font bronzer sur les plages et nous, *aujourd'hui*, on blafarde. »

Ils remirent à plus tard l'appartement neuf, plus grand, blanc, vide, qu'ils ouvriraient un jour, regarderaient comme un roman à écrire, imaginant les gravures à accrocher, la place d'objets à poser, une moquette claire, des tapis, des livres, des fauteuils profonds, un magnétoscope... Un espace à leur convenance.

3

Doucement, ils s'amarraient l'un à l'autre.

Miléna débarquée chez Adrien avec larmes et bagages n'avait pas été simple à accepter. Lui qui aimait comprendre avant d'agir, il s'était senti bousculé. Miléna, elle, faisait l'inverse. Ses bagages encombraient Adrien, mais il aimait ses larmes qui jaillissaient comme sur le visage des enfants. « L'eau d'amour » disait un texte oriental pour parler d'elles, parce qu'elles ne mentaient pas...

Parfois le rythme de l'un était imposé à l'autre, puis cela s'inversait, et les pouvoirs en jeu, d'autonomie, de maîtrise, d'emprise circulaient entre eux sans qu'ils sachent jamais lequel tenait l'autre prisonnier...

Un jour, il sut qu'il était trop tard. Trop tard pour interrompre cette histoire. Un réseau de mots, de gestes et de regards les reliait si fort que le briser aurait été déjà aussi barbare que brûler un manuscrit ou lacérer un tableau. Les heures, les jours s'ajoutaient irrémédiablement pour les mêler et faire d'eux un seul visage qui jouait sa tragédie sur un décor d'aujourd'hui.

Elle se mit à écrire des billets qu'il trouvait parfois dans ses chaussures ou épinglés à un T-shirt. Il envoya un télégramme au théâtre pour l'informer qu'elle lui manquait terriblement, à cette heure de l'après-midi du lundi 7 juillet 198..., à trois heures précises. Ils inventèrent des signes pour que les absences et les silences ne soient jamais trompeurs ou se mettent à ressembler à de la mort indolente.

Pendant quelques semaines de juillet-août, ils furent insouciants du peu d'argent, du manque de place, d'un été à passer à Paris loin d'un océan ou du bleu de la Méditerranée.

Ils marchaient le long du canal, rentraient chez eux, faisaient l'amour, repartaient dans les rues de la nuit pour danser dans des lieux repérés sur un magazine qui livrait chaque mois la liste des endroits convenables, fous ou sophistiqués.

Ils dansèrent la salsa, écoutèrent des percussions africaines, découvrirent des danseurs dogons, mangèrent des brownies, burent du mezcal et des *chamarrés*, nom français pour cocktail, qu'un barman du IXe arrondissement avait inventé. De la vie immédiate, rapide, entrecoupée de rires, de corps qui s'habillent, se déshabillent, se rhabillent et contemplent leur image dans une glace avant de s'exhiber dans la rue, ou sous les lumières stroboscopiques d'une piste à danser.

Amusés d'une gaucherie, d'une marche de trottoir manquée, d'un lapsus, d'une émission de télé insignifiante, ils aimèrent la nuit et apprirent à dormir enlacés.

Le monde était provisoirement simple, lisse, conforme à un rêve adolescent. Harmonieux. A peine si le malheur arrivé d'ailleurs et entr'aperçu dans un journal TV parvenait à les émouvoir. De toute manière leur compassion était éphémère et disparaissait au reportage suivant.

Ils avaient chacun un corps à découvrir, avec sa géographie, ses odeurs, ses zones douces, ses doigts à mêler, le mouillé d'une bouche, la fermeté des muscles, le satiné d'une peau. Le sexe, toujours mystérieux, synonyme parfait, à certains instants, de ce qu'est l'autre, l'étranger adopté, le désiré, convergence du désir et du plaisir, centre du corps et du monde, ressenti, broyé, le lieu du mal et de la beauté, un voile qui se déchire, désir clair-obscur de l'entre-nuit, attirant comme un masque, le sexe restait cet espace d'un monde anéanti, là où la finitude se termine pour pénétrer un autre temps, sans guerre, sans amour, le terrain du jeu pur où l'histoire s'interrompt, les possibles s'infinisent, les obligations s'annulent...

Ils jouaient, ils vivaient, ils respiraient, étaient émus de se retrouver à vivre l'un en face de l'autre.

Et comme un début de révolution, leur amour fut joyeux, excessif, désordonné.

4

« Il faudrait que vous veniez certains soirs de garde... Les samedis soir surtout... Il y a toute la misère du monde qui défile, débarquant des ambulances ou des cars de Police-Secours. Des épaves, des paranoïaques, des déglingués de toutes sortes... Des types drogués au bétel, à l'ergot de seigle, à la belladone, tout ce qui peut se trouver en pharmacie, et ils arrivent couverts de sang, voient des lions, des crocodiles partout, leurs yeux sont horrifiés, des armées d'occupation surgissent tout autour d'eux et ils hurlent, lancent des assauts... Il y en a d'autres qui s'inventent des tortures, se croient persécutés par des maniaques du téléphone... La semaine dernière, une femme bon genre, chic, nous a parlé sans arrêt, un délire permanent, de ses voisins, un couple qu'elle entendait forniquer en permanence au travers de sa cloison : « Ils font l'amour toute la journée comme des bêtes... Et même quand lui n'est pas là, je l'entends soupirer, gémir, je sais qu'elle se masturbe, j'entends tout... Je n'en peux plus de cette débauche autour de moi, ça m'envahit de partout, ils le savent que je suis toute seule, et ils le font exprès de jouir en criant comme des animaux... »

Seule Sabina passait les voir quand ce n'étaient pas eux qui la retrouvaient dans un café de son quartier, à la Bastille. Interne à l'hôpital de la Pitié-Salpêtrière, elle finissait sa médecine. Et en dehors d'Anne et Françoise, les comédiennes que Miléna voyait chaque jour, tout leur réseau d'amitiés passées et présentes était en vacances ou voyageait.

Contrairement à Miléna, Sabina se sentait toujours reliée à Prague, à la Tchécoslovaquie. Elle avait déjà douze ans quand ils quittèrent le pays et la transplantation avait été douloureuse. La différence de langue l'avait retardée dans ses études et elle disait encore « les envahisseurs » pour parler des Russes.

Elle aimait voir Adrien et sa sœur ensemble. Elle ne disait rien là-dessus. Elle pensait seulement que ces différences qui les attiraient tant aujourd'hui pourraient bien être un jour un espace si grand entre eux, qu'ils ne parviendraient plus à franchir la distance qui les séparerait.

Parce qu'elle ajustait mal sa vie à ses rêves, elle pensa qu'elle ressemblait à Adrien.

Sans emphase, parfois avec étrangeté, ils regardaient le monde dans lequel ils vivaient, et sans le trouver convenable, le jugeaient acceptable. Et ils n'eurent ni honte ni peur d'utiliser des mots simples que, dans un autre temps, on eût qualifiés de démagogiques, réactionnaires ou vieillots. Ils découvraient sans a priori, dépouillés de leur histoire, les mots fraternité, réussite, mérite, travail, et ils n'eurent pas à se désengager puisqu'ils n'étaient engagés en rien.

Mais dans le flux des discours, c'est la musique qu'ils se mirent à préférer aux mots. Ils lui firent confiance puisqu'elle n'imposait rien, n'ordonnait pas, ne divisait pas, et qu'elle les rassemblait le plus souvent dans des lieux gigantesques pour qu'ils jouissent ensemble d'un spectacle qui ne s'adressait qu'à leur peau et à leur sensualité, à leur désir de bouger tout entiers, comme des arbres dans le vent, des caravelles sur les vagues : un plaisir à l'état brut déconnecté des dialectiques et du raisonnement.

Sans équivoque puisque sans projet, la musique ne

pouvait mentir et ils remplacèrent *le Petit Livre rouge* de leurs aînés par des walkmans pour partir à la recherche de leur corps, imaginant que sa liberté retrouvée saurait repousser les forces qui tentaient d'emprisonner leur vie.

5

Par jeu et pour parfaire leur complicité, il lui donna des surnoms : « ma petite parcelle d'univers » fut le premier et sans doute celui qui leur plut le plus à tous les deux. Elle détesta « Mimile », diminutif de Miléna, qui faisait beaucoup rire Adrien et qu'elle trouvait vulgaire et à cent coudées au-dessous de la magie de son nom. Il y eut « Amour-Ketchup », parce que selon lui, elle mettait l'amour à toutes les sauces et le ketchup lui servait de sauce à tout... « Mon brave soldat tchèque » se retrouva diminué lui-même en « soldat » tant il aimait la voir marcher, décidée, son pied droit légèrement rentré en dedans, tête en arrière, prête à affronter toutes les guerres, les grains, tous les assauts... « Mère Courage » participait du même registre... « M la Maudite » parce qu'ils adoraient Fritz Lang et que le film venait de repasser à la télévision, les autres surnoms, « Mimosa » et « Mimi la Pragoise » ne durèrent que quelques jours...

Au début, elle eut de petites pudeurs et se déshabillait le soir dans la salle de bains pour rejoindre Adrien en T-shirt ou chemise de nuit. Alors qu'on aurait pu s'imaginer une Miléna secrètement couverte de culottes en soie, soutiens-gorge assortis, le tout d'une seule couleur, noir ou blanc, ses sous-vêtements ne correspondaient en rien à son prénom : ils étaient bariolés, les culottes souvent larges et les soutiens-gorge toujours disparates. Et si Adrien trouvait ridicule qu'elle lise son horoscope dans les magazines féminins, il ne refusait jamais qu'elle lui lise le sien à haute voix, avant qu'ils s'endorment.

Parfois, dans ses rêves à lui, il y avait la présence de Marianne, son histoire d'avant. Et dans ses rêves à elle, le visage de Pierre venait se superposer à celui d'Adrien sans qu'elle sache pourquoi : elle l'avait oublié le jour même où elle avait téléphoné pour lui dire qu'elle ne le reverrait plus. Mais ils n'encombraient pas leurs matins à parler de ces rêves-là, et leurs vies continuaient d'avancer comme si elles n'avaient pas eu de passé amoureux.

Il y avait dans toute la ville une volonté farouche d'être moderne... Certains couraient derrière une apparence, d'autres derrière une intelligence, d'autres encore après des ombres qu'ils croyaient être eux, vivants. Cette course au label de la modernité était parfois pitoyable, comique. Que de vitalité dépensée pour s'éloigner de soi et tenter d'acquérir le masque du temps, un emballage d'époque, pour cacher sa vie... L'oublier.

La ville multipliait les lieux, les scènes éphémères où le label était attribué ou s'auto-attribuait par muet consentement. Chacun était l'acteur et le censeur, et ce jury sans visage, cruel et sans appel, n'avait qu'une forme de sanction pour qui se trompait de mots, de travesti ou de visage : l'indifférence.

Ils participaient peu à ces dédoublements, mais quand ils se sentaient pleins de vitalité, il retournaient danser dans les endroits que la rumeur donnait pour les derniers à hanter. Miléna mélangeait alors des chemisiers brillants, dessinés et colorés par des stylistes japonais, à des vestes trouvées pour rien dans les boutiques en solde des Halles ou de la République. Il avait retrouvé, lui, un smoking des années trente qu'il portait avec des chaussures mexicaines en lézard bleu.

Quand l'énergie leur faisait défaut, ils sortaient de ces lieux de parade pour errer devant les cinémas. S'ils ne parvenaient à s'enthousiasmer pour aucun film récent, ils entraient dans un salon de thé et mangeaient des muffins qu'ils tranchaient en deux pour les beurrer et les couvrir de confiture d'orange. Le Lapsang Souchong fut alors leur thé favori.

Une nuit, Miléna rêva la guerre.

Un avion bombardier survolait la ville, de nuit, lentement, silencieux, de grands projecteurs le cernaient dans le ciel. Puis, quand il fut exactement à son apogée, il largua une bombe énorme, noire, qui se découpait parfaitement dans les faisceaux des lampes à arc. Cette bombe descendit lentement, planant comme une montgolfière... Miléna savait, il ne pouvait y avoir de doute, tout cela était atomique, la peste allait se répandre dans les rues, les appartements, une peste de chaleur et de lumière auxquelles s'ajouterait un rayonnement invisible qui pénétrerait au travers des peaux, des jambes, des bras, au centre des ventres et des yeux pour détruire les sentiments et les mémoires... Elle murmura : « C'est arrivé! C'est arrivé! » Et cela sans bruit. Un glissement dans le ciel.

6

Chaque début de soirée portait avec lui son rituel.
Adrien attendait Miléna à la sortie du théâtre. Il
feuilletait un journal, jouait au flipper dans un café,
lui écrivait un billet qu'il lui lirait un peu plus tard en
roulant dans Paris, ou assis à une terrasse. Quand
elle arrivait enfin, ils s'étreignaient comme à l'aéroport, lorsqu'elle était venue l'attendre. Ils avaient
alors devant eux une soirée et une nuit.

Ils ne se lassaient pas de traverser Paris en tous
sens comme des étrangers qui viendraient de débar-
quer. Ils l'admiraient et étaient heureux de sa beauté.
Pour cause de vacances, la circulation y était fluide
et les monuments illuminés. Ils roulaient fenêtres
ouvertes et leurs cheveux volaient sur leur visage.
Après avoir longé la Seine vers Bercy, être passés
sous le métro aérien, ils étaient revenus par la Nation
et avaient décidé de manger dans le quartier arabe de
Belleville. Ils n'avaient pu s'empêcher de remonter
ensuite les Champs-Elysées, de s'arrêter à nouveau
pour acheter des gelatti pistache qu'ils léchaient en
roulant. C'est place des Ternes, après avoir tourné
deux fois autour du square que, ce soir-là, devant la
brasserie *la Lorraine*, Adrien stoppa brusquement.

– J'ai envie de voir la mer avec toi... Maintenant.

– J'ai aussi envie de voir la mer avec toi, maintenant.

Ils prirent le périphérique pour retrouver l'autoroute de l'Ouest. En sortant de la station essence où
ils venaient de faire le plein, Miléna dit : « Tu ne
m'as pas dit ce que tu m'avais écrit ce soir... »

Réponse immédiate à cent cinquante à l'heure, dans la nuit, l'été, deux phares pour décrypter l'inconnu :

Loin de toi, je pense à toi, près de toi, je pense à toi...

Loin des marées, des déserts, des hommes en guerre, je pense à toi...

Loin de moi, je pense à toi...

Loin des persiennes closes et des papillons d'Amazonie, je pense à toi...

Loin de chaque indifférence, je pense à toi...

Loin si loin, loin quand il n'y a plus rien, je pense à toi...

Ils roulèrent sur la trajectoire rectiligne de l'autoroute, joyeux de cette folie d'avoir quitté une ville en pleine nuit, sur un caprice, heureux de cette déraison, de respirer les effluves d'essence mélangés à la fraîcheur nocturne, de regarder en passant les néons blafards de ces caravansérails modernes qui jalonnaient leur course. Fenêtres grandes ouvertes, le sifflement du vent et le bruit du moteur s'enroulaient autour d'eux, tels les remous d'un bateau à roues qui les aurait emportés sur le plus grand fleuve du monde.

Ils s'étaient dépouillés de Paris, de ses murs de pierre, comme d'une certitude délaissée, pour aller à la rencontre d'une folie inconnue, innocente, avec cet intense plaisir du mouvement, d'être entrés dans la vitesse et de fuir vers un rivage de l'ouest, une fin d'Europe, le bout d'un continent.

Ce n'était ni leur destin accéléré, ni la beauté d'une randonnée imprévue qui les excitaient, mais cet absurde écart d'une de leurs nuits, qui les emportait ailleurs, vivre un épisode de leur histoire.

Adrien crut bon de raconter une légende celte qui attribuait aux marins d'être, avec leurs bateaux, des passeurs de morts, de ce monde-ci dans l'autre. Elle feignit une peur panique et demanda s'il était bien certain que l'autoroute n'arrivait pas directement face à la mer, au sommet d'une falaise, sans panneaux, pour que les automobilistes amoureux puissent faire un saut de l'ange somptueux, une dernière apesanteur avant l'oubli.

Ils arrivèrent sur la côte normande vers deux heures du matin.

Sur une plage où la voiture avait pu les conduire, ils s'arrêtèrent. Une mer nocturne, un ciel étoilé, surpris par ce brusque silence, ils regardèrent ce qui s'offrait à eux et ne purent parler... Juste le bruit de la marée, leurs ombres et une immensité tout autour... Ils ne se sentirent ni perdus, ni minuscules, géants bien au contraire, connectés à des obscurités qu'ils devinaient. Ils restèrent appuyés au capot dont les chromes, à certains endroits, renvoyaient la lumière diffuse des étoiles.

Ils regardèrent leurs visages... Eux et pas eux. Des ombres inconnues sur les pommettes et autour des regards leur fabriquaient des masques étranges. Ils ne se touchaient pas... Comme si chacun voulait se laisser pénétrer seul de ce décor et de ce vide, ils s'observaient, eux qui n'avaient connu que Paris pour les envelopper dans les rues de ses arrondissements... Là, c'était l'espace. L'espace du monde et de n'importe quel océan, de n'importe quel ciel : *l'Océan, le Ciel*... Le monde du temps qui ne passe et ne change pas... Des siècles et des siècles de ce même bruit de vagues sur des roches et du sable, de ce même outremer des nuits d'été... Des millions d'années comme cela, sans que l'histoire des monarques et des guerres n'altère jamais rien de ce bruit ni de cette couleur. Et les différents ordres de l'humanité s'étaient succédé avec, immuables, ces témoins qui ne percevaient pas les rides des hommes, à peine celles des civilisations, continuant d'être la mer, le ciel et les étoiles.

Adrien, le premier, osa parler : « Quand j'étais gamin, je croyais que chaque étoile était un enfant pas encore né, et qui attendait dans le ciel qu'on vienne le détacher pour aller rejoindre des parents qui l'avaient appelé sur la terre... Je me demande si d'une certaine manière, je n'y crois pas encore... La mer, le ciel, les déserts... D'où peuvent venir nos émotions quand on les regarde? Comme si on y avait circulé un jour, libres, et que l'on se souvienne d'y avoir été heureux... »

Ils se rendirent compte ensemble, pour la première fois, qu'ils n'étaient pas que des rôdeurs de ville, vivant provisoirement des morceaux de leur vie dans un quartier, puis dans un autre... Ils étaient deux personnes que le hasard avait fait se rencontrer dans ce monde qu'ils découvraient cette nuit autour d'eux... Leur décor, ce n'était pas seulement un canal, une montée d'escalier, les monuments de Paris, mais cette gigantesque beauté : la mer, le ciel, les étoiles, les galaxies, et ils le découvraient naïvement, comme un enfant qui apprend un jour qu'il habite non pas un village, mais un département, qui fait lui-même partie d'un pays, d'un continent.

Et dans ce monde, ils n'étaient pas seuls. Ils pouvaient s'y étreindre la nuit, le jour, ils pouvaient s'y espérer, avec, à chacun de leurs instants, un visage auquel penser et rêver. Ils avaient une vie à passer là, et c'est ce qu'ils avaient oublié : ce monde grandiose et magnifique était à eux.

Miléna s'était assise sur le sable, les genoux repliés, son menton appuyé dessus. Adrien, debout près d'elle, étendit le bras et posa la main sur ses cheveux. Ils restèrent un long moment à ne rien dire... A être là, isolés de tout, le vent sur leurs peaux... Adrien ressentit dans sa main qui la caressait, les soubresauts légers du corps de Miléna. Il se pencha vers elle.

– Qu'est-ce que tu as?

– Je suis tellement heureuse à cet instant... plus jamais ça ne pourra être ainsi, ce bonheur d'être là, sans rien d'autre que cet espace autour de nous... Comment être à l'intérieur de la mer, du ciel, comment être à l'intérieur des choses pour qu'elles ne s'oublient pas...

Elle le fixa : « Il faudrait mourir Adrien... Maintenant... Comme un vœu d'éternité que l'on s'offrirait... Que plus rien n'existe après cela... Faisons-le pendant que nous sommes si bien, apaisés, que ce soit le premier suicide d'extase... »

Elle s'était pressée contre lui et voulut l'entraîner vers la mer : « Qu'est-ce qui nous arrivera... Est-ce qu'on se quittera, est-ce qu'un jour on se souviendra de cette nuit et que cela fera mal d'y avoir songé encore une fois? »

Elle se tut, comme si cette pensée ne pouvait être imaginée sans douleur. Adrien la tenait serrée contre lui. Elle continua :

– J'aimerais tellement, tellement garder tout cela intact, avec toi à mes côtés pour t'en souvenir aussi... Se dire une seule phrase : « Tu te souviens de la nuit à l'océan? »... Conserver vivante chacune de ces secondes dans nos mémoires, en jouir sans amertume et continuer de penser que la mer était belle et grave, le ciel somptueux, rempli de ses étoiles.

Elle rejeta ses cheveux en arrière, elle eut un sourire vers Adrien, puis regarda le ciel... « Regarde, elles sont toutes là... Toutes... Tes enfants de lumière... Oh, Adrien, laisse-moi te dire des mots d'un autre temps, mon doux, mon tendre, mon aimé, quelle chance nous avons d'être là, sans ombre entre nous, sans malheur, sans passé, sans déchirure...

Intacts, immenses comme le ciel, comme la mer...
Ensemble. »

Miléna... Adrien s'était blotti contre elle. Le froid
les fit frissonner, mais ils ne le sentirent pas. Et leurs
corps rapprochés, de loin ressemblaient à un
rocher...

Quand le jour se leva, ils étaient endormis, recro-
quevillés à l'arrière de la voiture. Ils roulèrent vers
Cabourg et prirent des petits déjeuners à la terrasse
du Grand Hôtel. Ils furent les premiers. Mais les
vacanciers se levaient, des enfants portant des épui-
settes couraient. Une jeune fille très belle passa à
bicyclette, habillée de blanc, sur la promenade en
brique du bord de mer.

La plage se remplissait... Le ciel devenu clair, la
mer s'était retirée. Il dit :

– « Longtemps je me suis couché de bonne
heure... »

– Pas cette nuit en tout cas!

– « ... Parfois, à peine ma bougie éteinte, mes
yeux se fermaient si vite que je n'avais pas le temps
de me dire...

– ... Je m'endors. »

Ils ôtèrent leurs regards de la mer, traversèrent le
grand salon de l'hôtel sans apercevoir les lustres en
verre de Venise qui pendaient du plafond. Une ville
de province russe attendait Miléna à Paris, son
rendez-vous quotidien avec Anton Tchekhov. Ils
laissaient derrière eux cette parenthèse de nuit, un
bonheur intense que leur mémoire ressortirait peut-
être pour qu'ils se rapprochent s'ils s'étaient éloignés,
ou tenterait d'anéantir s'ils se trouvaient orphelins
l'un de l'autre un jour, quand leur histoire n'existe-
rait plus.

– Adieu Balbec, dit-elle sans se retourner, au
premier péage de l'autoroute.

7

Ils n'avaient jamais songé à savoir ce qui avait déjà changé en eux. Leurs adolescences étaient encore trop proches dans le temps mais curieusement si lointaines dans leur mémoire... Leur préoccupation n'était que de vivre avec ce monde dans lequel ils étaient plongés, instinctivement, sans se soucier de savoir s'ils étaient en phase avec lui ou décalés.

Pourtant, ils savaient qu'ils avaient changé. Mais ce n'était pas encore un reniement, ni une accommodation. Ils vieillissaient lentement, sans s'en rendre compte, imaginant que le monde vieillissait à la même vitesse qu'eux. C'est seulement un peu plus tard, dans six mois, dans un an, que des forces qu'ils n'auraient pas remarquées s'opposeraient à eux, à ce qu'ils appelleraient leur liberté, ou la réalisation de leur vie, et qu'ils découvriraient l'énergie qu'il faut déployer pour résister à ces enfermements leur annonçant qu'ils venaient de perdre une partie d'un pouvoir, celui d'être jeunes et de dire merde au monde entier.

8

Certains matins, Miléna traînassait.

Des heures, la matinée entière en peignoir, elle tournait, allait de la cuisine au petit sofa près de la fenêtre comme si elle retardait le plus possible le moment d'avoir à sortir. Elle lisait, des romans, des revues, refaisait sans cesse du thé où elle trempait des biscottes qu'immanquablement elle brisait en les beurrant. Adrien détestait les matins, détestait d'avoir à la regarder si longuement entre sommeil et éveil, de l'entendre ronchonner à propos des biscottes qui se cassaient... Comme elle ne pensait jamais à refaire le lit, et que lui ne pouvait se mettre à travailler près d'un lit défait, il tirait alors la couette d'un coup sec et frappait exagérément fort les oreillers... Elle l'entendait, souriait de sa mauvaise humeur et continuait tranquille sa lecture tout en trempant ses biscottes brisées.

– J'aimerais bien que tu connaisses mon père, Adrien!

Il ne répondait pas et pensait que régulièrement elle lui répétait cette phrase, comme une pierre qu'on lancerait dans l'eau pour voir si un jour elle va se mettre à flotter.

Il détestait les matins. Excédé, il descendait acheter un journal et s'attardait dans un bistrot, prenant, un, deux, trois cafés, sachant qu'à son retour, elle ne manquerait pas de lui reprocher d'être resté si longtemps absent, comme s'il la fuyait. C'est alors qu'il aimait l'imaginer fonctionnaire, pour qu'elle soit obligée de quitter l'appartement à huit heures, le laissant commencer, à son rythme, une journée qu'il imaginait remplie d'écriture, de réflexion, de travail.... Puis, cette idée le faisait sourire : Miléna fonctionnaire! Si elle savait...

Vers midi, elle était prête. Une douche, coiffée, elle ne maquillait que ses yeux. Robe ou jean, il aimait sa façon de s'habiller et éprouvait alors du remords d'avoir envisagé qu'elle puisse entrer dans la fonction publique. Elle l'attendrissait à nouveau et quand elle le quittait pour le théâtre, il savait qu'il la retrouverait dans la soirée, anxieux qu'elle ait pu l'oublier quelques heures ou d'avoir à imaginer qu'elle puisse être entrée dans une autre histoire que la leur.

Cette multitude d'hésitations, d'émotions contradictoires, leur semblait à certains moments dérisoire et, face au flot de bruit et d'événements qui les submergeait, ils auraient aimé trouver des parapets où appuyer leurs mains et leur histoire. Ils aimaient se sentir en équilibre, sur ce fil de rasoir qu'était une vie au jour le jour, mais ils auraient aussi aimé pouvoir, à certains moments de désarroi, se sentir entourés d'une bienveillante sollicitude qui aurait veillé sur leurs destinées. Dégrisés du danger d'avoir à inventer chaque seconde la seconde suivante, ils souhaitaient parfois qu'on leur souffle les choix à effectuer et les actions à mener pour ne pas s'égarer.

Il dit.

« Un jour, tout cela sera passé. Chaque seconde que l'on vit en ce moment sera un petit pli de nos cerveaux. On oubliera, on élaguera, on choisira, on se souviendra de quelques-uns de nos élans fervents, des violences, de toutes les beautés. On en parlera en disant, tu te souviens, ou bien rappelle-toi, mais si, c'était l'été 198..., on venait de se rencontrer... Moi je dirai, tu renvoyais tout le temps avec la main un côté de tes cheveux vers l'arrière. Tu diras, oui je me souviens, toi tu ne disais jamais que tu m'aimais... »

Miléna.

« C'est bien ça le mystère... Ce temps qui passe et qu'on dépense sans compter. On dilapide tant de nos secondes... Souvent je m'en veux de n'être pas vigilante avec lui, de ne pas faire plus, de ne pas mettre en place des projets, observer, apprendre, écouter les gens, mieux... On reste accrochés à tant de choses qui nous envahissent et volent nos énergies. Parfois, je trouve cela si vain d'être comédienne, dire les mots des autres, réinventer les sentiments des autres pour la durée éphémère des représentations... Mon Dieu, s'il y avait des répétitions aussi dans la vie pour apprendre à vivre, apprendre à aimer, apprendre à ne pas faire mal, apprendre à attendre, à comprendre, apprendre à se garder... Mais c'est la première vie qu'on vit! Je fais si souvent ce cauchemar d'être sur une scène et de ne pas avoir appris mon texte, je cherche le livre... *Le livre!* »

Adolescente, elle choisissait des dizaines de volumes dans la bibliothèque de son père pour apprendre à ne pas oublier. Elle les feuilletait, puis mémorisait des pages au hasard, et se donnait l'impression d'utiliser son temps à ne pas oublier le temps...

« Mais on oublie, Adrien, on oublie! Tu te rappelles tous ces morts et tous ces cris sous les décombres du tremblement de terre à Mexico, on les a oubliés aussitôt parce que Simone Signoret nous quittait et qu'on la pleurait, puis la comète de Halley est passée près de la Terre, et on l'a regardée, émerveillés, alors qu'elle était remplacée à son tour par le visage de cette petite Colombienne, Omaira, que toutes les télés du monde filmaient pendant qu'elle s'enfonçait dans la boue, qu'elle y mourait... Tout remplace

110

tout. Rien n'a le temps de nous fixer, de nous amarrer à lui... On oublie nos vies comme si elles étaient à d'autres... Mais moi, je n't'oublierai jamais... Je n't'oublierai jamais... Je n't'oublierai jamais... »

9

Une nuit, tard, Maria, la femme d'Antoine, appela. C'est Adrien qui décrocha.

– Je vous dérange...

– Non, on vient de rentrer... Je vous croyais en vacances...

– Je suis revenue...

Sa voix était hésitante, tendue. Il imagina aussitôt qu'elle était rentrée seule.

– Vous voulez que je passe? demanda Adrien en regardant Miléna.

– Oui, oui. Ce serait bien que vous passiez...

Il traversa en dix minutes les arrondissements qui les séparaient. Une heure du matin, l'été, Paris redevenait une ville agréable à vivre.

Il trouva Maria assise dans un fauteuil, deux tasses vides auprès d'elle. Elle avait préparé de l'infusion.

– Je sais que vous aimez le tilleul...

– Je suis toujours aussi étonné que l'on continue à se vouvoyer... Mais j'aime bien, dit Adrien.

– J'ai toujours du mal à dire « tu », mes parents, ma famille, tout le monde se disait « vous ». Avec certaines personnes, ça crée une élégance dans l'amitié qui, je trouve, a de l'allure...

Sa voix, devant Adrien, avait repris de l'assurance. Il devinait qu'Antoine était la cause de ce découragement, mais n'osait en parler le premier, ne sachant même pas si cette histoire avec Alice (Je suis de Metz moi, d'une famille catholique...) était terminée ou non...

– Vous ne me demandez pas comment va Antoine

parce que vous savez que c'est de lui que l'on va parler...

Il y eut un silence, il la laissa poursuivre.

– ... C'est horrible d'être jalouse, meurtrie... C'est un sentiment que je n'avais connu que petite fille, à l'école, quand mes jeunes amoureux rencontraient une fille plus attractive que moi et me quittaient... Mais la douloureuse blessure ne durait qu'une, deux semaines...

Elle s'était approchée, baissant le ton...

– Vous savez ce que je faisais, je fabriquais des poupées qui ressemblaient aux filles pour lesquelles ils me quittaient. Comme j'habitais la banlieue, j'avais un train à prendre chaque matin pour aller au lycée et, par la fenêtre, en passant au-dessus de la Seine, je jetais les poupées dans l'eau pour qu'elles s'y noient... Horrible, non? je n'ai jamais osé le raconter... Là, aujourd'hui, j'ai le sentiment que c'est le monde entier qui me trahit à travers la trahison d'Antoine... Vous comprenez cela?

– Je crois... La personne qu'on aime est comme l'ambassadrice de toutes les autres, de l'humanité...

– Oui. Quand je vois dans les rues tous ces gens que je ne connais pas, je pense qu'ils sont pour quelque chose dans cette trahison, vous Adrien, Miléna aussi... On se retrouve tellement seul que tous les liens qui nous unissaient aux lieux, aux objets que l'on aimait semblent brisés. L'alliance est rompue et c'est le désenchantement. Tout se retrouve réduit à soi-même... Cet appartement n'est plus notre appartement, ni mon appartement, c'est un lieu fonctionnel où je dors, où je peux me préparer un repas, m'asseoir... Un appartement. Vous voyez à quel point les choses s'éloignent, se réduisent à n'être que ce qu'elles sont, et c'est cela alors le vide, l'absence, le silence...

Adrien servit les infusions. Il ne voulait surtout

pas se prononcer sur les agissements d'Antoine. Il n'y avait rien à en dire, ni surtout à faussement promettre que tout allait finir par s'arranger. Elle continua sur le même ton, inexpressif... Sans larmes ni émotion, un constat :

— C'est curieux, dans un moment comme celui-là, on a envie d'obscurité, d'entrer dans la terre, de s'y enfouir pour ne plus avoir affaire avec la lumière, avec le ciel, avec les visages... Je sais que mon intelligence n'est pas entamée, que je peux paraître normale, discourir, écouter, mais il y a un réseau en moi qui semble coupé, toute cette capacité à entretenir des liens invisibles... d'amour, appelons-les comme ça, avec tout ce qui m'entoure. Vous savez, en ce moment, les gens aiment peu, et je viens de m'apercevoir que ce potentiel, cette force, cette capacité à aimer que l'on possède en nous est immense et si elle ne se manifeste plus, c'est que ce qui nous unissait au monde a disparu... Ou est en train de disparaître.

Adrien proposa de dormir sur un canapé. Elle refusa, mais il sentit qu'il était important qu'une présence, un corps, une voix soient auprès d'elle ce soir.

Il téléphona à Miléna pour lui annoncer qu'il restait dormir là.

114

10

Ils ressentaient l'anonymat comme une souffrance. Non pas qu'ils voulussent être célèbres, reconnus, chéris. Ils auraient aimé seulement que leurs visages portent un signe qui soit le code minimal pour informer les autres qu'ils n'étaient pas n'importe qui. Qu'ils vivaient, pensaient, et tentaient d'agrandir autour d'eux un espace plus important que leurs seuls corps, un espace qui dépassât le quotidien, le fugitif.

Sans repères, eux seuls étaient les bornes indéfinies de quelques certitudes. Ils auraient été bien en peine de citer l'écrivain, le cinéaste dont ils attendaient l'œuvre prochaine avec fièvre et impatience. Ils lisaient, allaient au spectacle, écoutaient des musiques, mais toutes ces informations traversaient leur vie sans vraiment y apporter un supplément de sens. Ils cherchèrent parmi les visages qu'ils apercevaient à la télévision celui ou celle qui allait faire la bonne analyse, le décryptage exact de cette multitude d'événements dont ils se sentaient envahis et dont ils ne parvenaient pas à trouver les fils qui les reliaient tous.

Ce vide ne les effraya pas.

Ils entendirent parler de cette pendule géante qu'on allait accrocher dans un musée de la ville pour décompter en public les ultimes secondes, minutes et heures jusqu'à l'an 2000. Quand l'horloge électronique terminerait son compte à rebours, Miléna aurait quarante ans, Adrien quarante-deux. Ils savaient bien que leur jeunesse, celle qu'ils vivaient en ce moment, les aurait quittés depuis longtemps, mais ils ne parvenaient pas à s'imaginer autrement que jeunes. La quarantaine, c'était les autres, comme la mort, la faim, la torture. Menacés qu'ils étaient par le temps, ils savaient qu'ils n'y succomberaient pas. Et comme ce politicien qu'ils avaient entendu déclarer, péremptoire, que le fait d'être minoritaire donnait politiquement tort, ils brandissaient leur jeunesse comme une carte de parti, croyant qu'elle leur donnait humainement raison, en tout.

Mais puisque rien ne laissait présager que les choses puissent être plus belles, meilleures à vivre, dans un temps proche ou lointain, ils naviguèrent à vue, au jour le jour, comme si le futur c'était ce soir, tout à l'heure, demain matin.

Débarrassés de l'attente d'un avènement hypothétique, qu'il fût terrestre ou céleste, d'une fin des temps rédemptrice, ils surent qu'il n'y avait rien à espérer. Et comme ils ne connurent pas le désespoir, ils pensaient qu'ils venaient d'inventer l'inespoir.

11

– Adrien, est-ce que tu m'acceptes telle que je suis et que tu ne rêves pas de me voir en intellectuelle, une de Beauvoir d'aujourd'hui qui aurait des idées intelligentes sur tout, une réflexion sur l'amour, la dépendance amoureuse, qui sortirait de jolies phrases sur le monde contemporain, définitives, sur l'art, la mode, la création. Tu ne me parles même pas de cette histoire de la verticalité que tu veux écrire, comme si j'étais non seulement incapable de comprendre ton projet, mais encore d'y apporter des formes que tu n'aurais pas imaginées...

– Tu te trompes. Je suis avec toi. J'aime te regarder vivre, tu as cet art et cette intelligence de savoir vivre, ce qui me semble être aujourd'hui si rare...

– Tu dévies... Je te demande si tu n'as pas envie, à certains moments que je corresponde à une image née de tes regards sur les femmes, de tes lectures sur elles, c'est-à-dire que ton sentiment pour moi partirait d'une abstraction pour tenter de l'adapter à une réalité, et non le contraire... Est-ce que tu aimes Miléna, vingt-cinq ans, comédienne, qui n'a jamais terminé sa licence de lettres, qui adore Fitzgerald, Carax, Cure, Tchekhov, qui pense sans cesse à toi, qui voudrait sans cesse être près de toi, une petite chieuse de première qui rêve de passer sa vie avec toi... Parle-moi de cela, de ta vie et de la mienne au futur... Est-ce que tu nous vois ensemble dans un appartement à notre taille, avec nos objets, nos tableaux, nos amis, nos livres, nos compacts, notre réfrigérateur, nos soirées, nos nuits... Parle, dis des mots...

« Provisoirement et pour toute la vie », avait un jour dit Kafka.

Adrien s'était approprié cette phrase, et tout en espérant au plus profond de lui que cette histoire n'ait pas de fin, il n'eut pas envie de s'enfermer dans un serment. Il s'abstint cette fois de parler d'éternité, comme il le faisait auparavant avec Marianne... Ce provisoire serait donc à négocier au jour le jour avec Miléna, il le savait. « Toute la vie » resterait un non-dit, indéchiffrable pour elle. Une promesse muette entre lui et lui. Et il allait à cet instant embellir le présent, le glorifier, le déclarer riche, superbe à vivre, pour ne pas avoir à se compromettre avec des mots du futur...

— On vit ensemble depuis des semaines et je me sens bien avec toi, tous ces gestes, ta beauté, ta présence...

— Je ne suis pas qu'une présence et une beauté, je voudrais que tu saches que je suis une histoire, avec un passé, un présent, un avenir... Je ne suis pas un morceau de Miléna avec qui tu fais l'amour, avec qui tu regardes le monde pour te permettre de le trouver plus joli, un peu plus merveilleux et plus confortable à vivre... Je voudrais que tu me dises ce que c'est que Miléna demain avec toi...

— Une femme avec qui je veux continuer une histoire commencée...

Miléna le regarda tendrement. Tendrement. Elle maquillait alors, sans qu'il puisse s'en apercevoir, une violence inouïe qu'elle découvrait naître en elle et qui lui faisait si peur, qu'elle fit comme si un metteur en scène lui ordonnait : « Tu regardes tendrement, tendrement cet homme à qui tu viens de

118

proposer ton âme et qui te répond par un voyage aux Seychelles... Rappelle-toi Tchekhov... Les gens blessés prennent un air pensif, comme s'ils étaient distraits au milieu des conversations... Tendre, Miléna. Tendre! »

12

Sabina avait gardé une cicatrice qui datait du jour où leur mère était morte. Pas seulement dans sa mémoire, mais aussi sur son corps. Comme elle se trouvait à l'intérieur de la voiture le jour de l'accident, sa jambe s'était brisée à plusieurs endroits et elle en avait conservé un léger boitillement. Au contraire de Miléna, dont le caractère s'était, à partir de ce moment-là, de plus en plus affirmé et ouvert, Sabina, elle, s'était refermée, et elle pouvait rester des jours, des semaines sans aller voir un film, sans parler le soir à des amis, des gens de son immeuble, sans téléphoner à son père ou à sa sœur.

Quand elle sortait de l'hôpital, elle rentrait directement chez elle, à la Bastille, travaillait ses cours de médecine, les lisait, prenait des résumés dont elle coloriait les titres au Stabilo fluorescent pour les mémoriser plus facilement. Le secret de Sabina était une folie, le journal d'un amour disparu qu'elle tenait depuis presque deux années, sans en avoir parlé ni à Miléna, ni à personne. Une lettre sans fin commencée le soir même du départ d'un homme, à l'instant où il s'était enfui d'elle... Une lettre douloureuse parlant aux murs du monde resserrés autour d'elle.

« ... Je vous parle depuis tant de temps, et je meurs un peu plus chaque jour de ne pas vous revoir. Je sais que vous vivez et moi, je ne sais rien de ma vie. Je suis une façade, je respire, je parle, en pleine raison, folle d'un souvenir, d'une présence restée en moi, un deuil, je marche dans les couloirs du métro, je vois sans cesse des blessés du corps et de l'âme à l'hôpital et je les soigne de mon mieux. Je suis debout, je me réveille, je dors, je rêve, je ris et je parle à toutes sortes de gens, mais rien de cela n'est moi... Je suis un décor humain et je ne contemple même pas le spectacle que je donne de mon corps, de ma voix, de mes gestes. Je n'en retiens rien, et je vis les heures des journées pour ces seuls moments où je vous écris, où je vous sais là, votre ombre planant au-dessus de mon cahier... Comme si le seul fait d'écrire ces mots qui vous sont adressés vous faisait exister auprès de moi.

Vous, je vous imagine entouré des bruits d'une vie trépidante, remplie du claquement des portes de voitures, des sonneries du téléphone, du mitraillement des machines à écrire, allant d'une ville d'Europe à une autre, connaissant chaque nom d'aéroport, Leonardo da Vinci à Rome, Barajas à Madrid, Schipol à Amsterdam, circulant dans ce vieux pays qui a imaginé tant d'utopies, les rêves les plus grands, rempli de ces hommes " capables de souffrir la faim de l'âme par amour de la vérité ", qui sont allés jusqu'au bout des solitudes, des exigences, sans se contenter de petits discours sur la guerre, la barbarie, et qui ont trouvé dans l'ascèse, la sainteté, la folie parfois, des raisons de vivre quand il n'y avait rien à espérer.

Je vous nomme, j'écris votre nom, je vous pense, et vous êtes cette figure passante éloignée de moi à jamais. Je vis orpheline d'un temple, d'un visage qui signifiait l'autre moitié du monde, celle qui donne un visage à la beauté, sur les genoux de laquelle on s'assoit, pour se laisser pénétrer du langage et des passions d'une vie radieuse, solaire, accrochée aux sources de la terre et à la légèreté de l'air, une vie de femme, douloureuse et lumineuse, le regard posé sur l'infini et sur sa propre misère... D'une éblouissante mélancolie. »

13

Le directeur de l'agence *Voir*, pour laquelle travaillait Adrien, l'invita quelques jours. Le Sud, l'océan Atlantique, le bassin d'Arcachon. Il hésita. Mais la politesse, le désir de se trouver dans un décor de vacances, Miléna enfin qui insistait, il avait accepté.

Ils s'éloignèrent l'un de l'autre pour la première fois.

Une maison landaise. Le Pyla. Il s'élança à l'assaut de la dune. Il n'avait jamais vu cela, une masse de sable haute comme une colline. Arrivé au sommet, la mer des Landes s'étalait, verte, immense. En se retournant, l'océan brillait comme un miroir, infini.

Il fut heureux.

Au sein de cette nature de vagues, de forêts et de sable, il sentit Miléna, à chaque point de dune où son corps s'enfonçait, sur chaque morceau de sa peau que le soleil brûlait, à chaque endroit du ciel que son regard fixait. Elle était là, cosmique, joueuse, autour de lui, l'enrobant d'un voile sans limites, déesse indienne aux bras de ciel et d'océan. Il l'aima plus que jamais. Plus encore que de la serrer réelle et vivante contre son souffle et son corps... A cet instant, elle emplissait sa vie.

Le lendemain, dans un village du bord de mer, il entra dans l'église de Notre-Dame-des-Passes. Il était midi. Dehors, un soleil de lave écrasait les maisons, la rue, la plage. Là, c'était le silence et la pénombre, un temps écarté des horloges. Une femme disposait des fleurs, longues et blanches, sur un autel et son pourtour. A l'entrée, sur la droite, des bougies brûlaient plantées sur les pics d'un chandelier. Il en prit une, neuve, et glissa l'argent dans un tronc. Aucun vœu particulier. Un bonheur du geste sans plus, et le plaisir d'ajouter une flamme à celles qui s'élevaient sans bruit. Il disposa la dizaine de cierges à sa convenance, par souci géométrique, afin que l'idée de la composition des lumières fût parfaite.

Il resta assis un long moment. Heureux de l'ombre et du silence. Profitant de la séparation d'avec la lumière et la chaleur, il savait qu'il les retrouverait avec plaisir. Plus tard. A cent mètres de là, sur la plage, les corps bronzés des filles, offerts aux regards... Il les avait regardés, espérés un instant, avant de gravir les escaliers de pierre.

A sa sortie, les pupilles dilatées, remplies d'ombre, il fut ébloui par l'intense clarté du dehors et la beauté de la mer qui jaillissaient au travers des deux battants. L'océan au loin, et une jetée dans le prolongement parfait de l'église, un décor. Les baigneurs et les baigneuses allongés, nus, inertes...

Son premier éloignement. Depuis son retour américain, des semaines avaient passé, et il lui sembla redécouvrir un autre monde, celui sans Miléna, sans Paris. Celui qui existe quand ils en sont absents, et que les images de télévision n'apportent pas à domicile... La clarté, la chaleur, le temps passé à regarder l'horizon, les petits drapeaux qui claquent au vent, la nonchalance des estivantes, leurs corps qui se déplacent sur le sable, et elles, conscientes ou pas de ce réseau silencieux qui les enrobe, qui détaille les fesses, les ventres, les cuisses, les seins, les cheveux. Parfois leur visage... Un paysage en somme.

Réseau silencieux des regards. Intérêt ou apathie, comment savoir... Tant de corps nus, entre terre et ciel, qui redeviennent de simples surfaces de peau, sans identité, perdues, comme les statues vivantes

d'un musée hyperréaliste que des visiteurs regarderaient et observeraient en détaillant parfaitement le
téton, le poil des aisselles, du pubis, le grain de la
peau... Curieux seulement. Sans désir. Des visiteurs...

Pour la première fois, éloignés, ils s'appelèrent au
téléphone. Une voix d'abord, la surprise, le plaisir
d'entendre l'autre, la frustration d'être si loin, les
mots de la séparation... « Tu me manques je pense à
toi si souvent... / Où es-tu, comment est-ce là-bas?
Que fais-tu de tes soirées? / On écoute des opéras en
regardant la mer... / Moi je fume des cigarettes, je
regarde la télé, j'ai vu Anne et on a parlé de toi... /
L'océan, la dune sont fabuleux, imagine une dune de
cent mètres de haut... L'eau est froide, mais je me
sens vivant, bien, sans toi pourtant... On ira dans des
îles, un jour, loin, des îles tropicales avec des palmiers, des hibiscus, des bougainvillées, des flamboyants... / OK mec, des îles du Sud avec l'air chaud
et l'humidité, le reggae et la salsa, une musique sale
qui sent la sueur, l'alcool et les bas-fonds... Je
voudrais m'encanailler avec toi dans des ruelles
sordides et sentir la moiteur sur ta peau, sur ma
peau... / Je pense à toi la nuit, il fait chaud, l'odeur
des pins, la résine... / Tu es où? / Allongé, la fenêtre
est ouverte, il y a une île au loin avec des lumières
qui scintillent / Je suis seule allongée sur notre lit... /
J'ai envie... / J'ai envie aussi... / Ne m'oublie pas... /
Je ne pense qu'à toi... / Je reviens vite... / Quand? /
Vite / Adieu petit homme / Adieu ma belle... / Je
t'embrasse... / ... Partout... / ... Partout... / Encore...
/ Je t'embrasse partout... / Mes fesses? / Partout /
Mes seins? / Partout / Mon sexe? / Partout / Mes
rêves? / Partout / La nuit est là et je vois la lune dans
le ciel / Moi aussi / Regardons-la pour se dire adieu /

Je la vois, la même que toi / Adieu alors / Rêve! /
Rêve avec moi / Retrouve-moi dans un rêve... »

Malgré le soleil et l'océan, Adrien quitta prématu-
rément la maison landaise pour rejoindre Paris et se
reglisser dans l'histoire commencée avec Miléna.

14

...« J'aurai bientôt vingt-quatre ans. Il y a longtemps que je travaille, mon cerveau s'est desséché,
j'ai maigri, enlaidi, vieilli, et rien, rien, aucune satisfaction, et le temps passe, et il me semble que je
m'éloigne de plus en plus de la vie véritable et belle,
que je m'approche d'un abîme. Je suis désespérée;
pourquoi je vis encore, pourquoi je ne me suis pas
tuée, je ne le comprends pas... »

Miléna était Irina. Adrien, du fond de la salle,
entendit cette voix qu'il connaissait mais ne reconnut
pas. C'était pourtant elle, cette femme de ses jours
d'aujourd'hui, de ses nuits d'aujourd'hui, qui psal-
modiait les mots de désespoir. Il savait qu'à l'instant
où elle les prononçait, une faille profonde traversait
son corps, son âme, et que lui n'existait plus, qu'il
n'était qu'une ombre des ombres de la salle, des
coulisses, du ciel, de ce qui n'était pas Tchekhov. A
cet instant, elle vivait sans lui, ailleurs, avec un mal
qui lui dévorait la vie.

Sur ce rectangle de bois éclairé, elle était la
tragique Irina qui regardait le temps passer, sans
aucune arme contre cela : ni l'amour, ni le plaisir, ni
la joie. Elle regardait le monde vieillir, et elle avec
lui.

Quand les lumières de la salle se rallumèrent,
Miléna retrouva le monde et, avec lui, ce spectateur
inattendu qui lui faisait la divine surprise de revenir
plus tôt. Elle courut. Vite être près de lui.

15

Miléna n'était jamais parvenue à se souvenir du son de la voix de sa mère, seulement un visage, quelques scènes comme dans un film, en sépia, gris, des scènes... Les mêmes qui revenaient dans des rêves ou dans un lieu où il lui semblait avoir déjà vécu de minuscules épisodes de son histoire. L'accident de voiture était survenu quand elle avait six ans, et ce sont les fleurs arrivées aussitôt dans leur maison, les couronnes, les gerbes, les bouquets qui lui offrirent sa plus belle surprise, elle qui n'en avait jamais vu autant réunies... Elle avait été heureuse, joyeuse, sans se rendre compte de la gravité de l'événement qui venait de se produire. C'est seulement deux jours plus tard, quand toutes ces fleurs et le corps de sa mère furent emportés, qu'elle se mit à pleurer.

Il faisait chaud et lourd, ils étaient étendus sur le lit. La fenêtre grande ouverte, ils ne parvenaient pas à s'endormir. Alors, ils avaient parlé pour la première fois de leur rencontre avec la mort. Miléna à Prague, Adrien dans une ville de la banlieue.

Lui, il se souvenait. Il avait quinze ans. Il était dans l'ambulance avec sa mère et tenait la main de son père. Autour, les rues, les gens qui marchaient, l'indifférence, et pourtant la sirène de la voiture, persistante, qui annonçait cela au monde... Eux à l'intérieur, héros involontaires d'un malheur qui n'intéressait qu'eux. Il se souvenait des mots qu'il avait prononcés pour que son père sache avant de mourir que lui, Adrien, ne l'oublierait jamais, qu'il essaierait d'inventer toute sa vie les conversations qu'ils n'auraient pas eues, celles qui allaient manquer, il les écrirait, les rêverait, trouverait les paroles justes, uniques, pour raconter l'amour des hommes qui se taisent, l'amour à deviner, muet.

16

Certains, à force de solitude, de mal-vivre ou d'amours contrariées, s'étaient mis à cohabiter avec une, deux, plusieurs personnes qu'ils n'auraient dû normalement rencontrer que lors de soirées, de dîners ou à leur travail. Telle fille vivait avec un garçon parce que celle qu'il aimait tenait à son indépendance et ne voulait pas partager le même appartement que lui. Tel garçon vivait avec une fille parce que l'autre, l'homme qu'elle aimait, n'avait pas voulu un enfant d'elle. Des raisons diffuses, autres que l'amour, les réunissaient. Ils étaient amis, camarades, copains, tous ces noms déclinés d'un sentiment qui était tout, sauf l'amour. Encore moins la passion...

Ces faux amants sortaient le soir dans les restaurants, au cinéma et dans les boîtes. On les voyait ensemble, et on ne savait pas très bien ce qu'il en était... On supposait, on supputait, et ce doute quant à leur véritable histoire décourageait les plus authentiques prétendants, ce qui diminuait, à chacune de leur sortie, la possibilité que soit cassé définitivement ce statu quo qu'ils s'étaient inventé.

Les quelques rencontres furtives qui avaient le temps de venir s'immiscer dans leur cohabitation leur faisaient redécouvrir un sentiment qu'ils pensaient exclu de ce type de relation : la jalousie... Les partenaires occasionnels repartaient avant la fin de la nuit, et au matin, eux se retrouvaient minables : l'un, d'avoir vécu une histoire sans intérêt, l'autre, d'en avoir été perturbé.

Plus le temps passait, plus ces colocataires provisoires se haïssaient, tant ils s'apercevaient que ce semblant de vie à deux était devenu pire que les solitudes qu'ils avaient cru briser.

Dans ce contexte, Miléna et Adrien se sentirent privilégiés. Fiers à certains moments d'être pour d'autres une référence, eux qui le plus souvent se sentaient désarmés...

Elle dit : « J'aimerais aller au moins une seule fois à Lisbonne, la ville où écrivait Pessoa : *Je ne suis rien. Je ne serai jamais rien. Je ne peux vouloir être rien. A part ça, je porte en moi tous les rêves du monde...* »

« *Tabacaria*, dit Adrien, c'est le plus beau poème du monde... *Bureau de tabac*... Il y a deux ans, je me trouvais à Lisbonne envoyé par une agence à l'occasion du dixième anniversaire de la Révolution des œillets... Un 25 avril. J'ai été dans les cafés de la ville où on disait que Pessoa avait écrit... Rue Garret au café Brasileira et Praça do Comércio, près du Tage, un café sous les arcades... Là, j'ai passé un après-midi entier à consommer à chacune des tables pour être certain d'avoir été cinq minutes au moins à celle où il s'était un jour assis. »

L'appartement, avec ses fenêtres ouvertes sur le canal, était le repaire de chacune de leurs nuits. Leurs soirées.

Adrien, le premier, songea qu'une fois les mauvais jours revenus, le temps gris, la pluie, le ciel bas et les fenêtres refermées, l'appartement se retrouverait tout petit, étriqué, et qu'ils y étoufferaient. Ils auraient à y passer des journées entières, Miléna serait là attendant des heures et des jours un coup de fil, le bon vouloir d'un metteur en scène, une nouvelle pièce à répéter, à jouer... Comme si elle avait deviné, elle dit : « Aussitôt les représentations terminées, je me mets à la recherche d'un appartement plus grand, spacieux, pour tous les deux... »

Un soir qu'il était venu la retrouver au théâtre, ils roulèrent dans Paris... République, les Halles, Palais-Royal, Madeleine, Concorde... Balade touristique. Ils ne savaient quel quartier choisir pour enchaîner rapidement un dîner-cinéma.

Presque arrivés à l'Etoile, elle glissa une cassette dans le lecteur et dit : « Ecoute! » Il crut à une chanson nouvelle, une musique, un opéra. C'était une voix, celle de Miléna. Elle parlait, chuchotait...

Autour d'eux, il y avait toutes ces lumières, les affiches peintes des films et en face, au sommet, l'Arc de triomphe, imposant, un immense drapeau bleu blanc rouge au centre de l'arche, que le vent gonflait. Faire un arrêt sur image, songea Adrien... Il eut envie de s'arrêter en plein décor, au milieu des néons clignotants et des files de voitures. Elle augmenta le volume sonore et ordonna : « Continue! » A l'opposé du ton de cette injonction, la voix sortie des haut-parleurs était douce. Tendre.

« ... C'est la deuxième fois que je te parle de cette manière... La première tu étais aux Etats-Unis et nous n'avions encore jamais fait l'amour ensemble... Je t'imaginais, tu m'imaginais, nous n'étions faits que de peu de réalité l'un pour l'autre, mais moi, de Paris, je pensais à tes yeux, au son de ta voix, aux quelques repères que je possédais... Là encore tu es absent, les Landes, et pour la première fois, je suis seule un soir dans cet appartement à nous deux, mais qui est surtout resté le tien... Tous les détails d'ici sont de toi, le tapis du salon, le lit, les rayonnages de la bibliothèque, la chaîne Hi-Fi, les lampes halogènes, la tapisserie, la couleur des peintures... Ce n'est ni un regret ni un reproche... C'est comme ça... Et c'est encore un soir que je te parle pour te dire que je

ne suis pas heureuse de me retrouver seule, sans toi...
Pourquoi est-ce le soir que l'on murmure ces choses-
là? A cause de la confidence... J'ai le sentiment de
parler à ton corps tout entier, à ta peau, au creux de
tes reins, à ton visage, comme si la nuit était le
moment où les voix et les corps se rencontrent...
Sans toi... A aucun moment je ne me suis dit, il est
parti et je vais pouvoir me retrouver... Je ne me suis
jamais perdue en toi et n'ai pas besoin d'une de tes
absences pour savoir qui je suis... Tu me manques.
C'est simple... Par la fenêtre je peux voir les étoiles
du ciel... Des voitures s'arrêtent aux feux rouges et je
les entends repartir vers des rendez-vous que
j'ignore... Sur le palier les grincements de l'ascenseur
qui nous agacent parfois... Ces disques et cassettes,
rangés, muets, là, comme des plaques de carton
silencieuses, en attente... Idem nos livres... Tout cela
ressemble à des sédiments de nos passés qui se
retrouveraient mélangés comme nous, nos corps, nos
langues, nos bras quand nous faisons l'amour... Des
morceaux d'histoires passées qui s'entortillent dans
le présent...

Ce soir j'ai envie de faire l'amour... Pas une envie
comme ça qui jaillirait, attirée par le plaisir... C'est
avec toi que j'ai envie... Avec toi... J'ai seulement une
robe sur ma peau, il fait chaud et tout mon corps est
moite, disponible... Envie de personne d'autre... Mes
cuisses sont entrouvertes... Il suffirait d'un geste, que
tu t'approches, les effleures, pour qu'elles s'écartent... Je sens l'air sur les lèvres de mon sexe,
j'aimerais que ce soit ton souffle à toi, ta langue, ta
bouche, tout ce qui habituellement prononce des
mots et, à cet instant, fabriquerait ce langage hors de
nos cerveaux, direct, à nous, ce langage de peau et
d'attouchement, au centre de mon secret...

... Mon sexe est mon secret... Tu l'effleures de tes
doigts, de ta langue et souvent j'aimerais te sentir y

entrer tout entier, lisse, sans défense, avec tes pensées et tes bras allongés... Pour toi il est la nuit, un recoin, une jungle tropicale où tu aimes te perdre, enveloppé de cette sueur d'arbres, moi je le connais lumineux, ouvert, écarté, comme si mes yeux sortaient de lui pour te regarder me désirer... Mon sexe est mon secret car de là un enfant peut sortir et voir pour la première fois le monde...

Ce soir, un été, en France... Enveloppée d'incertitude et de cette ville en perdition, je veux te murmurer, mon beau et tendre amour, que j'aimerais que cette attente, cette violence de mon corps pour toi, ce monde partagé entre nous n'aient pas de fin... C'est de ma vie que je veux te parler, c'est-à-dire ce long moment passé à grandir, à comprendre, à savoir et oublier... Je voudrais qu'elle serve à enrober la tienne, à la soulever quand elle peine, à se noyer avec elle quand elle se noie, à la défendre quand elle est attaquée... C'est cela que je veux te dire pendant cette absence... Dans la moiteur d'une nuit étouffante, envahie de désir, d'amour, de solitude, te parler à toi et te dire cette force et cette faiblesse dont je suis faite, ce désir de jouir, là maintenant, sans plus penser à rien, seulement à mon corps et à quelques expressions de toi, quelques gestes, et n'être plus qu'un point du monde, égoïste, fou, retourné sur lui un instant, fasciné par sa puissance d'oublier le temps... Quelques secondes... »

Pendant que le ruban magnétique de la cassette se déroulait, Adrien avait conduit... Au hasard... Il avait contourné l'Étoile, avait pris la grande avenue de l'autre côté, en direction des tours du quartier de la Défense.

Arrivés à cet ascenseur à voitures qui mène au parking aérien, ils s'étaient calés entre les quatre bras métalliques qui avaient aussitôt bloqué les roues de la voiture pour les emmener, elle et eux, tout en haut du bâtiment. Pendant qu'ils montaient le long de la plus haute tour, que Paris se déployait sous leurs yeux, multiplié de points scintillants, qu'ils s'élevaient vers le ciel jusqu'au sommet du building, il glissa ses mains entre les jambes de Miléna, puis autour de sa taille, prit ses épaules, l'embrassa, la serra encore, comme s'il allait la perdre un jour, tout à l'heure, à l'instant...

17

Un beau visage, jeune, des cheveux longs frisés, blonds. Une photographie à la télévision.

Miléna regardait le journal du soir. Distraite. Une biographie à la main... Tchekhov qui écrivait à Gorki : « Il m'a été difficile de rédiger *les Trois Sœurs*. C'est qu'il y a trois héroïnes, et chacune doit avoir un caractère différent, et toutes trois sont filles de général. L'action se passe dans une petite ville de garnison. Ce sont des provinciaux qui réfléchissent au sens de leur vie, ils étouffent lentement... »

Miléna remonta brusquement le son. Sur l'écran, un quartier de Paris, la nuit, des girophares, des gens qui témoignent. Elle apprenait qu'un jeune homme de leur âge venait d'être abattu en plein Paris, par un policier.

Quelques semaines plus tard, ils surent qu'un autre garçon à moto, de leur âge encore, était à nouveau abattu... Une rue de banlieue. Choqués par ces deux morts, Adrien et Miléna se rendirent à Montreuil à l'enterrement du jeune motard qu'ils ne connaissaient pas. C'était un samedi après-midi. Des garçons et des filles distribuaient des cibles de fête foraine que chacun accrochait au dos de son blouson.

Devant le cercueil couvert de fleurs, la mère hurlait, sans pouvoir arrêter sa rage et son chagrin, le nom du policier qui avait tué son fils.

18

Au cours de cet été chaud et sec, il y eut un orage d'une extrême violence. Anne, la comédienne qui jouait Olga, était venue ce jour-là avec Carlos, son petit garçon.

Pendant la répétition, il avait fait la sieste dans leur loge, allongé sur un canapé. L'orage l'ayant réveillé, il avait regardé les affiches anciennes accrochées au mur, puis s'était mis à pleurer. Comme personne ne l'entendait, il s'était tu, avait de nouveau perdu son regard dans les affiches, puis était allé s'admirer dans l'immense glace accrochée près de la porte. En reflet, il vit un chat tigré passer sur le rebord extérieur de la fenêtre et l'appela. L'animal tourna la tête vers lui, miaula, et au travers de la vitre, l'enfant essaya d'engager la conversation... « Tu vas où? » demanda Carlos. Le chat pressa son nez contre la vitre et y laissa une petite trace humide. L'enfant posa son doigt à l'endroit où se trouvait la truffe et fit comme s'il la caressait. « Est-ce que tu sais aller dans les étoiles? » demanda-t-il encore. Comme aucune réponse ne parvenait de l'extérieur, il poursuivit : « Moi je sais y aller. La nuit je les regarde depuis mon lit et j'en choisis une... La plus brillante ou la plus belle... Je la regarde très fort et je sais que je suis avec elle parce que, quand mes yeux se ferment, il y a plein de lumière dedans... Et les arbres de l'étoile me parlent de ma maman, ils disent qu'ils l'aiment tellement que chaque fois qu'elle pleure, ils baissent leurs branches jusque sur la terre pour essayer de la caresser... »

Il y eut un coup de tonnerre, l'animal sursauta et

lassé de ce dialogue qu'il comprenait mal, continua son errance.

Pendant une pause, Anne et Miléna vinrent dans la loge retrouver le petit garçon. Carlos, assis par terre, leur souriait. Anne le souleva, le prit dans ses bras. Elle remarqua autour de ses yeux des traces desséchées sur sa peau. « Mon petit homme... Tu as pleuré tout seul et personne n'est venu... » Elle le serra contre sa poitrine.

Miléna les observait.

A travers la fenêtre qui donnait sur les toits, le ciel était sombre, ardent d'électricité et d'humidité, et le tonnerre qui claqua à nouveau fit trembler les vitres dont le mastic était parti au cours des années.

Pendant que son amie se recoiffait, Miléna prit Carlos dans ses bras.

– Adrien et toi, vous avez déjà parlé d'un enfant?

– Non... On est bien comme ça... Mais j'ai envie d'en avoir un avec lui... C'est certain.

– Toi, tu y penses... Mais lui, est-ce qu'il y pense aussi?

Miléna ne s'était pas posé la question. Ou alors, elle l'avait évitée. Ou encore, elle se l'était posée, mais avait repoussé le moment d'en parler.

Anne passa encore plusieurs fois la brosse dans ses cheveux, la tête penchée en avant, puis elle la rejeta brusquement en arrière. Elle semblait fatiguée. Carlos avait passé ses bras autour du cou de Miléna et lui chuchota à l'oreille qu'elle sentait bon.

Anne dit :

– J'ai souvent pensé à tout ça... Il me semble que les hommes et les femmes ne vivent pas de la même manière l'amour de leurs histoires. Nous, on aime en vrai, pour pénétrer mieux dans la vie. Eux, on dirait que c'est au contraire pour sortir du temps... On vit des histoires d'amour, eux les jouent. J'ai toujours ressenti ce décalage. Etre moi, amoureuse au premier degré, et avoir en face de moi un spectateur de l'amour que je lui porte, qui le prend quand ça l'arrange, quand ça le flatte ou qu'il a envie d'entrer dans le jeu qu'il croit lui être proposé... Alors que c'est ma vie que j'offre.

— Adrien et moi, on marche, on respire, on dort l'un contre l'autre, on rit des mêmes choses, on fait l'amour... Le monde est bien là, réel avec nous, et nous au milieu...

— Est-ce qu'il te dit, dans la rue, au cinéma, dans des escaliers, n'importe où, qu'il t'aime?

— Je n'ai pas fait attention... Mais oui, certaine-ment... Parfois, sans raison, il me serre dans ses bras...

— Mais les mots... Est-ce qu'il les dit?

Carlos ronchonna, voulut redescendre, quitter les bras de Miléna. Elle le reposa à terre et il fila vers Anne. Il prit l'étoffe du jean de sa mère, la serra dans sa main, et se colla contre sa jambe. Il se mit à pleurnicher.

Miléna n'eut pas à répondre. Elle les regarda tous les deux, Anne et cet enfant accroché à elle.

Elle s'imagina à leur place et eut ce désir que quelqu'un l'appelle, vienne vers elle, tire sa robe pour lui réclamer de l'aide.

19

L'amour.

Est-ce une niche dans laquelle on se love? Est-ce un morceau d'univers sur lequel on règne? Est-ce un vague arrangement? Un contrat pour remédier à la solitude? Est-ce la découverte d'un lieu inconnu? Est-ce l'exploration d'une vie? Est-ce la recherche d'un double? D'une autre moitié qu'un Dieu amateur de puzzles aurait cachée? Est-ce un pari? La recherche d'une unité perdue? Datant de quand? Instaurée par qui? Est-ce un miroir? Un souvenir d'enfance? Une idée de bonheur? Un rêve? Est-ce une douce quiétude? Une passion? La guerre? Est-ce une idée de la perfection? Y pense-t-on en mourant? Est-ce une perdition? La négation de soi? Est-ce un désespoir? Une religion? Est-ce l'accomplissement d'un programme? Génétique? Cosmique? Est-ce la sainteté? Est-ce une malédiction? Un corps à étreindre? Une âme à deviner? Est-ce un morceau d'espace/temps accéléré? Ou l'arrêt du temps? Ou la fin de l'espace? Est-ce une équation à résoudre? Une addition de qualités et de beautés? De l'antimatière? Un monde retourné? Un aspirateur de sentiments? Un trou noir de l'espace? L'autre face d'une galaxie? Est-ce un hasard? Un silicium émotif? Une caresse qui n'a pas de fin? Un poème à vivre? Une naissance et une mort mélangées? Le début de l'éternité? Un labyrinthe? Un stratagème? Un attendrissement? Est-ce entrer dans l'âme de quelqu'un? S'y dissoudre? Est-ce l'océan qui tient tout entier dans la main?

Miléna ne se posa pas la question.

Adrien se la posa, sans trouver de réponse.

20

La nuit, Miléna ronflait. Un ronflement charmant, mezza voce grave, une péniche qui s'éloigne au loin. Adrien lançait de petits coups de pied, elle s'interrompait, se tournait sur le côté et continuait paisiblement son sommeil. Lui, réveillé, le restait. Alors il se tournait, se retournait, s'énervait, avait envie, comme lorsqu'il vivait seul, d'allumer la lumière, de lire, d'aller aux toilettes, faire un tour à la cuisine, boire un verre de lait, mais là, il se terrait à l'extrémité du lit. Peur de la réveiller. Quand après un cycle de sommeil manqué, il se rendormait, Miléna revenue sur le dos, bouche ouverte, ronflait à nouveau. Un joli ronflement mezza voce grave, une péniche dans le lointain...

Il passa des nuits à se jurer que la nuit d'après, il dormirait sur le tapis du salon, dans un sac de couchage. Puis ses nuits redevinrent calmes, tranquilles et il ne sut si les ronflements avaient cessé ou s'il avait retrouvé son sommeil.

Est-ce que Marilyn Monroe ronflait... Ornella Mutti, Raquel Welch... Toutes ces images parfaites du désir étaient-elles des ronfleuses qu'aucun amant ou mari n'avait trahies?

C'est cela qui était appelé le quotidien... Comme s'il n'était fait que de pets, de ronflements, de maladies de peau, de cheveux gras, de mines fatiguées, d'humeurs exécrables... Le quotidien et sa cohorte de laideurs et de désenchantements... Tous les manuels du bien-aimer le détestaient, le montraient du doigt et désignaient en lui le principal fossoyeur de l'amour. Mais le mystère des personnes n'était pas tributaire de ces infimes parcelles de réalité... Il suffisait d'ouvrir plus grands les yeux, d'avancer encore ses mains en tous sens pour s'apercevoir que le mystère était resté intact, que les apparences avaient la vie dure et que la séduction savait s'enrouler sur des secrets mystérieux, qu'un ronflement et une figure fripée ne pouvaient, seuls, dissiper.

Au lac Turkana, le ciel avait séduit les premiers hommes. Miléna séduisait Adrien. Ils avaient voulu entrer en lui. Il avait voulu entrer en elle. Pour savoir ? Savoir ce qui se replie et se tapit sous les apparences. Mais faut-il découvrir les secrets ? Cessent-ils de séduire une fois débarrassés des surfaces que les regards et les mains effleuraient et où le corps et l'intelligence se sont engouffrés par une de leurs fissures ? Adrien ne voulait pas connaître les secrets de Miléna. Elle était un mystère. Sa beauté, son regard, sa pensée, son corps, son passé, tout lui était secret. L'amour est sans signification puisqu'il ne peut être expliqué.

Que savait-il de Miléna ? Il ne savait que caresser ses secrets.

21

– C'est curieux, dit-elle, à quel point Irina est tout le contraire de moi. Elle rêve. Elle est amoureuse de ses rêves. Tchekhov avait écrit à sa fiancée qui jouait le rôle d'Olga : « Prends garde, nulle part tu ne dois avoir un visage triste... Renfrogné, mais pas triste. Sur scène, prends assez souvent un air pensif au milieu des conversations. » C'est exactement cela... On est là et pas là. Comme si on pensait à autre chose. Les gens dînent tout au long de la pièce, ils ne font que dîner et pendant ce temps s'édifie leur bonheur ou c'est leur existence tout entière qui est en train de se briser. Ils se démènent avec toutes sortes de petites choses et le temps passe sans qu'ils s'en aperçoivent. Irina est comme eux tous, et elle se révolte contre ce temps qui lui a échappé, ses amours défaites, les occasions manquées, mais j'ai le senti-ment qu'elle accepte d'être broyée en imaginant qu'à cause des sacrifices du présent, l'avenir sera radieux pour les jeunes filles du futur.

Adrien traduisait le premier roman d'un jeune Californien, le gros dictionnaire français-anglais Harrap's à côté de lui. Il posa sa cigarette et demanda : « C'est quoi être le contraire d'Irina?

– Moi, j'ai plein de foi en moi, je sais que je vais faire quelque chose de ma vie, que je serai une comédienne et une femme, j'aurai des enfants, je voyagerai, ma vie aura un sens... Je ne voudrais pas avoir de regrets un jour, ceux de ne pas avoir osé, tenté certaines choses. On dit que les jeunes sont égoïstes, qu'ils ne pensent qu'à leurs petites préoccu-pations de réussir... Mais ce n'est pas vrai, ils sont généreux, drôles, ils sont fous d'amour... Mais personne n'ose aimer, tout le monde a peur... de la guerre nucléaire, du chômage, de l'avenir... Alors, ce sont plein de couvercles qui restent fermés. Mais tout est là, prêt à jaillir... Je le sais, j'en suis sûre. Toi aussi tu as peur Adrien... Tu as peur de moi parfois, peur que je t'emmène là où tu n'as pas envie d'aller... Tu ne parles jamais de nous... Tu traduis ton bouquin, tes articles, tu as été aux Etats-Unis, tu vas bientôt repartir en Afrique, et je ne sais jamais où je suis par rapport à ce travail. Tu m'as à peine parlé de tes rencontres là-bas, Neil Armstrong, Lauder, ce type de la NASA, je ne connais pas tes amis, on n'a jamais revu Antoine...

— Il est en vacances...

— Moi je voudrais que tu rencontres mon père, que tu connaisses mieux Sabina... Eux, ils me posent des questions sur toi... Lui surtout, cette idée des commencements le passionne, il aimerait en parler avec toi. Moi, quand il me questionne, je ne sais quoi lui répondre, j'ai l'air d'une idiote... Et je déteste ça. Voilà mon vieux, c'est ça être le contraire d'une Irina... Dans une semaine, j'ai vingt-cinq ans, et j'ai envie de faire une fête dont je me souviendrai au vingt et unième siècle!

Adrien savait déjà le cadeau. Il ne dit rien. Il adorait la voir dans cet état, presque en colère. Elle détestait le voir sans réaction.

22

Ils s'asseyaient sur des sièges de cinéma, sur les moleskines des cafés, sur les plexiglas du métro express, sur le bois peint des bancs publics, et laissaient partout derrière eux des particules de tissu, des fibres de laine, un peu de la chaleur de leurs corps, et cet incessant mélange de poussière de pierre, de minuscules morceaux d'ongles et de peau constituait une épaisseur presque invisible, une strate, qui représentait l'histoire de leur passage dans cette ville, l'histoire Paris, Miléna, Adrien.

Ils passèrent le long du canal, devant « l'Hôtel du Nord », devenu un hôtel pour immigrés. Miséreux, avec des fenêtres en carton. Ils découvrirent le parc de Saint-Cloud, un dimanche d'été, presque vide, somptueux, où ils furent seuls à courir, se poursuivre pour finir dans l'herbe en roulant. A la mosquée, ils burent du thé à la menthe et y trempèrent des cornes de gazelle. Ils rôdèrent la nuit dans des quartiers inconnus d'eux, le Marais, Montmartre, Barbès. Rue de la Goutte-d'Or, ils croisèrent Yasmina qui pleurait à une terrasse. Ils avaient ramassé son sac tombé à terre et burent avec elle des menthes à l'eau.

Leurs amis absents, en voyage, ils avaient été presque seuls pendant des jours, entre eux, se quittant chaque après-midi. Pendant que Miléna répétait au théâtre François-Villon, Adrien traduisait un jeune écrivain de Los Angeles, vingt ans, racontant le retour d'un étudiant dans sa famille, qui retrouvait tous ses anciens amis, blasés, bourrés de cocaïne et de clips, se traînant de la piscine à la télé, surfant entre l'homo et l'hétérosexualité, cherchant sans cesse, à travers tous les ingrédients que la réalité leur présentait, des images d'extase et d'oubli. Une overdose de monde.

Il fallut aussi préparer les deux prochains voyages. Cartes du Kenya, contacts pris avec Maureen Shirmann, une Irlandaise qu'il retrouverait peut-être à Nairobi, sûrement au bord du lac Turkana, livres de paléontologie, se familiariser avec les premiers hommes, avec le temps aussi, s'habituer à penser en millions d'années... Les premiers hommes et le plus magnifique hasard, leur redressement. Apprendre aussi le Japon, le shintoïsme, le tao, lire un essai, *Capitalisme et Confucianisme,* les notes de chevet de Sei Shônagun où se trouve la liste des « choses qui font battre le cœur ». Des cartes encore, Hiroshima, Tokyo, Kyoto... Apprendre la géographie de cette île absolue, son histoire, ses pensées, pour circonscrire avant de partir ce qu'il fallait y chercher.

« Je suis quoi au milieu de tes commencements et de ton histoire de conquête du ciel... Une vie qui passe, un épisode, infime, minuscule? Tu pourrais écrire *Mes commencements avec Miléna,* quelque chose qui parlerait du désir, d'un homme et d'une femme, des attentes, des chagrins, du cinéma, d'un enfant à concevoir, à attendre, à espérer, de cent un Maliens expulsés, des incendies de forêt, des otages au Liban, du pape qui parle de lutte des classes en Colombie, des usines nucléaires, de mes soutiens-gorge d'été, de Médecins du monde, des Canaques, d'un chômeur, de l'excision des femmes... Pourquoi la vie pour toi c'est toujours un grand écran de cinérama, lointain, grandiose, et pas ces petites choses à toucher avec les doigts, à voir avec les yeux, un grand vacarme où plonger son corps pour se perdre

dedans, quitte à en mourir, mais mourir avec pana-
che, submergé de quotidien. »

Au contact l'un de l'autre, ils se transformaient et
repéraient leurs différences.

Miléna comédienne pouvait à des instants précis,
pour un travail, introduire constamment des
moments de jeu dans sa vie. Mais elle ne les confon-
dait jamais. Elle reproduisait, sans les imiter, les
émotions et attitudes de son existence ou de celle des
autres. Pour parvenir à se glisser dans des mots qui
n'étaient pas les siens, et pouvoir échafauder des
émotions justes aux moments exigés par un texte ou
les besoins d'une mise en scène, elle explorait toutes
les réserves de son existence. Elle avait besoin de ce
matériau de sa vie pour ne pas avoir à simuler ou
puiser dans le cliché, et trouver ainsi l'authenticité
d'une situation à jouer. Quand elle cessait d'être
comédienne, elle retrouvait sa vie et ne trafiquait rien
avec elle. Elle n'aimait rien tant que le quotidien et
n'idéalisait jamais les gens avec qui elle vivait une
histoire. Elle les aimait pour eux, non pour un rêve
qu'elle se serait fait d'eux, et chaque séparation avec
Adrien ne la rendait pas plus aimante, elle souffrait
c'est tout. D'une absence.

Adrien, lui, se sentait alourdi par le réel. Il s'y
empêtrait le plus souvent. Chaque seconde pour lui
était une possibilité qui s'effondrait, dont l'occasion
ne serait plus retrouvée. Inimaginée à jamais... Le
temps alors était l'ennemi puisqu'il assurait le déroul-
lement de cette réalité qu'il cherchait à plier à son
désir... Plier, dans tous les sens du terme... Faire
aussi des plis avec elle, des arêtes et des aspérités
pour la déformer... Il aurait aimé qu'elle soit un
roman à écrire... Avec cette connexion unique de
l'imaginaire passant par le point d'un stylo qui se
déplacerait dans l'espace pour créer des personnes,

des paysages, du temps qui se raccourcit, du temps qui s'étire, des sentiments, de la peur, de la violence... Un électron relié à chaque point du monde, l'informant de ce qui s'y trame, s'y déploie et y meurt...

23

Des bretzels au sucre, un pain de seigle coupé en tranches, Adrien paya avec un billet de deux cents francs, neuf. La caissière froissa le billet contre son oreille, lentement, jusqu'à ce qu'un joli sourire se dessine sur son visage.

– Vous vérifiez s'il est faux?

– Non, ça me rappelle le clapotis des vagues à Palavas... Elle soupira. Y a qu'le *deux cents* qui fait ça...

Au retour, il trouva une lettre aux couleurs des courriers par avion : Santa Fe, New Mexico. Il n'en revint pas. Armstrong lui écrivait... Il monta les étages à toute vitesse. « Miléna! le premier homme... » Termina sa phrase plus tard... « Celui qui a été sur la lune... » Il décacheta la lettre, la parcourut rapidement jusqu'à la signature.

– Tu pourrais lire à haute voix, dit Miléna.

– Excuse-moi... je suis... impressionné...

– Impressionne-moi aussi, je t'en prie!

– Cher ami... Il traduisait à vue... Juste un mot pour vous dire que Pat et Donald sont ici dans la maison que vous connaissez, qu'il fait au Nouveau-Mexique une chaleur d'enfer, et que nous parlons parfois de vous... Nous avons un... Adrien chercha la traduction de *good tip,* ah oui!... un bon tuyau à vous transmettre. Quand vous serez à Hiroshima, contactez de notre part un homme à ce numéro... C'est un vieux monsieur japonais, important, peu importe son nom... Dites surtout que c'est moi qui vous envoie. Je vais le prévenir de mon côté. Pour des raisons qu'il vous expliquera ou pas, il se présen-

148

tera à vous sans que vous puissiez voir son visage.
C'est ainsi. Ne lui posez pas la question s'il ne vous
en dit rien lui-même. Il vous parlera du 6 août 1945,
il était à Hiroshima... C'est important...

Adrien parcourut le reste jusqu'à la signature :
Neil Armstrong. Il s'en délecta et la répéta plusieurs
fois.

– Tu as quand même une chance inouïe... Tu vas
à la NASA, tu parviens à rencontrer ce type... Et on
te paye pour ça !

– Et à mon retour, la plus jolie fille du monde qui
m'attend à l'aéroport ! C'est l'année de tous les
commencements...

– Elle n'est pas finie...

Adrien, intrigué, se demanda qui pouvait bien être
ce Japonais qui ne montrait pas son visage...

24

Aujourd'hui, Adrien n'était pas venu à la sortie du théâtre.

Attente. Dix minutes, un quart d'heure... Un Guadeloupéen qui passait raconta à Miléna le volcan près duquel il était né, et son île qui ressemblait à un papillon. Il dragua gentiment, sans vraiment y croire. Elle décida d'aller vers le Châtelet à la rencontre d'une cabine téléphonique, Carte magnétique... Sonnerie, répondeur. Personne. Elle traversa la Seine.

...

Adrien dans un bar avec Marianne. Marianne, l'histoire d'avant Miléna. Ils étaient bouleversés de se revoir... S'étaient serrés à étouffer. Pas de baiser. Seuls leurs corps étreints longuement et les yeux embués. Elle avait téléphoné peu après le départ de Miléna... Ils se souvenaient sans rien avoir à se dire. Se souvenaient d'eux comme d'un film, avec un début, une fin. Aujourd'hui, un an plus tard, une émotion...

...

Miléna marchait, marchait... Vitrines, kiosques à journaux, terrasses, des couples déambulaient. Elle entra dans un bar-tabac acheter des cigarettes. Sous-sol. Téléphone encore. Cœur serré. Elle avait demandé un verre de vin. Au hasard. Cigarettes, fumée, une musique sortie d'un juke-box. Le soleil haut encore dans le ciel.

...

Adrien venait de poser sa main sur celle de Marianne. C'était quoi cette vie maintenant quand on ne s'était pas quittés pendant trois années et que, depuis, chacun avait repris ses livres, ses disques, son quotidien, ses nuits... Il y avait eu d'autres visages, d'autres lectures, d'autres films. Des voyages et des souvenirs séparés qu'il faudrait raconter si on voulait vraiment se reconnaître. Plus rien de ce qui les avait unis ne coïncidait. C'étaient là les questions qu'ils se posaient sans exactement les formuler. Chemins écartés. Ecartèlement?... Ils étaient aujourd'hui tellement éloignés. Mais cette émotion, ce soudain attendrissement, cette petite douleur éveillée, que signifiaient-ils? De l'amour encore? Le souvenir d'un amour?... Guerriers sans reproche et armés de leur seul silence, ils étaient certains d'avoir tout cassé. Pourtant, aucun n'avait été le vainqueur de l'autre et ils avaient voulu croire à l'oubli des vaincus. Mais comment oublier une parcelle de sa vie imprimée à la surface du monde.

Elle avait repris son errance. Une ville différente. Tant de visages, et elle au milieu, son identité divisée puisque la voix de l'autre est absente... Absentes sa main, sa démarche pour tracer le sillon habituel de leurs sorties. Miléna seule. Qu'est-ce qui avait pu être plus important que leur rendez-vous quotidien? Un malheur... C'est toujours un malheur sans visage qui vient blesser les amours tranquilles...

Dans la rue, elle s'était mise à pleurer, debout, seule, en plein trottoir. Des larmes brillantes, qui coulaient vite comme la pluie... Ses yeux regardaient le ciel, bleu, immaculé, sans nuages. Et elle qui pleurait... On pensa : elle pleure et on dirait de la pluie. On pensa aussi : ce sont des larmes de fille...

Ils s'étaient retrouvés dans la soirée. Tard. Adrien et son premier mensonge : Antoine revenu d'Amérique, l'aéroport, Roissy, les encombrements, le temps qui passe quand on retrouve un ami... Et puis, un seul rendez-vous manqué en trois mois, ce n'était pas si important... Elle le regardait, l'observait. Qu'est-ce qui était en train de s'infiltrer entre eux? Un poison silencieux, l'ombre d'un doute, la nuit d'un doute... Une obscurité.

Plus tard, côte à côte, ils ne dormaient pas. Sous le drap, il prit sa main...

– Tu ne dors pas? – Non je n' dors pas... J'ai peur. – De quoi? – De toi... – C'est sans raison... – Si, il y en a une. – Laquelle? – Ce soir, je ne ressens pas la vie comme avant... – C'est ta première de théâtre qui t'angoisse... – Non, c'est ta première absence à toi qui m'angoisse. – Mais je pars bientôt pour l'Afrique et... il faudra bien s'habituer... – Cette absence-là c'est autre chose, c'est mon affaire... Mais je ne veux plus de ce doute... – C'est dans ta tête qu'il est ce doute, demain ce sera oublié... – Non, ce ne sera pas oublié... C'est comme les rides, ça reste marqué quelque part... C'est seulement de les regarder qu'on oublie...

Dans cette incessante chasse au bonheur qu'ils pratiquaient depuis des semaines, ils ne savaient où et quand allait se dresser la forêt dans laquelle ils se perdraient... Quel visage prendrait-elle, celui d'un homme, d'une femme, d'une tentation, d'une lassitude, d'une question...

Après un été passé à s'approcher, à vivre en marge, à s'enivrer l'un de l'autre, s'imbiber d'un être inconnu, ils ne savaient pas lequel des deux allait oser le premier écart malheureux, ce geste silencieux qui ferait hurler l'autre de douleur...

25

Ivan Pallach dit : « C'est vrai que le premier rêve des hommes fut de partir à la conquête du ciel. Etre debout, tendre les bras pour le toucher, le rêver, s'y engouffrer... Vous avez raison de vous intéresser à la permanence de ce rêve, toutes les mythologies en ont parlé... Dans la chrétienne, l'ascension du Christ reste un mystère... Faut-il d'abord mourir et se débarrasser de ses péchés pour retrouver une légèreté perdue, ressusciter alors, pour acquérir le pouvoir de s'élever dans le ciel? »

Il s'arrêta un temps, prit dans une boîte en fer-blanc un petit cigare, l'alluma et oublia d'en offrir. Tout autour d'eux, des livres, des revues, des chemises cartonnées où se serraient des milliers de feuilles de papier. Dans un cadre posé sur un bureau, les photos de Miléna et Sabina petites filles. A l'intérieur d'un autre cadre, un visage de femme grave et tendre, les cheveux ondulés. Il souffla plusieurs fois l'extrémité rougie du cigare et continua.

— Allez à Hiroshima, il y a sûrement un début de réponse là-bas... La mise à feu et à sang d'une ville entière et trois cent mille personnes sacrifiées sont forcément des choses à aller regarder de près. Un début... C'est peut-être au milieu de tout ce sang, la mise à feu d'une île entière, le Japon, qui s'élèverait comme une fusée dans le ciel...

Il se mit à rire...

— Si des scientifiques nous écoutaient, ils n'auraient que mépris pour ce qu'ils appelleraient des élucubrations fumeuses... Mais il ne faut jamais avoir de complexe avec eux... Ayez toujours présent à l'esprit que la poésie et les sciences sont des formes égales du savoir...

Adrien repensa à son retour de New York et à cette conversation avec le type au catogan. Il dit : « Après le redressement des premiers hommes, puis l'érection des cathédrales et des buildings de New York, le départ des fusées, je me demande ce que seront les prochaines verticalités imaginées, quelles formes elles revêtiront et à qui elles seront destinées si ce n'est plus à Dieu, ni aux hommes... »

Ivan Pallach sembla troublé... « Des philosophes ont imaginé la prochaine disparition de l'homme, non pas la disparition de l'espèce, mais de l'homme comme objet principal de nos préoccupations... Peut-être que les physiciens l'emporteront et que ce sera le réel, la matière même qui deviendra l'objet de toute notre attention... – Il cherchait un exemple –... Il y a tant de choses mystérieuses... Vous avez déjà vu des hologrammes... Prenez une carte postale en relief et qui représente une étoile. Si vous coupez la carte en quatre, chacun des morceaux convenablement éclairé représentera, non pas le quart de l'étoile comme pour un dessin ordinaire, mais la totalité de l'étoile, j'insiste, l'étoile tout entière... Elle sera seulement un peu moins précise... Cela veut dire que chaque point de l'hologramme possède l'information sur l'étoile entière, et certains physiciens ont pensé que chaque région de l'espace-temps, aussi petite soit-elle, contenait une information sur l'ordre de l'univers dans son entier... C'est extraordinaire, n'est-ce pas? »

En Tchécoslovaquie, Ivan Pallach était journaliste et romancier. Il avait quitté avec ses filles le pays qu'il aimait, que des chars étrangers étaient venus remettre au pas. Remettre au pas, pour que l'histoire se déroule au pas, c'est-à-dire à la vitesse choisie par son envahisseur.

Depuis quinze ans en France, il n'avait cessé d'écrire. Mais, dans un pays étranger, un écrivain inconnu est un infirme. Ivan Pallach avait appris une autre langue, travaillé. Pendant des années il fut chauffeur de limousine, interprète de conférences, traducteur enfin.

Décalé de ses aspirations, une théorie de l'histoire avait brisé son histoire. Il était en permanence en retard sur lui, comme s'il tentait chaque jour de rattraper celui qu'il aurait dû ou pu être, baigné dans son langage, sa culture, sa ville, son pays. Il courait après un fantôme dont il ne parvenait plus à être certain qu'il lui ressemblât.

Miléna et sa sœur avaient installé quatre couverts. Dans l'appartement au parquet ciré de la rue Cassini, près de l'Observatoire, où ils avaient vécu tous les trois un exil, puis une vie française, Miléna savait que son père portait seul la blessure d'un pays quitté. Il pensait en tchèque, écrivait en tchèque, et même si le français ne lui faisait plus problème, son accent était toujours là pour rappeler aux autres qu'il était un déraciné que le temps ne guérirait jamais. Elle fut heureuse qu'Adrien et lui aient des choses à communiquer et, dans la cuisine, elle dit à Sabina : « Il est de plus en plus beau notre père... »

C'est cet homme qu'Adrien venait de rencontrer. Ils se plurent. L'un parlait de photographie et de commencements. L'autre, d'écriture et de légèreté.

– ... Moi, je cherche avec des mots à découvrir où se trouvent les possibles et les impossibles de l'existence... Les fractures. Qu'est-ce qui fait que l'on pense aujourd'hui autrement qu'en... 1917, 1945, 1968, que l'on agit, aime, réfléchit différemment. Quand j'avais votre âge, les mots révolution, engagement, militantisme m'auraient envoyé à la mort tant j'étais persuadé qu'ils étaient essentiels à la vie future des hommes et serviraient à l'avènement d'une vraie humanité. Tous mes amis étaient comme moi, la mort ne nous effrayait pas... On était ardents, on parlait sans cesse de ce qui était juste, de la cause, du parti... Puis un jour, *ils* se sont mis à maquiller les photos... On s'était réellement crus les acteurs d'une marche universelle vers le bonheur...

Quand Ivan Pallach parlait de sa jeunesse, Adrien et Miléna comprenaient qu'ils ne vivaient pas la leur de la même façon. D'autres événements les avaient entourés, eux, dans lesquels ils s'étaient glissés, comme lorsqu'on nage sous l'eau et que l'on oublie si c'est dans une piscine d'Acapulco, de Bobigny ou d'Okinawa. Partout l'eau est bleutée, transparente, mais le monde autour reste opaque, sans identité.

Pourtant dans la vie, rien n'est caché, aucune mesure administrative n'empêche de décortiquer toute cette réalité qui entoure la vie des gens. Mais comme pour le nageur sous l'eau, elle reste invisible malgré les sens pour l'observer et l'intelligence pour la comprendre. La découvrir est un travail.

Ils finirent tous les quatre la soirée en passant par les Halles et fumèrent une cigarette à la terrasse d'un café, face au Forum. Il était minuit, autour d'eux des Allemands, des Américains, des Hollandais. Adrien se demanda pour la première fois ce que signifiait pour Miléna et lui : « Vivre aujourd'hui. » De quels corps d'iceberg étaient-ils les têtes visibles et quelle était cette masse qui les rivait à leur monde, les engluait en lui sans qu'ils aient la possibilité de deviner pourquoi ils vivaient ainsi leur histoire et pas autrement.

Miléna remarqua la manière dont Adrien avait regardé son père, la passion avec laquelle il lui avait parlé au cours de la soirée, et l'émotion imperceptible qui s'était mêlée à sa voix... Elle imagina qu'il le retrouverait, pour parler, inventer des images et peut-être des sentiments dont Adrien venait de se rendre compte à quel point ils lui avaient manqué.

Au moment de partir, Sabina renversa un verre qui se brisa, et dans la nuit, l'intensité de l'écho répercuté par les immeubles de verre fut tellement inattendue que les touristes tournèrent la tête vers elle et se mirent à rire. Elle rougit. Etrangement agressive, Miléna, devant Adrien et son père, releva l'incident.

– Ma grande sœur fait des conneries, et c'est toujours moi que l'on traite de petite fille...

26

Miléna avait décidé que son anniversaire se fête-
rait sur la scène du théâtre à la fin de la deuxième
représentation. Ce serait la veille du départ d'Adrien
pour l'Afrique.

Les messages du répondeur s'accumulèrent à nouveau. Paris se remplissait de ses habitants et de ses
voitures. La première des *Trois Sœurs* était pour
bientôt et Adrien était allé chercher à l'agence son
billet Paris-Nairobi. Le livre *L.A. altitude zéro* était
prêt à paraître et sa traduction de l'article américain
« Mécanique quantique, mode d'emploi » sortait
dans le prochain numéro de *Sciences d'Aujourd'hui*.

Septembre était là et leur voyage orbital prenait
fin. Ils se demandaient seulement comment continuer
d'être légers avec la pesanteur retrouvée et de quelles
astreintes nouvelles ils auraient à se dégager pour
continuer d'être heureux d'un rien, d'un visage
retrouvé, d'un billet disant simplement : *A ce soir.*

Avec ses premiers cachets, Miléna fit la surprise à
Adrien de les abonner à un canal de télévision qui
diffusait jour et nuit une grande quantité de films.
Comme l'idée ne leur était jamais venue d'aller en
salle voir un film porno, le premier soir, ils s'arrêtèrent sur un programme érotique, croyant s'en amuser, à défaut d'être émoustillés. Mais leur première
fellation en gros plan fut plus l'objet d'une réflexion
intense que d'une excitation. Le sexe de l'homme
occupait tout l'écran, violacé, tendu, la bouche de la
femme allait et venait, sans visage. Une bouche!

Décroché de la réalité, le gros plan faisait tout disparaître : la sensualité, le sens, le vrai.

Ils se demandèrent alors si ce rapprochement par la télévision, de l'actualité, avec ses visages meurtris, ses plans suintant d'horreur, ses agonisants, n'était pas aussi, de la même manière, une déréalisation de la vie...

Adrien se souvint qu'il avait pleuré en voyant *Apocalypse Now*. Alors que pendant toute son enfance, il avait vu dans les journaux ou à la télévision des images bien « réelles » de la guerre du Vietnam, aucune de ces images, aucun des plans retenus par l'actualité ne l'avait ému comme le film de Coppola. Impressionné sûrement, mais pas ému. La re-mise en scène d'une guerre avec les avions, les forêts, le bruit, le ciel, les nuages, la pluie, la mer, l'espace en somme, des familles et non un seul visage, les villages et non quelques corps mutilés, le feu, la vie des gens avant, après un bombardement et les flaques de napalm en flammes l'avait confronté de nouveau à un drame ancien qui cette fois lui tirait des larmes. Comment l'événement lui-même, la guerre avec ses vrais martyrs, médiatisés, parcellisés, avait-il pu le laisser à ce point indifférent?... Mais peut-être était-il enfant...

Ils avaient éteint la télé et avaient fait l'amour d'un seul plan-séquence. L'objectif avec lequel ils s'étaient regardés, avec lequel ils appréhendaient leur peau, leurs cuisses, leurs fesses, était un cinquante millimètres, celui des paysages...

Leurs corps, une chambre, des draps blancs froissés, un érotisme des focales courtes...

27

La fin de la première représentation approchait.

De la salle, Adrien entendit Anne/Olga dire les mots que Miléna lui avait déclamés au début de l'été, à une terrasse de café, le soir de leur première rencontre...

« Mes sœurs chéries, notre vie n'est pas encore terminée. Il faut vivre... Un peu de temps encore et nous saurons pourquoi cette vie, pourquoi ces souffrances... Si l'on savait! Si l'on savait! »

Le rideau se referma lentement et une stupeur emprisonna la salle entière. Les applaudissements commencèrent, légers tout d'abord, tant les spectateurs semblaient avoir du mal à rompre avec cette mélancolie douce que Tchekhov et les acteurs venaient de leur transmettre. Puis tout alla vite, crescendo, et lorsque Macha, Olga et Irina, les trois sœurs, revinrent seules sur scène, les applaudissements s'amplifièrent brutalement, s'accordèrent sur un seul rythme, scandé. Des bravos fusèrent de toutes parts, Adrien cria aussi emporté par l'enthousiasme... Mais il ne regardait qu'elle, là-bas sous le projecteur, son petit bout de femme qu'une salle ovationnait et qui avait, à cet instant, le regard perdu de tous les comédiens qui, apaisés d'une pièce terminée et enfin acclamée, se trouvent face à une salle qui les admire et les aime, sans trouver un seul regard à croiser. Regard des déserts, droit, lointain, vers une ligne d'horizon introuvable.

Une dizaine de rappels, puis tous les comédiens se

trouvèrent alignés au-devant de la scène pour un dernier salut d'un ensemble parfait et le rideau retomba définitivement. Les applaudissements cessèrent. Le temps du monde reprenait ses prérogatives.

L'ambiance des coulisses était à la détente. Serrements, étreintes, embrassades, silences pour en dire plus long... Le vrai et le ridicule mêlés, l'authentique et le mensonger proclamés avec la même conviction, haut et fort... Des félicitations chuchotées aux timidités feintes, jusqu'aux déclarations à la cantonade pour extravertis habitués, chacun défila exprimer à sa convenance, sa présence d'abord, un compliment ensuite.

Un rituel qu'Adrien découvrait, lui qui ne se demandait qu'une seule chose : à quelle heure il allait retrouver Miléna, seule, pour lui, et pourrait lui dire doucement son admiration à lui, et ce sentiment étrange, inconnu jusqu'alors : avoir mêlé son regard à des centaines d'autres pour, en même temps qu'eux, l'aduler.

Désir, fascination, émotion, c'était cela ce monde d'ombre et de lumière qu'il approchait pour la première fois.

Le lendemain, même heure, même endroit. Une pièce terminée, un anniversaire à jouer : les vingt-cinq ans de Miléna.

Les techniciens recouvrirent la grande table de scène d'une nappe blanche cirée pour poser dessus champagne, alcools, jus de fruits et petits fours... Fleurs fraîches et artificielles mélangées en de grandes gerbes tout autour de la scène.

Quand les derniers spectateurs furent partis, les amis et invités commencèrent à parler par petits groupes. Antoine et Maria, à nouveau ensemble, étaient là, Ivan Pallach et Sabina, des garçons et des filles, amis d'amis ou de Miléna, inconnus d'Adrien. Chacun à sa convenance, les acteurs arrivèrent débarrassés du fard et des postiches. Pas tous. Alexandre Ignatievitch Verchinine fit une entrée remarquée dans son uniforme vert et doré de lieutenant-colonel. Natalia Ivanovna, si elle avait conservé son petit air pointu de tout à l'heure, se trouvait rajeunie en jean et santiags, un blouson de cuir clair et des badges de couleur fixés dessus. Ils portaient tous à la main un paquet enrobé de papier brillant, un ruban autour, qu'ils déposaient aussitôt sur la longue table.

Miléna, princière, arriva enfin. Ses amis l'applaudirent et, comme une mise en scène bien réglée, le noir se fit soudain, total. Des cintres descendit alors un énorme gâteau avec ses bougies allumées, se balançant légèrement juste avant de se poser au milieu des bouteilles et des cadeaux. « Oh!... Ah! » exagérés, souffler des bougies, embrassades, *happy birthday* Miléna... Lumière à nouveau avec chandeliers, projecteurs et rampe de scène. Les triolets d'un bandonéon s'échappèrent de la sono de scène, et Andrei Serguéevitch Prozorov initia Natalia Ivanovna aux subtilités du tango argentin. Ivan Pallach invita Anne. Adrien et Miléna qui hésitaient beaucoup avant de se risquer sur la piste, improvisèrent finalement des figures qu'un puriste aurait sans doute trouvées extravagantes... D'autres musiques plus à leur convenance suivirent, entrecroisées de Stravinski, de valses de Strauss et d'un extrait de *la Traviata*. Parlotes, rires, danses, on buvait, et Adrien fut heureux de voir Antoine et Maria serrés à nouveau l'un contre l'autre. Des amies de Miléna avaient été se costumer en servantes russes et dansaient autour des invités. Les acteurs, militaires, sous-lieutenants et médecin de la pièce, fumaient les havanes qu'Ivan Pallach n'avait pas manqué d'apporter.

Roméo et Juliette de Prokofiev. Le passage préféré de Miléna venait de commencer. Effet théâtral encore. La scène fut à nouveau dans la pénombre et un projecteur isola dans la salle Alexandre Verchinine, fringant lieutenant-colonel en uniforme de l'armée du tsar, debout dans l'allée centrale, un micro à la main, qui parla ainsi :

– Miléna, au nom des actrices et acteurs, des techniciens et de notre tyran de metteur en scène (rires, sifflets), je tiens à te souhaiter ce soir un joyeux anniversaire. Te dire l'attachement, la tendresse que nous te portons tous depuis ces semaines passées à travailler ensemble et apprendre à se connaître. C'est ta beauté, ta jeunesse et l'énergie que tu nous as communiquée à tous que je tiens à saluer. Je te remercie pour tout cela... Bon anniversaire, petite fille, fasse le ciel que tu restes telle que tu es. (Applaudissements...)

... Je n'ai pas terminé. (« C'était bien pourtant ! » cria un jeune acteur.) Je voudrais finir une fois encore avec ce sacré Tchekhov, puisque c'est grâce à lui que nous te connaissons et que nous nous trouvons réunis ce soir dans un théâtre... C'est Sonia, elle te ressemble, sa tête est posée sur les genoux d'un vieux monsieur, Ivan Voïnitzki, l'oncle Vania, et elle lui dit... « Nous nous reposerons ! Nous entendrons la voix des anges, nous verrons le ciel rempli de diamants, le mal de la terre et toutes nos peines se fondront dans la miséricorde qui régnera dans le monde et notre vie sera calme et tendre, douce comme une caresse... »

Excuse-moi ma petite d'être un peu emphatique, mais c'est cela que je te souhaite et que nous te souhaitons... Que ta vie soit calme et tendre, douce comme une caresse... Bon anniversaire !

Tous applaudirent encore. Miléna avait pris la main d'Adrien pendant le discours. Elle courut au-devant d'Alexandre Verchinine qui avait si bien parlé. Elle l'embrassa. C'est lui qui essuya les minuscules larmes qui étaient en train d'érafler les joues de la jeune fille.

Chacun vint reconnaître son paquet puis l'offrit à Miléna. Du parfum, des compact-discs, des livres d'art, des romans, un recueil de Fernando Pessoa, *le Gardeur de troupeau.*

Son père lui tendit quelque chose de plat, un manuscrit en russe, sous un cadre en verre.

– C'est une lettre d'amour, lui chuchota-t-il à l'oreille.

Elle déchiffra la signature au bas du papier, *Anton.*

– Une lettre de Tchekhov à Olga Knipper qui était comédienne et qu'il aimait... C'est très beau, je te traduirai... Mais je te dis tout de suite ceci : il lui écrit que l'amour lui fait penser au vol des oiseaux migrateurs que l'on voit passer dans le ciel... Chacun imagine qu'ils rêvent déjà au pays qu'ils vont retrouver, alors qu'eux pensent seulement qu'ils sont heureux de voler dans le ciel...

Adrien, le dernier, lui plaça dans la main une boîte minuscule qu'il venait de sortir de la poche de sa veste. Avant qu'elle n'ait fini de l'ouvrir, il dit :

– Il est minuscule, mais chaque jour, quand tu sentiras sa présence à ton cou, tu sauras que c'est de la lumière, de la transparence et de l'éternité que tu portes avec toi... De moi pour toi.

Elle se retourna pour qu'il attache la chaîne qui portait la petite pierre de diamant. Elle pleura encore une fois, émue du cadeau et du visage d'Adrien qui avait surveillé sa réaction. « Tu vois... (elle renifla) je pleure tout le temps... »

Elle prit de la veste d'Adrien la pochette en soie blanche, essuya ses yeux et ne put s'empêcher de rire : « La fameuse pochette... » Il sourit, la prit dans ses bras et sentit tout le corps de Miléna secoué de rires, de pleurs, il ne savait plus, tant il riait lui aussi en tournant avec elle au milieu de leurs amis qui les regardaient étonnés.

28

Le lendemain. Aéroport International de Paris.

Adrien porte son sac en bandoulière, la valise métallique de photo à la main. Annonces de départs, d'arrivées. Miléna est près de lui, parle peu. Des écrans indiquent les numéros de vol et les portes d'embarquement. Journaux, magazines. Embarras d'un départ, des mots se répètent, petites phrases courtes de la séparation...

– Tu reviens vite...

– Je penserai à toi...

– A ton retour, ce sera l'automne...

– Alors tu vas nous trouver un superbe appartement...

– Tous les jours, je ferai les petites annonces...

– Je reviens vite et t'écrirai chaque soir sur mon carnet...

– Je t'attendrai...

Juste devant la barrière des contrôles de police, elle s'arrêta face à lui, attendit un instant, puis se lança...

– Ecoute, puisque c'est au pays des commencements que tu vas, pense à l'enfant... C'est ça que je voudrais maintenant, un enfant...

Il posa sa valise et son sac, tourna la tête de côté, la regarda enfin...

– Tu me dis ça, comme ça dans un aéroport, juste avant de se quitter...

– C'est maintenant que je te le dis, Adrien, pense à ça pendant ton voyage, c'est important... Je voudrais un enfant.

Il allait encore parler. Elle lui fit signe de la main de se taire...

– Pense seulement à ce que je viens de te dire... Elle sortit la chaîne de son cou et lui montra le cadeau : C'était très réussi hier soir, si beau. Je n'oublierai jamais...

Il la prit dans ses bras, embrassa ses cheveux, son front, ses yeux.

Ils se quittèrent ainsi. Elle qui restait là, et lui qui s'éloignait, se retournant pour lui faire des signes.

III

L'ENFANT DE MILÉNA

1

Miléna avait repris le train pour Paris. Paysages de banlieue, affiches de ciné sur les quais. Elle était descendue à la station Saint-Michel. Il pleuvait. Depuis le pont, elle regarda la Seine, grise, brune, une eau de terre arrivée des collines d'amont. Elle allait vivre seule pendant quelques semaines. Seule, c'est-à-dire sans lui aux moments où ils se retrouvaient, le soir et la nuit.

Elle venait de demander à un homme de faire un enfant, et elle était là à regarder la Seine sous la pluie, une envie d'agonie tout au fond d'elle. Le dernier moment. Elle avait attendu cet instant pour lui dire ce à quoi elle pensait depuis qu'ils s'étaient rencontrés, et là, elle se sentait vidée de sa demande, épuisée. Elle eut le vague sentiment que ce qui aurait dû être le début d'une chose, en était devenu la fin... Comment expliquer cela? Le décor s'inversait et elle voyait les échafaudages, les trompe-l'œil, les ciels peints. L'illusion. C'est cela qu'elle devait apprendre désormais : regarder les façades et savoir ce qui sert à les rendre belles, somptueuses, et ne pas en être effrayée.

Si on le lui avait demandé, elle n'aurait pas su expliquer pourquoi elle avait parlé de cet enfant... Elle aurait répondu, c'est comme avoir envie de dormir, ou vouloir garder un rêve à son réveil, s'y glisser malgré le matin et la lumière du jour, un désir, une envie, un besoin. Quelque chose sur quoi il n'y a pas à parler.

Elle ne savait que peu de chose sur elle, et se demanda pourquoi les années d'enfance étaient si vagues, oubliées comme les mauvais souvenirs, comme si elles avaient été vécues par une autre personne, une étrangère, qui aurait appris la douleur, les mots, le rire, la peur du noir et aurait mal transmis ce qu'elle savait : les visages surtout, et les lieux qui tous s'effaçaient...

Elle erra de café en café, il allait être midi, lut un journal, se soucia du temps que mettait chaque serveur pour la repérer, venir prendre sa commande. Jamais moins de quatre minutes, parfois six ou sept... Elle imagina un guide des cafés parisiens les plus rapides. Mais personne ne se souciait de personne et chacun rêvait d'être ailleurs que là où il était. Les serveurs se voyaient patrons des établissements qui les employaient, explorateurs, pilotes de ligne, footballeurs... Tout, sauf garçon de café. Et ce temps qu'ils mettaient à venir prendre une commande était sans doute celui qu'il leur fallait pour se défaire de leur rêve et songer tout à coup : « Mais je suis serveur de café... » Elle eut envie d'interviewer celui du Cluny, mais devant son visage fermé, elle imagina qu'il allait répondre, au hasard, que le service était compris...

Elle aurait tellement aimé à cet instant qu'un inconnu s'approche et lui demande : « Qui es-tu Miléna, c'est quoi ta vie, c'est quoi cette mélancolie que tu portes aujourd'hui? » Elle aurait alors répondu et déversé un flux de mots, tous ceux descendus au fond d'elle, et qu'elle sentait peser dans son corps comme du lest, un poids inerte, mort, et il aurait suffi de parler pour se débarrasser de ces moisissures et de ce lierre qui s'accrochait partout, à l'estomac, au cœur, à la respiration... Il manquait de parloirs dans les rues. Les photomatons pourraient très bien faire l'affaire, pensa-t-elle, quelques minutes pour parler à rien, ni à personne, isolé, quatre questions à la place des quatre coups de flash habituels...

Pourtant, une histoire d'amour, les jours et les nuits avec un homme, ça devrait aussi servir à cela, déverser des flux, en recevoir, un échange incessant de turpitudes et d'élans qui circuleraient entre deux personnes, au lieu qu'ils se sédimentent dans chaque corps. Les mots en soi n'étaient rien. Mais ils emportaient en eux tant de fatigue, de délire, de désarroi, de rire, quand ils sortaient à l'air libre, étaient prononcés, entendus, et se mélangeaient au reste du bruit des conversations et des voitures!

Elle chuchota devant sa tasse de café, contre la faïence, tout ce qui lui passait par la tête... Anchois, pommade, beau cul, varicelle, amour, Jésus, laitier, police, guerre, politique, bite, doigt, buée, Irina, crève-cœur, sexy, afro, maladie, Valparaiso, Nairobi, oubli, enfance, quel nom donner à l'enfant, souffrance, pied à coulisse, Seine, aux armes et caetera, Prague, Ivan, Hanna, ma mère...

Elle avait quitté le café, et était entrée dans une cabine à photos automatiques. Elle glissa ses pièces, se regarda et tira le rideau. Elle pensa à un confessionnal et rebaptisa aussitôt l'endroit *Sonomaton*. Elle se regarda et entre les flashes de l'appareil, elle dit, face au miroir :

« Je m'appelle Miléna, j'ai eu vingt-cinq ans hier et je suis triste, de tout, du monde, de moi, de l'homme que j'aime... Je veux faire un enfant, parce que je veux savoir de quoi mon corps est capable, et je voudrais vomir tout ce qui étreint ma vie, la consigne à se taire, il faut que je déverse le sang mauvais qui stagne dans mes veines, que ma bouche souffle dans l'air d'aujourd'hui cette puanteur, ce silence, ce ciment qui bouche mes paroles, je voudrais... vivre, vivre, respirer et me sentir légère... m'envoler vers le ciel... »

Elle sortit et n'attendit pas les photos.

Elle ne put savoir que quelques minutes plus tard, un jeune homme les ramassa, et qu'il fut bouleversé par les quatre visages qu'il tenait entre ses doigts. Il regarda autour de lui, avança dans plusieurs directions, courut sur les trottoirs mouillés, sa bande de photos encore humide à la main... Mais il sut que la ville serait trop grande et que jamais il ne retrouverait celle qui était assise là, quelques minutes avant son arrivée.

2

Maureen Schirmann, paléontologue irlandaise, n'avait aucune tache de rousseur sur le visage et n'était jamais parvenue à terminer *Ulysse* de Joyce. Ses lectures étaient inscrites sur les fragments d'os dégagés de gangues terreuses à l'aide de stylets, de spatules et surtout, au moyen d'infinies précautions, pour qu'une rayure accidentelle ne risquât pas d'être interprétée, a posteriori, comme le coup de griffe d'un animal inconnu.

La paléontologue avait la peau claire, transparente. Elle qui venait des brumes et des paysages mélancoliques de l'Ouest irlandais, Clifden, Connemara, aimait passionnément un écrivain du Sud américain, Tennessee Williams. Comme ça, pour la beauté du personnage, la beauté de ses titres et la moiteur des corps tendus les uns vers les autres...

Quand elle accueillit Adrien à l'aéroport Kenyatta, il était midi. Ils firent connaissance dans le taxi et elle voulut aussitôt lui apprendre quelques mots de swahili : *jambo* pour bonjour et *asante sana,* merci beaucoup. « Vous verrez, ça fait plaisir. Dans les administrations, ils parlent un anglais très orthodoxe. Si vous ne comprenez pas l'accent d'Oxford, mettez ça sur votre mauvaise connaissance de la langue, sinon ils pourraient se vexer... »

Ils entrèrent dans la ville par une large avenue bordée de fleurs rouges, des bougainvillées, longèrent sur leur gauche un parc, puis le taxi tourna sur sa droite pour les déposer au *New Stanley*. Comme à chacun de ses voyages du lac Turkana à Nairobi, Maureen avait d'incessantes démarches administratives à effectuer et des problèmes d'intendance à régler. Elle donna rendez-vous à Adrien pour le soir au bar-terrasse de l'hôtel, le Thorn Tree. « Si vous n'êtes pas trop fatigué, et comme nous repartons demain matin, je vous conseille de visiter le parc aux serpents. C'est un endroit extraordinaire. A ce soir ! »

Dans la chambre, il se doucha, éparpilla quelques affaires sur le lit et regarda Nairobi par la fenêtre. L'hôtel était central, beaucoup de voitures et de monde dans les rues. Tout près, une mosquée avec un dôme et des minarets blancs. Disséminés au milieu d'arbres et de bosquets, des bâtiments modernes, élevés... La ville semblait neuve, sans passé. Et le soleil...

Une fois dans la rue, il abandonna l'idée de passer un après-midi au milieu de reptiles et préféra marcher au hasard. En quelques minutes, il se retrouva dans un quartier mi-indien, mi-africain, qui n'avait rien à voir avec celui qu'il venait de quitter. Chaussée défoncée, des bus ferrailleux qui font trembler les petites bâtisses, klaxons, trottoirs encombrés de vendeurs de maïs, bananes en train de griller, étalages de fruits multicolores et dans l'air, l'odeur caramélisée des beignets...

Près d'une boutique où se vendaient pêle-mêle des perles, des haches, de la vannerie, des bâtons d'encens et des montres à quartz, un marchand de tissu l'invita à acheter des pagnes. Ils étaient étendus sur des fils et flottaient au soleil. Comme il avait pu obtenir des shillings kényans à la réception de l'hôtel, il pensa à Miléna et s'en procura deux. Il testa son swahili et se risqua à remercier... *Asante sana!* Il eut droit alors à un large sourire, à plusieurs saluts et à un début de discours. Il s'enfuit dans un brouhaha de musiques orientales et africaines mélangées, qui sem-

176

blaient sourdre du sol, venir du ciel, monter de chaque boutique qu'il croisait.

Il flâna tout l'après-midi. Après être passé devant une gare routière où des dizaines de personnes, des enfants, restés sur place, regardaient s'éloigner le bus archicomble qui n'avait pu les accepter, il pénétra dans un temple hindou qui portait au sommet de l'entrée, le trident, l'emblème de Shiva.

Dans sa chambre, étendu sur le lit, il fumait. Une heure seulement de décalage avec Miléna, il l'imagina se préparant pour le théâtre. La nuit ici était déjà tombée, par la baie vitrée il avait vu s'allumer une à une les lumières d'une ville qu'il connaissait à peine. Huit heures approchaient, il avait rendez-vous avec Maureen Shirmann, l'Irlandaise du camp de Koobi-Fora, au bord du lac Turkana, où il se rendait le lendemain matin.

Elle sirotait un cocktail du bout d'une paille en l'attendant. Une robe légère, un gilet de laine sur les épaules à cause de la fraîcheur des soirées, elle lui raconta aussitôt :

— Vous savez, parfois on reste des journées et des journées à ne rien trouver, alors on se distrait... Un jour, près d'une rivière où nous regardions s'ébattre des hippopotames, nous sommes montés sur un arbre, Yves Coppens et moi, un de vos compatriotes. Et comme il imite très bien le cri de la femelle hippopotame, il se mit à couiner assis sur une branche... Un fou rire montait, montait en moi, jusqu'à ce que j'aperçoive trois mâles sortir de l'eau et venir vers nous, exactement sous l'arbre où nous nous trouvions. Coppens continuait son cri, et les pauvres animaux tournaient, cherchant la femelle censée les appeler. Et moi qui me retenais de rire... Mais aucun n'avait l'idée de lever une seule seconde la tête vers nous...

– Il faut dire qu'ils ne sont pas très habitués à trouver leurs femelles dans les arbres...

– Et en nous voyant, Coppens et moi, ils auraient eu des raisons d'être drôlement déçus!

La soirée commençait, ils riaient, et Maureen avait un joli sourire.

Il commanda deux autres cocktails. Un pianiste en veste blanche jouait *African Flowers* de Duke Ellington. Pendant que les boissons arrivaient, la jeune femme dit : « La grande différence qui sépare les gens de ce monde n'est pas entre riches et pauvres, bons et méchants : la grande différence est entre ceux qui ont eu, ou ont encore, du plaisir dans l'amour et ceux qui n'en ont pas, n'en ont jamais eu, et se sont contentés de regarder avec envie, avec une envie maladive... »

Adrien attendait.

– Il n'y a pas de suite, seulement des points de suspension. C'est une réplique de Tennessee Williams. Je n'avais pas encore eu le temps de vous dire que c'était un de mes auteurs préférés.

Tard, cette nuit-là, il écrivit une lettre qu'il remit le lendemain matin à la réception de l'hôtel.

« Ma belle âme.

C'est parce qu'il y a cette distance entre nous que j'ose te dire les mots les plus amoureux, avouer mes élans, comme si un invisible gardien des secrets m'empêchait d'en parler quand tu es auprès de moi. Au lycée, j'avais peur du son de ma voix et les interrogations orales étaient des supplices... J'imaginais le monde entier en train de m'écouter et qu'à ma première hésitation ou erreur, on allait me poser sur les lèvres des cachets de cire.

J'aimerais te dire vous, ma belle, mon adorée, mon aimée, ma câline, vous êtes si exclusive, entière que je vous admire sans vous le dire. Vous êtes tellement belle à regarder vivre, que je sens ma honte d'être si frileux, alors qu'il suffirait de tout donner et d'être ouvert à tout, pour tout recevoir. C'est bien cela l'amour, n'est-ce pas? J'aime l'amour avec vous, votre nuque et le duvet de vos cheveux naissants que j'embrasse et effleure comme s'il fallait se retenir pour ne pas y planter les dents.

Je t'aime du bout du monde comme un navigateur désespéré qui saurait qu'il n'y a plus de côte, plus de terre où accoster, mais qui cherche encore et encore l'étoile du Nord... Tu es cette étoile, une étoile tombée du ciel pour me séduire et rendre brillant tout ce qui se voile d'ombre et d'opacité. Je t'aime de cette manière désordonnée car je sais que le monde est fait de morales de circonstance, alors, autant les oublier et redéfinir pour soi et pour l'autre les codes du mal et du bien, laisser monter en nous la force d'aimer et la force de mal aimer, comme si elles étaient des lois écrites pour nous seuls, innocents et purs, choisis par un dieu n'aimant pas les relations publiques, pour que nous n'ayons pas à répandre la nouvelle de cela...

J'ai tellement espéré une femme qui ait la force d'une femme et la naïveté d'une jeune fille, que... c'est cela que je voulais te dire : cette espérance a trouvé un visage, un corps et une âme, et ils te ressemblent.

Plein d'abîmes s'ouvrent autour de nous, pareils à des gueules de dragons qui enflammeraient chacune de nos incartades... et pourtant, nous sommes là, tendus, patients, émerveillés par ce monde qui nous a fait nous rencontrer.

Quelle heure, quelle année est-il donc pour que la nuit soit si vite tombée sur cet univers où tout s'achète, se vend... Le temps des marchands a commencé, et les rues de la prostitution ne sont plus clandestines, la télévision les filme chaque jour. Je

t'aime ardemment parce que tu ne ressembles à rien
de tout cela. Tu ne me ressembles pas, tu ne ressembles à aucune fiction, tu es l'archange blond, un épi
sur le côté, venu sauver en moi la fraîcheur, l'élégante innocence de mon enfance, quand j'attendais
l'instant, le corps embrasé, de te rencontrer, toi qui
sais accepter mes rêves et ces silences indignes.

Je te vois... ton corps ondule et tes cuisses s'écartent pour que la lumière les pénètre avant moi, m'y
accueille... L'irremplaçable lumière du ciel, puisque
sans elle la mer serait noire comme une ardoise.

De si loin, mon cœur bat pour vous.

Adrien. »

Il avait glissé directement, sans la relire, la lettre
dans l'enveloppe et ne fut pas étonné d'être précis
pour la première fois avec Miléna. La phrase de
Kafka était donc oubliée. Ce soir-là il acceptait la
durée, comme s'il avait largué, depuis l'avion, son
habituel « provisoirement et pour toute la vie »,
quelque part au-dessus de l'Egypte ou de la Méditerranée.

3

Le petit bimoteur faisait un bruit exécrable. En bas, des terres jaunes, ocrées, des forêts et parfois un groupe d'éléphants qui traversent une route alors que deux ou trois voitures s'arrêtent pour les laisser passer. Les regarder surtout. Des chaînes montagneuses avec des sommets enneigés. Puis de nouveau un désert, paysage de début ou de fin de monde, brutal.

Maureen et Adrien se taisaient. Parfois elle s'assoupissait sur son épaule, pour un sommeil de général en bataille, court, récupérateur, et se réveillait pour aussitôt allumer une cigarette.

Une longue partie de la nuit précédente, tout au long de leur itinéraire café-terrasse de l'hôtel, rues de Nairobi, bar de l'hôtel, elle lui avait raconté ce qui s'était produit dans cette région qu'ils rejoignaient.

« ... Des bouleversements géologiques importants avaient provoqué un changement écologique. Les montagnes nouvellement formées arrêtèrent les pluies venues de l'ouest, et la forêt se mit à disparaître des régions basses pour faire place à la savane. Une partie des singes restèrent dans les montagnes et continuèrent, d'arbre en arbre, à manger des fruits, des feuilles, des baies. D'autres, qui déjà à ce moment-là n'étaient plus tout à fait des singes mais pas encore des hommes, descendirent dans la plaine. C'est là que s'est produit le déclic... Un déclic qui devait s'étendre sur plusieurs milliers d'années. A la fois pour repérer de loin le gibier, mais aussi les dangers et probablement pour s'orienter, ils se mirent à se redresser. Pour manger mieux, les hommes-singes devenaient chasseurs, et se tenir debout était devenu une nécessité vitale. »

Il y eut un long moment où Adrien ne dit rien. Il sirotait un infâme breuvage sucré et poivré à base de vodka qu'on avait mélangée à un sirop de fruits d'un vert phosphorescent. Il était bien là avec Maureen, il avait entendu ce qu'elle venait de dire, mais il était en même temps cinq millions d'années en arrière. Comme s'il sortait alors d'une longue rêverie, il prononça à peine : « Je n'arrive pas à être persuadé que c'est uniquement... une nécessité physique qui fit tout basculer... C'est... dérisoire. »

Maureen ne fut pas impressionnée par ce refus de croire. Elle ajouta aussitôt que c'était là une explication, celle de Coppens en l'occurrence, qu'elle trouvait non seulement plausible, mais encore la plus convaincante. Bien sûr, il y avait déjà eu des mutations génétiques antérieures qui permettaient ce redressement.

D'une voix toujours très douce, lente, il continua, comme si elle ne l'avait pas interrompu : « Une nécessité physique... Vous m'avez raconté tout à l'heure votre histoire d'hippopotame... Vous savez bien que les animaux ne regardent pas le ciel et quand ils lèvent la tête vers lui, c'est en fermant les yeux pour hurler à la mort... Et si l'homme, lui, s'était redressé parce qu'il s'était mis à regarder la beauté du ciel, yeux grands ouverts, fasciné par le bleu, l'immensité et par le mystère des étoiles... Un désir d'immensité... Comme s'il s'était agi un jour de relier le ciel à la terre, d'unir la pesanteur à l'infini, la boue des chemins à la splendeur de l'azur... Les premiers hommes ont dressé leurs corps, s'élevant sur la pointe des pieds, bras tendus pour partir à la conquête du ciel... Ça a une autre gueule comme explication, non?

– Une jolie explication poético-animiste! Tout est

182

dans tout, les hommes, la nature se confondent... Je suis une scientifique et toute connaissance en science est basée sur le postulat d'objectivité. La nature est objective et l'homme est seul au milieu d'elle. Seul.

— Ne vous moquez pas. Vous êtes scientifique... et je vous porte en haute estime, c'est vrai que depuis trois siècles, c'est la science qui a produit notre puissance d'aujourd'hui, et nous éprouvons, à juste titre, de l'orgueil de ses succès... Mais c'est devenu une drogue. Hors d'elle point de salut. Or ce pouvoir, vous savez bien qu'il a dû être extorqué à des prêtres, qui, bons princes et lucides, après avoir longtemps résisté, se sont mis finalement à voir d'un bon œil que vous vous accordiez le profane à condition de ne pas toucher au sacré, qui pouvait ainsi rester leur domaine réservé. Mais aujourd'hui que Dieu et ses prêtres sont absents, que vous avez pris leurs places vacantes, laissez-moi imaginer que votre position est aussi précaire que la leur et que pourquoi pas elle disparaîtra un jour, elle aussi.

— Vous n'aimez pas les scientifiques.

— Non, quand ils prétendent avoir seuls raison, comme s'il n'y avait qu'une seule source de vérité, la leur, alors que des siècles de science n'ont pas réussi à extirper de nos corps le sublime, le sacré, le désir d'infini... Moi je veux bien être un tzigane de l'univers, errer à la surface d'un monde indifférent, comme un étranger, vous ne m'enlèverez pas le désir que j'ai de connaître ou d'imaginer ce qui me relie à tout, à l'univers, aux êtres, de rêver à tous les possibles impossibles... Vous nous avez fait croire que nous étions en plein progrès, alors que nous sommes réduits à être des petites choses écrasées de technicité, tout est désagrégé en nous, autour de nous, et nous survivons jour après jour en ayant oublié la vie...

— La vie...

– Oui, la vie, bander, s'amuser, croire, mentir, jouir, pleurer, désirer... Adorer Tennessee Williams... Etre déraisonnable...

Il avait été excessif et ils en étaient restés là. Il se faisait tard. Il eut peur d'avoir blessé Maureen et en se levant, il la prit par les épaules.

– Continuez de chercher vos tibias, vos mâchoires, l'épaisseur de l'émail sur les dents, c'est important. Mais faites-moi la grâce de m'écouter aussi quand je dis que l'homme s'est redressé parce qu'il s'est mis à regarder et à croire au ciel.

– Vous ne comprenez vraiment rien. Vous tentez de me consoler comme si j'étais consolable... C'est vous qui ne m'écoutez pas. Ma vie à moi, c'est d'être ici, chercher des jours et des années les traces des premiers hommes. Et si une seule seconde je n'ai plus cette certitude, il faut que je m'en aille... Que je parte ailleurs, en Amérique, en Virginie, écrire des romans...

– ... qui parleraient de tramways, d'iguanes et de fleurs tatouées...

Il avait réussi à la faire sourire.

Adrien signa la note des consommations. Le pianiste buvait au bar et faisait le beau, entouré de deux femmes élégantes. Maureen, son humour retrouvé, proposa :

– Est-ce que la petite chose écrasée de technicité veut faire quelques pas dans Nairobi by night?

– La petite chose veut!... Vous avez un enfant, Maureen?

– Non.

– Mais vous en voulez un un jour?

– Oui, bien sûr... Et vous?

– Je ne sais pas... Je ne sais pas encore.

4

Le désert, ce n'est pas l'absence.

C'est l'état d'avant la présence, avant que les nomades le traversent, avant que les aventuriers ne s'y arrêtent pour ensuite s'en aller et repartir ailleurs. Il est. Sans avoir à en délimiter des contours, une géographie, une superficie, il est le désert. Ce lieu où l'on se perd, où le monde est anéanti, où le temps est sans vitesse, où le jour et la nuit se succèdent en étant n'importe quel jour et n'importe quelle nuit, avec le minéral présent, aux formes éphémères, la poussière, la pierre, les rochers, le sable... Et tout autour, l'espace et le ciel... Il est le lieu de nulle part où parfois un mot peut s'emparer de son infini.

C'est là que les hommes des villes et des néons viennent diluer leur histoire pour y enfouir des souvenirs et retourner ensuite vers le temps du monde. Ils savent qu'ici, il n'y a rien à attendre, rien à espérer. Demain, dans mille ans, tout recommencera, sans que rien soit jamais fini...

Dans le désert, il n'y a qu'à s'extasier sans se demander comment y vivre, comment y mourir, sans se poser la question de savoir comment jouir du temps et de sa perte... C'est le pays même de l'inespérance. Il n'y a qu'à... Il n'y a qu'à regarder et sentir le vent et le soleil, marcher sur la poussière, la pierraille, sur la roche effritée, sur les petites touffes sèches de la savane, se dire que Paris, Rome, Berlin existent, mais ne parvenir à rien avec le souvenir des villes que l'on a quittées, ni avec les visages aimés. Décomposition de toutes les structures, l'infini entre sous les crânes et rien de fini ne parvient, d'ici, à s'imaginer.

Le désert était ce gigantesque visage d'univers plaqué sur la terre et qui ne faisait que raconter sa propre histoire, la même depuis des siècles, avec ses rides et ses crevasses, ses fractures.

L'enfant. « Puisque tu vas au pays des commencements... » De la bouche de Miléna, un souffle était parti, une vibration de l'air avait atteint l'oreille d'Adrien pour qu'il compose une image ou une idée dans son cerveau...

De quelle rumeur, de quel bruit informe du monde avait-elle extrait ce mot? De quel commencement s'agissait-il? Une naissance qui allait se poursuivre par une existence et finirait par mourir un jour... Etait-ce à cela qu'elle avait pensé, en prononçant le mot *enfant,* ou seulement à l'image d'une minuscule figure d'homme qui bouge, ouvre les yeux, et que l'on porte contre son sein, pareil à un blason... Une image de nourrisson potelé, figée ainsi pour la vie.

Il était entré dans le désert empli de ce mot, dans ce lieu de la virginité qu'aucun désir de conquête ne pouvait convoiter, qu'aucun bruit ne transperçait, un lieu sans passion, sans écrit, celui des seuls mirages...

La première nuit, il resta longuement éveillé. Il avait tourné autour du camp, fumé des cigarettes en regardant les étoiles et leur reflet sur le lac. Quand il était revenu vers le bungalow qu'il partageait avec Maureen, il s'aperçut qu'elle ne dormait pas.

Sur un carnet orange clos par un élastique, il inscrivit :

« *Lac Turkana, 11 septembre.*

Silence des nuits. Seuls des clapotis arrivent parfois du lac. Je me sens seul et paisible, détaché de tout. Relié à tout cependant. Bizarre. Je ne connaissais pas ce sentiment étrange. Miléna, mon amour

186

transparent, je regarde ta photo pour fabriquer une image de toi dans ma tête, et sentir ta présence en moi, avec tes lèvres, le son de ta voix et quelques-unes de tes pensées... »

Adrien ne pouvait imaginer combien ce mot prononcé dans un aéroport allait emplir le désert, cet espace vide qui savait se travestir des songes de ceux qui l'habitaient.

5

Il passa ses premières journées loin des rives du lac, à marcher dans les cailloux, ses appareils photo en bandoulière. Il observait le sol, trouvait parfois quelque chose qui ressemblait à un os, mais ne touchait à rien. Il regardait la trace de ses pas, puis le vent qui les effaçait. Dans les montagnes, il s'extasiait devant la variété des couleurs des roches volcaniques, ocre, violettes, mauves, noires.

Avant de se décider à faire une, deux photos, il regardait longuement tout autour de lui pour emprisonner ce qui lui semblait représenter l'essentiel de ce décor des premiers hommes... Des ciels, des morceaux de montagne, des étendues, l'horizon.

Dès le premier soir Maureen lui expliqua comment s'opérait le choix d'un site de recherches. Repérages photographiques par avion pour trouver les bassins de sédimentation, datage des différentes couches, installation d'un camp, baraques, tentes, un terrain d'aviation :

– C'est nous qui avons nivelé la piste sur laquelle on a atterri. Deux troncs d'épineux tirés par une Land Rover... Au fait, ne vous baignez pas dans le lac, il y a des crocodiles...

– Venus d'où?

– Du Nil.

– Du Nil?

– Oui, il y a un fleuve, l'Omo, qui relie le Turkana à l'Egypte. C'est de là que viennent aussi les algues, toutes ces alluvions qui colorent le lac.

Autres dangers du désert, serpents, tarentules,

scorpions... Des cobras qui crachent à distance leur venin dans les yeux...

— Vous savez pourquoi, au début du siècle, les soldats français du Sud algérien devaient absolument astiquer leurs boutons de veste?

— Le règlement, les adjudants...

— Non... Pour que les cobras-cracheurs se trompent d'yeux et envoient leur venin sur les boutons...

« *Lac Turkana, 13 septembre.*

C'est en levant les yeux vers le ciel qu'ils découvraient l'infini. Cette révélation ne pouvait que devenir une question, la seule en dehors de celles qui concernaient la survie : " Pourquoi je ne suis pas le ciel, pourquoi je ne suis pas immense comme lui, et suis sans cesse obligé de courir, de m'enfuir, d'avoir peur? "

Cette découverte entrée dans leurs corps fit d'eux les premiers animaux à prendre conscience de leur finitude et surtout : que leur mort était inéluctable. C'est cet horrible poison venu du ciel qui les lança sur la trajectoire vertigineuse de l'histoire, pour fabriquer, inventer, réfléchir à tout ce qui pouvait permettre d'échapper à cela, retarder cela... »

Il revint rôder sur les bords du lac.

Le lac. Une mer qui s'étendait sur deux cents kilomètres de long et une trentaine de large... « La mer de jade », un de ses surnoms, mais à certains moments du matin ou du soir, les changements de couleur étaient si violents qu'on aurait pu encore le baptiser « mer de rubis », « mer d'améthyste », « mer de topaze »...

Adrien photographia un soleil couchant... Ce soir, reflets rouges sur le lac aux vagues argentées. Un silence tout autour, envahissant, pénétrant tout le corps jusqu'au malaise. A l'horizon, des montagnes sombres en contre-jour, volcaniques.

Il se retourna et appuya d'un geste habituel sur le bouton qui rembobina le film 6 x 6. Chuintement d'un instant. Sur le lac, un homme debout sur deux troncs d'arbre pêchait à la sagaie.

Un groupe d'oiseaux s'envola, des flamants roses, et comme s'il continuait d'être fasciné par ces seuls instants de vie, Adrien observa leur vol longuement, imaginant qu'ils dessinaient dans le ciel quelques signes à déchiffrer. Il photographia à nouveau. Non pas les oiseaux, mais le ciel qui venait de virer au jaune.

Quelques millions d'années auparavant, les premiers hommes du monde avaient marché ici, respiré, rêvé, là où il imprimait, lui, la poussière des traces circonflexes de ses chaussures en caoutchouc. Il prit encore une dizaine de clichés des cailloux, sortes de boules rougeâtres qui roulaient derrière son passage, des roches tendres, brisées.

Comme s'il avait pénétré dans une maison où ses ancêtres auraient vécu, il se sentait rempli de piété et de recueillement pour ce territoire où l'ébauche de sa propre histoire s'était faite.

Au loin, les femmes de l'unique village attendaient le retour du pêcheur, leurs longues robes drapaient des corps filiformes.

Il s'assit sur une bosse de terrain et regarda le ciel.

6

Il fut là, près de lui. L'entoura d'une écharpe enneigée de Sibérie, le fit frissonner de froid, de stupeur. D'amour! Comment expliquer cela, une présence délicate, fluide, des images qui apparaissaient non comme des rêves : des connaissances... Des connaissances vers ces lieux où vagabondent les âmes des enfants qui ne sont pas encore nés. *Un enfant d'univers* – comment le nommer autrement – capable de circuler, libre, sans pesanteur, délivré des morsures et du poids du monde, d'être là, collé au souffle de celui qui l'appelle, et lui demande d'accourir lui raconter l'espace, le commencement des choses, l'azur, les déferlantes, quelques brisures terrestres et la tension de l'arc qu'un tireur va relâcher...

C'est de tout cela qu'Adrien se trouva brusquement investi : une vision, un souffle, une éraflure à son imaginaire, pour que se glisse dans la plaie minuscule une vérité invérifiable, des bouffées de mousson, ces attentes d'un événement prodigieux qui a pour nom l'enfant de partout... Adrien le reconnut aussitôt, cet enfant qui venait pour lui confier que là où il serait, il s'y trouverait... Il comprit aussi que désormais, il ne serait plus seul : un ange sans nom, sans ailes et sans visage, serait à ses côtés, en tout lieu, arrivé d'une jungle ou d'une étoile, lui révéler ce qu'est l'univers quand on y circule sans la contrainte d'un corps ni les garde-fous d'une vie à vivre, léger, à travers l'air et le vide, rapide comme l'imagination qui sait relier tout ce qui est éloigné et connecter ce qui se repousse, jusqu'à ces galaxies revêches qui se nomment les hommes et les femmes, et se parlent parfois, dans des langues et des émotions irrémédiablement étrangères.

7

C'est les mains posées sur le ventre que Miléna sortit du cabinet de la gynécologue.

Elle n'était plus triste et souriait. C'est là, à cet endroit de son corps, chez elle, que logerait l'enfant pendant trente-six semaines, qu'elle vivrait avec lui chaque seconde, qu'elle lui ferait entendre des musiques, lui parlerait, lui improviserait des bruits et des contes effrayants... Elle frissonna! Questions posées à elle-même : quelle impression cela faisait de sentir de la vie se fabriquer dans son corps, sentir les coups de pied, les renversements de position, toucher à travers sa peau tendue cet océan miniature pour l'astronaute qui y ferait ses premiers rêves?

Elle se demanda encore si les hommes retrouvaient cette sensation ancienne quand ils entraient dans le corps d'une femme, être à nouveau à l'intérieur du chaud et du liquide, protégés du monde, au cœur d'une autre vie... Etaient-ils sans cesse à la recherche de ce souvenir? Mais les femmes?... Le désir qu'un sexe d'homme vienne remplir une partie de leur corps était-il une anticipation sur une grossesse hypothétique, la recherche d'un souvenir qui n'existait pas encore? Le désir des hommes fonctionnait en référence avec un passé, celui des femmes, avec un futur incertain...

« Si cela était vrai, les femmes, moi, pensa Miléna, qu'avons-nous fait de ce souvenir? De ce passé bienheureux dans le corps de nos mères... L'a-t-on sectionné de notre sexualité, puisqu'il ne pouvait nous servir, pour le reporter ailleurs que sur un corps, vers le bouillonnement du monde et des choses? Ils phantasment et nous vivons! »

Elle s'imagina plongeant dans le flux de la vie avec volupté pour retrouver, comme un homme, sa mémoire d'un état de bonheur disparu.

Esquisse malicieuse d'un sourire... Tout à ses élucubrations, elle ne vit pas la fin d'un trottoir et faillit s'étaler sur le macadam. Elle se retint pour ne pas rire toute seule comme une folle devant les passants, tant cette idée érotique de plonger dans la vie qu'elle venait d'avoir, pour aussitôt s'y casser la figure, la mettait en joie.

Elle eut ses dernières règles peu après le départ d'Adrien, et ne reprit pas de contraceptifs. C'est de cela qu'il faudrait parler dès son retour.

Ce soir était un lundi, jour de relâche. Elle dînait avec Anne, chez Anne. Elle avait acheté des éclairs et une bouteille de chablis. Le vin préféré de son père. Elle ne connaissait rien aux autres.

– Alors?

– Tout est prêt... Ma petite machinerie à fabriquer les mômes est en parfait état de marche...

Françoise, qui jouait Macha, était déjà arrivée. C'était une soirée *Trois Sœurs,* sans texte ni décor, sans spectateurs. Françoise, moins jolie que les deux autres, enjouée, pratiquait souvent un humour amer. Elle vivait seule. C'est elle qui déboucha la bouteille pour fêter la bonne nouvelle.

– Moi, j'exige toujours, avant, que les mecs s'en aillent au plus tard à trois heures du matin, dit-elle en riant. De deux choses l'une, ou c'est eux qui le décident, et je persiste à trouver cela vexant, ou s'ils restent c'est qu'ils s'incrustent ou veulent faire plaisir... Dans tous les cas de figure, je me donne au moins le sentiment de n'avoir pas à être humiliée.

Déjà, elles se promettaient de continuer à se voir quand la pièce se terminerait, dans dix jours. Miléna avait décidé d'utiliser son temps libre à apprendre l'anglais dans un cours réservé aux comédiens. Scènes de films célèbres à interpréter en anglais, magnétoscopées, corrigées, rejouées, improvisations... « En attendant un autre rôle. »

— Moi, j'enchaîne sur *Hamlet* au théâtre Gérard-Philipe, dit Françoise.

Carlos qui n'était pas encore couché sortit de sa chambre, le visage peint de traits noirs et rouges... Miléna le prit dans ses bras pour l'embrasser.

— Alors le petit mec, tu t'es déguisé en Indien?

— Non, je suis Pikmat, celui qui combat les soldats de l'Empereur de l'Univers qui veulent envahir la Terre...

— Au fait, où tu en es de ton appartement? demanda Anne.

— J'ai visité ce matin un trois-pièces à Montparnasse, superbe, élevé... trop cher. Je suis embarrassée parce qu'il faut toujours se décider dans les vingt-quatre heures... Et l'Africain n'est pas là.

— Fais-lui la surprise! Viole-le un peu ton voyageur... C'est comme ça qu'ils se décident, une fois qu'on a décidé pour eux...

Elles continuèrent à parler des hommes, de l'amour, du théâtre, de leur vie... Miléna parla de l'enfant. Elles riaient, se moquèrent du metteur en scène qui les avait draguées chacune leur tour pour finalement se rabattre sur la caissière...

— Jolie personne, dit Miléna avec un petit sourire.

— Mais plus de première fraîcheur... ajouta Anne.

C'est vrai, les grosses, quoi qu'il arrive, elles trouvent toujours...

Quand elles reparlèrent métier, Françoise expliqua qu'il lui fallait chaque soir plusieurs heures pour retrouver une vie normale... « Excitée, et un peu déprimée à chaque fois, comme si la vie était la pire des choses. » Miléna parla aussi de cette difficulté, nouvelle pour elle, de reprendre le cours de sa vie, là où elle l'avait laissée. « Je suis finalement contente qu'Adrien ne soit pas là pendant tout ce temps des représentations, je prends bizarrement plaisir à me retrouver seule dans les rues, dans l'appartement, à rêvasser, à penser à Irina, à moi... Alors que d'habitude j'adorais retrouver, le plus vite possible, les petites banalités des choses quotidiennes... »

Anne servit les cafés, sans sucre pour les trois.

– Moi, je vais bientôt avoir trente ans, dit Françoise, et j'ai quitté un jour l'homme que j'aimais... Je croyais qu'il viendrait me rechercher au bout du monde... C'était un coup de poker... Et il n'est pas venu.

– Qu'est-ce que tu en sais? Peut-être qu'il t'a cherchée, peut-être qu'il a réfléchi sur toi, sur lui, peut-être qu'il t'attend... qu'il est blessé, dit Miléna.

– Non. Le temps a passé... Je sais seulement qu'il ne faut jamais quitter les gens qu'on aime... Ça ne sert à rien, il n'y a jamais quelqu'un à aimer plus, ailleurs... C'est une illusion à laquelle on s'efforce de croire pour se donner raison.

Une vague mélancolie s'installa autour des trois filles. Chacune pensait à sa vie, à son histoire et n'osa affirmer quoi que ce soit, incertaines qu'elles étaient de ce qui pourrait bien se tramer dans leur avenir pour donner à Françoise ou raison ou tort.

Le soir, Miléna se déshabilla devant la glace murale. Elle gonfla son ventre et admira son profil. Proéminent, bien rond... « Tu seras là et pas ailleurs, et je vivrai avec toi... Tu sentiras mes pensées, tu sauras quand je serai anxieuse et peureuse, tu sentiras quand je serai rayonnante et gaie... Tu entendras les musiques qui rendent triste, celles aussi qui donnent foi en tout, nous irons danser tous les deux... Je serai attentive, je t'écouterai m'appeler... Je sentirai tes mains et tes pieds me rappeler à l'ordre, ce sera une jolie vie à vivre tous les jours, et tant que tu seras là, rien ne pourra t'arriver... »

8

La nuit était là depuis longtemps.

En rentrant des rives du lac, Adrien aperçut Maureen devant un monceau de feuilles de papier. Il pensa à l'écriture d'un rapport d'activités. En frappant à sa porte il demanda : « Combien d'os aujourd'hui, combien de dents? » Il souriait sans prévoir la réaction inattendue de la jeune femme.

Elle prit la page sur laquelle elle venait de cesser d'écrire et lut à haute voix : « ... L'ambassadeur se leva et dit à la jeune femme : J'aurais pu vous aimer, mais la vie a fait de nous des êtres condamnés à s'affronter parce que c'est ainsi : l'amour est une bénédiction et un fléau, et si l'on veut continuer de respirer sans blessure, sans laisser derrière soi de grands morceaux lacérés, je préfère le jeu des silences à celui des guerres, je préfère la misère d'une vie solitaire, gangrenée de tourments, d'inquiétude et de désirs meurtris, plutôt que d'avoir chaque jour la hantise de me savoir condamné à vous perdre... »

— C'est un roman? demanda Adrien.

— Vous êtes perspicace... (agacée).

Etonné, il ne sut quoi ajouter. Devant son embarras, elle proposa du thé. Lui tournant le dos, elle lui demanda si sa surprise venait du fait qu'elle écrive, ou de la juxtaposition de deux activités.

— Depuis notre première soirée à Nairobi, j'ai pensé que seul votre travail de paléontologue vous passionnait... En tout cas, je ne pouvais pas deviner que vous consacriez du temps à ce qui fait partie de l'imaginaire. Si j'ai bonne mémoire, vous avez insisté pour me faire comprendre que vous étiez une scientifique et que les spéculations...

– Non. J'ai seulement voulu vous faire savoir que je ne mélangeais pas les deux... C'est différent. Mais, en dehors de mes recherches, je vis, j'ai des délires moi aussi...

Elle servit le thé.

– Moi, je continue de mélanger les deux, dit en tentant de sourire à nouveau Adrien. Ecoutez cette étrange idée. La lumière est ce qui va le plus vite dans l'univers...

Elle approuva d'un signe.

– ... Le désert est ce qui est le plus lent. Depuis le début du siècle on sait que la lumière est faite de corpuscules, les photons, et d'ondes qui les transportent... Le désert, avec ses grains de sable et ses vagues qui ondulent au gré des vents, est comme elle, corpusculaire et ondulatoire... Le désert serait-il alors une lumière solide, palpable, sur laquelle on marcherait?... La forme minérale de la lumière...

– Une idée splendide... Je ne me moque pas. Une idée...

– ... poétique? J'accepte. Pour moi, la poésie englobe les sciences et la philosophie... Mais rassurez-vous, je ne ferai pas de communiqué à une académie quelconque là-dessus...

Elle réfléchit un moment. Il la regarda et la trouva jolie, comme si jusque-là ce détail lui avait échappé.

– C'est cette idée qu'il faut poursuivre, dit-elle doucement... Quand l'accélération de l'histoire rejoint la vitesse de la lumière, le monde s'anéantit, se déchire dans une apocalypse pour que se recrée un univers blanc, de pierres disloquées, de poussière et de sable, horizontal, un désert... L'histoire, du lac Turkana jusqu'à Hiroshima, ce sont cinq millions d'années passées à engouffrer de la fureur dans un silence né ici, pour que le massacre d'une ville réinvente le silence d'un désert. Un va-et-vient incessant d'un désert à un autre...

– L'éternel retour au silence...

Ils burent leur thé. Elle posa sur la table des petits gâteaux de miel et d'amandes, puis ils firent quelques pas dehors, vers le lac. La soirée était fraîche. Maureen voulut rentrer chercher un pull à jeter sur ses épaules. Adrien posa son bras autour d'elle.

Ils dormirent cette nuit-là ensemble, et il ne se passa rien d'autre que leurs bras enlacés et leurs rêves qui s'étaient rapprochés.

9

Dernière nuit dans l'Est africain.

Adrien regarda, une fois encore, ce décor resté suspendu, identique, ce ciel au-dessus des têtes, attirant comme un aimant... Demain il reprendrait le petit avion pour Nairobi.

« *Lac Turkana, 16 septembre (fin)*.

C'est la nuit. Tu es sur une scène devant des spectateurs. Et moi, mes yeux regardent des reflets de lune sur un lac. De la nuit et des lumières pour tous les deux. Tu as parlé de cet enfant avant mon départ et tout se bouscule dans ma tête. Je ne parviens pas à le voir comme toi j'imagine, vivant, criant autour de nous.

Je peux te dire que lorsque je songe à lui, je le vois sans forme, ici, près de moi... Mais il est aussi dans le ciel quand je regarde le ciel, dans le désert quand je marche dans le désert, sur les eaux du lac Turkana quand je les regarde, derrière l'ombre des volcans quand le soleil se couche derrière eux. Je sens sa présence depuis que tu as prononcé son nom : l'enfant, c'est son nom n'est-ce pas ? Je le sens dispersé dans l'univers, autour de moi, et il suffit que je pense à lui pour qu'il surgisse de n'importe où, de partout... cet enfant dont tu as prononcé le nom à l'aéroport et que tu as introduit en moi avec tes mots... dans ma tête, dans ma peau, dans tout mon corps... Comment expliquer cela ? Il ne vit pas, mais je sais qu'il existe déjà. Miléna, dis-moi si ce sont les femmes qui donnent forme aux enfants qu'imaginent les hommes... »

10

La peur au quotidien. Les hôpitaux de la ville en état d'urgence. Les cinémas, les théâtres à moitié vides.

Des attentats avaient réinventé une mort urbaine, spectaculaire, pour ces pays d'Europe habitués à leur liste de morts civilisées, répertoriées, cancers, maladies vasculaires, drogue, alcool, victimes de la route, infarctus, sida... La peur devant un ennemi sans visage, avec la mort qui frappe sans relation aucune avec un mode de vie, une faute, un abus... Elle sanctionnait au hasard du déroulement des gestes d'une vie normale, sur un trottoir, à la poste, dans le métro, un grand magasin...

Miléna feuilletait des revues, des livres au drugstore Saint-Germain. On entendit un bruit sourd, mat, comme venu de très loin, des profondeurs de la terre... Les vitrines de livres d'art tremblèrent quelques instants. Curieux, chacun remonta l'escalier et fut dehors. Dans la rue, elle regarda courir des hommes et des femmes vers le lieu où l'explosion s'était produite. Deux, trois cents mètres... Une fumée et un rassemblement. Presque aussitôt, les sirènes des cars de police, celles du SAMU, des ambulances, des pompiers, les girophares interprétèrent le long ballet des secours. Les couleurs, rouge, bleu, le noir et le blanc, les stridences de l'urgence avaient quelque chose de fascinant. Miléna resta plantée là, sur un bord de trottoir, ne sachant que rester là où elle se trouvait, à regarder, à écouter le bruit de la peur. Spectatrice de ce déferlement de secours qu'un Etat évolué peut se permettre, quand quelques-uns des siens viennent d'être désignés comme victimes, elle n'avait pas peur. Tétanisée, subjuguée, loin des corps meurtris, affectivement et géographiquement, elle se trouvait dans ce tourbillon de fureur colorée et ne put s'empêcher d'y trouver de la beauté.

C'est seulement à la télévision, le soir, au théâtre, qu'elle découvrit de près les visages, le sang, les membres disloqués, les pleurs, les cris... Tous les acteurs s'étaient pressés dans la loge de la concierge pour savoir, voir ces autres acteurs du réel qui venaient de faire connaissance avec le hasard et la mort.

11

Trois semaines d'absence, des gestes à réapprendre, à oser, des regards, face à face de nouveau. Avec une part d'étrangeté entre eux, ils s'étaient retrouvés.

L'automne à Paris. Des feuilles tombées, les marrons, brillants comme des bijoux, éparpillés sur les places. Une ville envahie d'hommes et de voitures, mélancolie d'entre-saisons, l'été derrière soi comme un mirage, et une perspective de froidure, d'humidité, un ciel gris... invisible.

L'enfant. C'est elle qui en parla. Ne demanda rien, informa.

Comme elle avait pris la pilule depuis le début de son adolescence, la gynécologue lui avait conseillé d'attendre deux mois au moins pour être enceinte dans de bonnes conditions. « Deux mois à faire attention, il faut qu'il soit beau, réussi... » Elle n'osa ajouter... « notre enfant ». « Amour moins cool », pensa-t-il. Il sourit... « Pensée égoïste... » Il se vit pourtant avec deux mois supplémentaires devant lui, et cette pensée le rassura...

Il s'était surpris à regarder les enfants dans la rue, imaginer leur âge, ce qu'ils faisaient en rentrant chez eux, ce qu'ils savaient dire, les mots qu'ils comprenaient...

Mais *l'autre,* celui rencontré au bord du lac Turkana, ne leur ressemblait pas...

L'appartement. Il leur fallait trouver un lieu où vivre, à deux, où travailler à deux, où s'enfermer à deux quand le temps est au froid ou à la neige, et s'y sentir bien, libres de gestes et d'espace.

Depuis la fin des *Trois Sœurs,* Miléna avait cherché, mais n'avait rien trouvé. Chaque matin elle avait rendez-vous dans un arrondissement... Trop cher, trop sombre, trop étroit, vétuste... En banlieue ouest, en banlieue est, agréable, avec forêt, vue sur la Seine, mais si loin... Chaque soir elle revenait épuisée, découragée... Le lendemain, tout était oublié.

Un jour d'octobre, elle rentra triomphante.

– J'ai trouvé, j'ai trouvé! Tu verras, ça va te plaire. On ne voit pas tout Paris comme on en rêvait, mais d'un côté il y a Pigalle, le boulevard, ça c'est le moins bien, mais de l'autre côté... sublime! Une rue fermée par une grille, sans voitures, des arbres, des jardins, du silence...

Le quartier n'enchantait pas Adrien, mais ils se rendirent ensemble, le lendemain matin, au rendez-vous de l'agence. Un dernier étage sans ascenseur, l'immeuble refait et surtout cette rue bordée de petites maisons... En passant, ils entendirent une chanteuse d'opéra faire des vocalises...

Ils signèrent dans la semaine. « Ma petite Mère Courage », dit-il en prenant Miléna dans ses bras.

Quartiers à travestis, prostituées, néons clignotants, bars et boîtes de nuit, des photos aux entrées montraient des femmes nues aux slips pailletés. Pigalle. Et au milieu des cars de touristes et du racolage permanent, cette rue comme un îlot, tranquille, leur appartement. Spacieux, un escalier en bois pour mener à leur chambre, à côté d'une salle de bains, en bas, un salon, une cheminée et deux petites pièces.

Leur regard balaya cet endroit vide et ils imaginèrent leur vie entre ces murs, un centre du monde moquetté, décoré à leurs couleurs, à leurs images.

Des lithographies de Di Rosa, d'Aki Kuroda et d'Ernest Pignon-Ernest seraient accrochées, une chaîne auto reverse, lecteur laser, une platine suisse avec bras mobile diffuseraient toutes sortes de sons, de chansons, de musiques de films, classique, des rééditions en compact des Beatles, de Duke Ellington, Prokofiev et Prince, Mahler et la symphonie nº 5 adagietto *(sehr langsam)*. Ils choisiraient un lampadaire noir, avec lumière halogène, dessiné en Italie, et une série de chaises vendues par correspondance à *la Redoute* dont le design serait l'œuvre de Philippe Starck, ils mettraient en évidence les livres reliés de toile noire de Franco Maria Ricci qu'on leur avait offerts, Tamara de Lempicka, Arcimboldo, les catalogues d'expo de Beaubourg, Paris/Moscou, Vienne ou l'Apocalypse joyeuse... Ils achèteraient toutes sortes d'alcools exotiques, mezcal, téquila, bourbon, rhum blanc, vodka zubrowka, saké... et installeraient leurs livres de poche dans une petite bibliothèque de l'entrée. Les polars, Hammett, Chandler, Chase, White, San Antonio iraient dans la chambre avec les bandes dessinées, tous les Bilal et Christin, Loustal, Edgar P. Jacobs, Hergé, ainsi que les livres reportages de Marc Riboud en Chine et les photos new-yorkaises de Depardon envoyées au journal *Libération* chaque jour de l'été 85...

Ils achèteraient des stores vénitiens blanc acier, des plantes vertes, et s'ils en avaient les moyens, un ou deux paravents peints par David Webster.

Miléna accrocha en premier la lettre autographe d'Anton Tchekhov que lui avait offerte son père pour son anniversaire.

12

« Les yeux de notre enfant te regarderont Adrien, et tu fondras en larmes sans savoir, pour rien, pour un éclair qui t'aura traversé le corps et aura fait trembler ton âme, tu seras envahi de lumière, de plaisir, le monde te semblera différent, rempli de miel et de mots à comprendre, de films à revoir, de chuchotements délicieux, aux effleurements de bouches *in the night,* comme une chanson qui entre dans le cœur, une rengaine qu'on ne peut oublier, tout aura changé autour de toi parce qu'il y aura un être de plus dans le monde et qu'il sera de toi, de moi, de ce bizarre mélange d'Adrien et Miléna rencontrés dans une salle de cinéma où se projetait *Manhattan* en noir et blanc... Lui ne pleurait pas, elle si, et il en fut attendri, c'est-à-dire que son corps frissonna d'amour, se dévêtit de ses oripeaux de convenances pour éprouver des pensées mélancoliques pour l'inconnue...

Cet enfant, il ne peut te terroriser, il te ressemblera et tu le choieras car aucun aéroport ne pourra t'emmener aussi loin que lui... Tu seras conquis, vaincu, à ses genoux, prosterné, prêt au crime, à la lâcheté, à la trahison, au mensonge, à toutes les excommunications pour qu'un seul de ses cheveux ne puisse être tiré, tiraillé, tordu, calciné... Un être nouveau, des milliards de chiffres inscrits sur le ventre du monde, à sa face, malgré la guerre, lointaine, future, sous-jacente, larvée...

L'enfant malgré la guerre...

... Malgré le désordre, la haine et les bombes dans

le RER... L'enfant malgré cela, Adrien, malgré le déchirement et la violence, malgré les visages amaigris vus à la télévision, les corps qui se disloquent, les ventres boursouflés, affamés. Une évidence, un désir, un miracle dont nous sommes capables, orgueilleux de ce défi à toi, à moi, un enfant qui arrive pour te bouleverser toi et le monde... »

Ils firent ces jours-là et ces nuits-là l'amour, tendrement, ardemment. Adrien ne jouissait plus à l'intérieur du corps de Miléna, mais sur son ventre, au bord de ses cuisses, entre ses seins, sur ses fesses... Elle découvrait ce liquide chaud, collant sur sa peau, qu'elle avait toujours aspiré à l'intérieur de son ventre comme pour s'en nourrir... Connaître le plaisir des hommes ou absorber leur vitalité?... Leurs peaux se collaient, mélangées aux sueurs et au sperme... Ces obligatoires changements ne furent pas mélancoliques comme l'avait d'abord supposé Adrien. Ils en jouirent et en jouèrent, la bouche de Miléna, le cul de Miléna étaient un jeu nouveau, une connaissance, un plaisir... Ils furent exaltés, fervents, et découvrirent à chaque nouvelle étreinte d'autres caresses, d'autres approches, d'autres résistances comme si deux corps différents s'étaient substitués aux anciens pour répondre aux désirs nouveaux de l'un et de l'autre...

« ... Tu seras son maître et son esclave, il te fera traverser la terre pour lui trouver un jouet qu'il délaissera aussitôt, il sucera tes doigts, tes oreilles et tu croiras à mille princesses indiennes venues t'élire roi de l'empire des forêts, des lacs et des clairières, là où les enfants jouent avec les rayons d'un soleil... Tu seras harnaché de cuir et d'acier, guetteur de nouveauté pour qu'il soit prévenu de ce que trame l'histoire et qu'elle ne le brise pas comme une lame

sur une digue, tu seras guerrier pour lui enseigner
qu'il ne devra jamais se trouver là où on pourrait
imaginer qu'il puisse être... Pour le rendre introuvable à la mort et qu'elle ne connaisse jamais son
visage, son regard ou la forme de sa bouche... »

13

– C'est un caprice de petite fille, dit Sabina!
Comment peut-on demander à un garçon que l'on
connaît seulement depuis trois mois d'avoir un
enfant avec lui? Tout de suite... Comme s'il y avait
urgence...

– Mais parce qu'on vit une histoire ensemble
depuis trois mois, que tout va bien, et que désirer un
enfant avec quelqu'un que l'on aime, ça ne me
semble pas du tout extraordinaire!

Sabina était tendue, nerveuse. Ses yeux clairs, si
tendres habituellement, étaient presque méchants.
Elle regarda Miléna comme si elle avait devant elle
une inconnue qui parle d'atteindre le Pôle à pied, en
T-shirt sur la banquise...

– Miléna, tu as toujours été ma petite sœur adorée, je t'ai protégée comme si j'avais été notre mère...
mais sois sensée...

– Je hais les gens raisonnables... Je hais les normes
et les sentiments moyens... L'amour, c'est extravagant, démesuré, c'est une tempête que l'on porte à
l'intérieur de son cœur pour la laisser guider sa vie...
Sinon, il vaut mieux mourir tout de suite de la
maladie des gens qui ont du bon sens... Je n'aime
que le mauvais sens, celui de mes sentiments. Je veux
un enfant avec ce type parce que c'est comme ça que
je ressens le mieux la manière de transmettre aux
autres toute cette vitalité que je porte en moi...

– Ta vitalité, c'est de l'orgueil... Tu veux jouer à
l'histoire réussie d'un amour qui dure... Avec un
enfant pour garantir cette durée. Comme si une

troisième personne était la clef magique pour que les histoires durent...

— Mais qu'est-ce que tu es pessimiste! Cette histoire est mon histoire, je la sens belle, inspirée, exceptionnelle... Toi, bien sûr, tu vis au milieu des dictionnaires et des éclopés, comment peux-tu imaginer une seconde que des gens soient vivants, vivent une histoire vivante, aient un projet normal de gens vivants, avec de la tendresse, des heurts, des tensions, mais de la vie à chaque instant, du désir, de la frayeur, l'envie que tout cela ne soit pas inutile, ait un sens... C'est ça que je veux trouver... Que ce qui me conduit de ma naissance à ma mort ait un poids et une figure... Une réalité qui ne soit ni du vent, ni des désirs restés dans l'obscurité...

— Miléna, ma petite sœur chérie, ne projette pas ta vie dans celle des autres... moi aussi j'ai mes secrets...

Elle interrompit aussitôt sa phrase, elle venait de se souvenir...

— Quand notre mère est morte, tu ne t'en souviens pas, mais tu disais tout le temps : Pourquoi, maintenant que je l'aime, elle ne répond plus? C'est ce que tu disais.

— Tu ne m'as jamais raconté ça... Maintenant que je l'aime...

Miléna se tut.

Elle ne se souvenait pas.

Pourtant il lui semblait avoir toute sa vie, sans jamais la prononcer, murmuré et pensé cette même phrase. Aimer, aimer et se heurter aux silences... Elle s'était élancée corps et âme vers ceux qui l'avaient attirée, et n'avait trouvé qu'indifférence ou des visages ahuris qui la regardaient... Cette capacité d'aimer lui sembla si étrange qu'elle se posa contre sa sœur, dans ses bras. « Si on pouvait m'expliquer », lui dit-elle...

210

Les deux sœurs Pallach se trouvaient dans un café du boulevard de l'Hôpital, face à la gare d'Austerlitz... Enlacées, perdues, se moquant des regards, seules. Elles retrouvaient ces sentiments d'exilées qu'elles avaient cru laisser derrière elles, loin, une étape sur laquelle on ne revient pas et qui resurgit, oppressante, une asphyxie avec l'impression de n'être pas là où on devrait être, à côté de sa vie, de ses sentiments, de ses convictions...

Pour casser cette nostalgie familiale Sabina reprit la parole et désigna l'hôpital où elle travaillait. « C'est là qu'est mort il y a deux ans Michel Foucault... Il y avait à peine deux cents personnes pour un des hommes les plus intelligents du monde, un seul ministre de la République, deux acteurs célèbres et un philosophe pour prononcer l'éloge funèbre... »

Miléna dit : « Je voudrais tellement trouver le discernement, savoir ce qui est bien pour moi, savoir comment me reconnaître dans ce que je dis, dans ce que je fais et que mes aspirations ne soient pas étouffées par ceux qui ne peuvent les recevoir... »

14

Ivan Pallach regarda sa montre. Adrien était en retard.

Il but une autre gorgée de vodka, tira sur son cigare et relut les quelques pages écrites dans l'après-midi. Il biffa des mots, nota en haut ou dans la marge une tournure différente, une phrase... Il avait retenu une table dans une brasserie de Montparnasse et s'il ne se mettait pas à pleuvoir, ils s'y rendraient à pied... On sonna.

— Alors? dit-il en ouvrant la porte.

Une bouteille sous un bras, sous l'autre un projecteur, Adrien montrait une barbe naissante.

— Miléna m'a dit que c'était votre vin préféré...

— J'avais réservé une table... Mais buvons maintenant en regardant les photos...

Les carrousels chargés de diapositives tournaient. Photos africaines et américaines mélangées. Ils burent le vin blanc, encore frais, Ivan Pallach offrit un cigare... Parfois, ils restaient sur une photo qui les intriguait, cessaient de la regarder et se lançaient dans une discussion à son propos... Le pied de Neil Armstrong fit beaucoup rire l'écrivain.

— Il faudrait le mettre au Louvre en face de Mona Lisa... Le sourire de l'humanité regardant le pied du premier homme sur la lune.

Les ciels kényans, le bleu de la Floride, les aires de lancement, la savane rabougrie, le lac, la mer, ces lieux plats... « La même histoire, dit Ivan Pallach, vouloir percer le ciel, s'élever vers lui comme s'il était notre seul mystère... Pas à la manière des oiseaux, vous avez raison, ce n'est pas la même histoire...

Ecoutez cette phrase d'un poème chinois : " Comment gagner l'extrême cime? – Un seul regard et les autres monts s'évanouissent! " Les yeux et le sommet... Il suffit d'oublier le monde... »

Il avait acheté des livres sur le Japon... Il désigna une petite pile. « Prenez-les... Celui-ci, *le Sabre et le Chrysanthème,* vient juste d'être réédité. Préparez bien votre dernier voyage... J'ai un ami cinéaste, Lou Stalker, qui est allé souvent là-bas, ce serait bien que vous le rencontriez. Il parle peu, mais il m'a promis de vous raconter... »

Les paysages s'étalaient sur le mur blanc comme des morceaux volés au monde...

– Miléna vous a parlé de l'enfant?

– Vous avez peur...

– ... Je n'arrive pas à penser cette chose qui semble simple pour tout le monde : Je voudrais avoir un enfant! Je pense : Je veux bien l'enfant que veut Miléna...

Adrien hésitait. Il n'avait encore parlé à personne de sa rencontre. *L'autre,* son voyageur...

– Et puis, il m'est venu des pensées magnifiques dans le désert... Etranges... C'est compliqué d'en parler avec des mots. C'est plus un sentiment, une présence obsédante, qu'une réalité. Comme un ange ensorceleur... Je regardais le ciel – ce ciel, dit-il en montrant le mur – chaque soir, chaque nuit, et je ne pouvais m'empêcher de penser à un autre enfant, un point de l'univers capable de se déplacer là où il désire se trouver, libéré du temps, des contraintes de l'espace, je sentais cette présence diffuse, en tout lieu, pouvant être à une année-lumière ou à côté de moi, près du lobe de mon oreille, à ressentir mon attente de lui, mon appel... C'était cela : un appel... J'avais l'impression moi aussi d'avoir été un jour ce point de l'univers qui se déplace, d'avoir joui, enivré de cette extase infinie, d'être là où l'on me regardait, là où on me donnait un début d'amour. Un rendez-vous...

Ivan Pallach écoutait en tirant sur son cigare. Des volutes de fumée bleue s'enroulaient, emprisonnées dans la pyramide de lumière du projecteur... Au mur, un ciel kényan, des montagnes, un espace... Un morceau de désert...

Après avoir annulé le restaurant, ils mangèrent sur un bout de table...

Ivan Pallach dit.

« Quand ma femme était enceinte de Miléna, à chaque jour de sa grossesse, au lieu de penser que des millions de cellules nouvelles se développaient, qu'un enfant était en train de prendre forme, j'avais le sentiment d'un contraire : que quelque chose qui était né en moi, inexorablement se défaisait et perdait de son pouvoir. C'était un sentiment à l'encontre de toute réalité... Et pourtant, je pensais cela, à cette complexité vivante en train de prendre forme et dans le même temps, à cette disparition progressive d'un enchantement infini... Comme s'il y avait eu un réseau communiquant entre ce que j'imaginais et ce qui se passait dans le corps de ma femme... »

Comme si cela pouvait encore être douloureux d'en parler, l'écrivain hésita...

« Pour essayer d'être clair, je pensais que l'un installait sa place dans le mouvement du monde, et pour cela, volait l'éternité de l'autre... »

Ils restèrent silencieux un long moment, troublés, n'osant ni l'un ni l'autre avancer un peu plus sur ce terrain. Ils eurent peur des mots qu'ils auraient à dire, peur d'un secret qui se dévoilerait, conscients tous deux qu'il enrobait le mystère des possibles et de l'impossible, ce nœud de la vie, racine de la mélancolie, de cet inassouvissable besoin de faire voler en éclats les limites d'un corps, au-delà de celles que lui assignent une histoire à vivre et le lieu de son déroulement.

L'écrivain se leva et glissa une cassette dans l'appareil stéréo. « Janáček, vous connaissez, c'est un compositeur de mon pays... Ecoutez... »

Ils laissèrent la musique envahir doucement l'appartement. Des cuivres doux et mélodieux aux harmonies inhabituelles. Pallach reprit :

« L'histoire d'un homme et d'une femme est quelque chose de mystérieux. Moi, je trompais la mienne... souvent. Je vous le dis comme ça... Je n'en suis ni fier ni honteux. J'aimais les rencontres, un regard dans une rue, à une soirée, et je fondais. Je l'aimais, mais cela n'a rien à voir... Il y a des gens pour qui le monde est sans cesse un appel... Pour les hommes, c'est celui des femmes, mais aussi l'appel des idées, de l'aventure, des paysages. Il y a les explorateurs et les sédentaires. Le travail qui en résulte n'est pas en cause, c'est d'un mode de vie que je parle... Les nomades sont en attente, en recherche, ce sont des buvards, des voleurs, ils absorbent tout ce qui passe, l'amour, la philosophie, l'amitié... Des prédateurs, ils sont là et ailleurs, à l'affût, ils dorment peu tant ils ont peur de laisser passer un corps, une idée, une nouveauté... Ne les croyez pas versatiles, ou sacrifiant aux modes... S'ils sont sans cesse en train de trahir une idée d'hier, c'est parce qu'ils se déprennent d'eux-mêmes et cassent leurs vieilleries d'habitudes...

Mais je vous parlais de la vie à deux... C'est une chose curieuse. Des désirs, des besoins contraires sans cesse nous opposaient, elle pensait la durée, moi l'éphémère... bien ancrée sur terre, et moi qui naviguais à vue entre réalité et idéalisme. Mais je l'ai aimée follement, elle est ma plus ·belle histoire d'amour... Regardez... »

Il avait pris le cadre posé sur son bureau.

« Miléna et elle se ressemblent. Exigeantes, entiè-res... Regardez sa beauté, la douceur de son regard, cette bouche... C'était une journaliste brillante, avec de l'esprit, piquante, elle réussissait dans son travail et on l'admirait. Elle possédait une volonté insensée pour m'emmener là où je ne désirais pas aller. Je ne voulais pas de ce deuxième enfant, elle a attendu deux années, m'en parlant sans cesse, puis elle faisait semblant d'oublier pour revenir trois mois plus tard à la charge... Pendant un temps, nous n'avons plus fait l'amour tant cette idée d'un deuxième enfant me contrariait... »

Adrien regarda le portrait de Hanna Pallach et il pensa que Miléna serait comme elle dans dix ans. Une très belle femme...

— Miléna est un beau personnage. Elle m'émeut, et...

— Quand sa mère est morte, elle avait six ans. C'était une toute petite blondinette qui ne compre-nait rien de ce qui arrivait... Trois ans plus tard, ce fut le départ, un exil. Elle a un besoin d'images d'elle et de son avenir rassurantes, enracinées dans de la vie. Peut-être qu'avec cet enfant, elle veut réinventer une enfance qui lui a échappé... Il n'y a qu'à un enfant qu'elle pourra donner, sans qu'il lui soit refusé, ce trop-plein d'amour dont elle se sent enva-hie... Vous savez, les gens qui aiment se sentent souvent coupables...

La phrase resta en suspens... Adrien crut à un lapsus : capables ou coupables, pensa-t-il sans oser le demander.

— ... Coupables d'anormalité, dans un monde où les sentiments disparaissent...

Il y eut un silence. Comme s'il voulait préciser sa pensée, et qu'Adrien ne se sente l'obligé de personne, il ajouta :

— Mais ne faites pas un enfant pour faire plaisir...

216

Ça pourrait être mortel pour vous comme pour elle... Ce doit être le vôtre en même temps que le sien. Réfléchissez vite, elle est impatiente! Mais il arrive toujours le moment où il faut cesser de tergiverser : accepter...

– Ou s'en aller.

Ivan Pallach fit signe que oui.

Ils rangèrent le projecteur, burent les derniers verres de chablis et, dans la pénombre de l'entrée, il lui dit encore qu'il était heureux de le savoir auprès de Miléna... « C'est un être excessif, plein de vie, d'entrain, d'exubérance... bouleversante. Mais il y a des cassures en elle qu'il faut surveiller, comme ces volcans qui resurgissent... »

En rallumant son cigare presque terminé, il continua...

– J'aime aussi vous connaître mieux... C'est un des bonheurs de la vie que de parler, d'exprimer une sensation intense et d'avoir confiance en celui ou en celle qui écoute pour oser aller chercher au fond de soi ce qu'on a de plus intensément mystérieux.

Il était tard quand ils se quittèrent...

Roulant dans les rues éclairées de pâles lueurs, Adrien traversa le fleuve, regarda Notre-Dame éclairée, et plutôt que de rentrer directement, prit le périphérique à la porte de Vincennes... Slalomant entre les camions, il tourna sur le boulevard presque désert, des questions et des images plein la tête...

Plus tard, à deux pas des bars entrouverts où les prostituées assises sur de hauts tabourets, leurs regards perdus vers la rue, tiraient nonchalamment sur des fume-cigarette, Adrien se retrouva dans leur petite impasse, calme, des feuilles rouges sur les pavés.

Miléna dormait. Il la regarda longuement, sans bruit, retenant sa respiration pour ne pas la réveiller. Elle était là et ailleurs, enfuie dans un rêve. Devant lui, son corps allait et venait au rythme des respirations. Paisible.

15

D'où vient cette nostalgie que nous portons en nous, celle qui nous donne parfois le sentiment d'avoir perdu une immensité? Pas un regret de paradis disparu où tout aurait été beau, simple et durable. Plutôt un malaise, comme à ces réveils, après une nuit où le rêve nous a donné le droit de voler au-dessus des arbres et des toits des immeubles. Avoir perdu un pouvoir.

Nos regards projetés vers l'océan ou les nuits étoilées de l'été nous ramènent chaque fois vers ce trouble qui semble si banal et partagé, que nul n'en parle par crainte du ridicule.

Y aurait-il un espace perdu qui resurgirait à chacune de nos confrontations avec les immensités qui sont à portée de main, le ciel, les océans, les déserts, la nuit... Le code génétique porte-t-il, en plus des testaments du père et de la mère, la marque d'un voyage sans retenue à travers chaque recoin de ce qu'on nomme l'univers?...

Il y a dans ces élans mystérieux vers des espaces infinis et l'idée que nous nous en faisons, la marque d'un effort pour retrouver une immensité dont on aurait eu à un moment connaissance, alors que cette connaissance aurait, à un autre moment disparu. Chaque enfant qui vient au monde se voit-il privé d'une immensité dont il aurait disposé, avant de naître, bien avant d'avoir un cerveau et une conscience et dont il jouait sans lieu, sans repère, ici et partout, libre?

La vie serait alors la fabrication d'une enveloppe qui détache du monde une parcelle d'infini, pour lui assigner une pesanteur, un lieu, un début et une fin.

Dans la nuit, Ivan Pallach était ressorti.

Son ombre passa près de l'Observatoire, puis devant la Closerie pour se glisser à l'intérieur de la Coupole. Il avait marché. Au bar de la brasserie, on lui servit une vodka glacée. Il tira un cigare de sa poche de veste. Sans allumettes, il le tourna dans sa bouche, le mouilla. Un homme lui tendit un briquet.

Il but son alcool sans parler, sans chercher un regard, sans tenter d'amorcer quoi que ce soit avec des inconnus. Il regardait autour de lui, écoutant des bribes de conversations, les rires, quelques éclats de mots... Il aimait cette solitude au milieu d'un flux de conversations, de frôlements, de manteaux déposés sur les banquettes... Il en profitait, la cultivait. C'est là, entouré d'une chaleur étrangère d'hommes et de femmes qui s'étaient retrouvés pour esquisser des histoires, qu'il parvenait le mieux à sentir la vie, son bruissement, et entrer à l'intérieur de lui...

Ecrire une histoire du mensonge, se dit-il.

A cette heure de la nuit, il savait se fier aux apparences. Ne pas chercher à savoir, à comprendre. Les gens s'offrent, ils ont retiré leurs voiles de brume et il suffit d'être là, là où on est pour qu'ils se livrent.

Le monde vit la nuit, le temps s'y déroule et les hommes y sont mélancoliques... Dans ces décors qui s'effondraient, la nuit semblait renvoyer les êtres devant leurs juges, les comptables du bien, du beau, de l'inutile, de ce qui vaut d'être gardé, et elle savait retirer les apparences, pour que se retrouvent nus la beauté et les regards, débarrassés de la volonté de convaincre. Elle avalait les fatuités et il restait à chacun de redevenir, empereur, fakir ou errant, le héros de son premier rêve.

Tard en rentrant, il écrivit :
« *22 novembre.*

Au lac Turkana, A... a photographié le ciel, les couleurs du ciel, les volcans, le désert : le temps immobile de la géographie. Il a une attitude quasi mystique devant ces lieux où l'histoire de l'humanité a commencé et, fasciné par ces millions d'années qu'il tente de saisir en les photographiant, il se décale de la vie... Il ne voit pas M... qui est à côté de lui, l'aime d'un amour douloureux, immense, patient, elle attend qu'il retombe de son émerveillement des infinis, pour qu'il la regarde et découvre avec elle " l'instant ", le temps d'une histoire à vivre. Elle lui crie sans cesse que la vraie vie est là, sous ses yeux, à côté de ses bras, de son corps et qu'il ne la voit pas.

Parfois les gens vivent ensemble comme s'ils étaient des étoiles, et les sons qu'ils émettent pour se parler arrivent retardés d'années éloignées, d'espaces... De même, on croit toujours voir le soleil, mais c'est un soleil plus jeune de sept minutes que nos yeux regardent. Le jour où il s'éteindra, nous aurons ces sept petites minutes pour croire, innocents, que la fin du monde n'aura jamais lieu... »

Il réfléchit, tira sur un morceau de cigare éteint, but une rasade de vodka et entreprit une nouvelle page.

« C'est pourtant A..., ce soir qui a fait resurgir cet épisode de ma vie que je croyais – non pas oublié – mais enfoui à jamais. Brûlé comme le livre qui avait été écrit pour en consigner chaque détail et chaque folie... »

— Mon plus beau livre, dit-il, la voix rauque, le plus pur, insolent.. Magique !

Il avait presque crié ce dernier mot. Il continua.

« L'histoire irracontable d'un enfant qui envahit l'âme, l'esprit, le corps et dont les hommes ne parlent jamais parce qu'ils n'osent raconter leurs extravagances et leurs extases. Hontes? J'ai succombé aussi à cette conspiration du silence, en faisant disparaître le roman du secret... Ce soir encore, je n'ai pas osé, pourtant tout s'y prêtait... Que va faire A... de cette intrusion, de cette connaissance délicieuse... Je n'ai pu que le mettre en garde... Mais comment résister à l'envoûtement de la vie avant la vie, de cette démesure d'où l'espace et le temps sont absents, où l'infini se manifeste pour emporter dans le sillage de sa démesure un homme alourdi de lieux, de mots, albatros abattu, traînant sur le plancher du monde ses ailes incendiées... »

Puis il arracha violemment la page qu'il venait d'écrire... « Emphatique de merde! » Il la plia en forme d'oiseau et avec son briquet enflamma chacune des ailes... « Ah ah! cria-t-il, riant comme un dément... Un albatros bien cuit, s'il vous plaît! »

L'oiseau de papier se calcina. Ivan Pallach regardait les flammes, fasciné.

16

C'est près de la Seine qu'ils se donnèrent leurs nouveaux rendez-vous.

Adrien s'occupa de la sortie du livre qu'il avait traduit : émissions de radio et entretiens pour les pages littéraires des journaux. Si le roman ne sembla pas retenir l'attention du public, la traduction fut, en revanche, à chaque fois remarquée des critiques.

Miléna, elle, fréquentait assidûment le cours d'anglais du petit studio-théâtre de la rue Jacob. Pendant le temps d'une scène de film, elle pouvait être Anna Magnani face à un Burt Lancaster roux et frisé dans *Rose Tatoo*... et se retrouver juste après, *Sur les quais*, face à un Brando boutonneux au terrible accent français qui la déconcentrait. La vidéo restituait le travail des jeunes comédiens. Critiques de la prof américaine, commentaires... Ils recommençaient.

Les bords de Seine aux lumières de l'automne... Derrière la tour Eiffel, chaque soir, le soleil sombrait vers l'ouest, découpant de noir le futur musée d'Orsay, de longues effilades dégradées de rouge et de violine au-dessus, dans le ciel. La rumeur des voitures, sur chacun des quais, était estompée par la distance et les murs de pierre qui enchâssaient le fleuve. Ils marchèrent côte à côte, au centre de la ville qui bruissait autour d'eux.

Soudain Adrien s'irritait, agressait Miléna, demandait quand elle envisageait de retravailler, si elle cherchait à rencontrer des metteurs en scène, si elle lisait des pièces, si elle voyait de jeunes auteurs...

— Mais tu sais bien que je ne décide pas de tout

ça... C'est un métier de désir... On doit avoir envie de moi, m'imaginer dans un rôle...

— Mais ton agent, qu'est-ce qu'il dit? Il travaille pour toi, est-il au courant de tout ce qui se prépare?

— Oui, je crois... Comment savoir ces choses-là...

— Surveille-le, appelle tous les jours son bureau, demande-lui des comptes... Fais de nouvelles photos, sexy, provocantes, romantiques, est-ce que je sais... Tu ne vas pas passer ta vie à attendre que les autres décident pour toi!

Elle le regarda. Ce ton arrogant la vidait... Elle le haïssait quand il parlait comme cela... Agressif! Elle prit sa main pour essayer de rétablir un contact, mais elle la sentit froide, distante, ses doigts ne se mêlant pas aux siens.

— Demain, j'avais oublié de te le dire, je pars avec Antoine à Lyon, il y a une vente de tableaux aux enchères et il veut que je l'assiste...

— Tu l'assistes pour quoi faire?

— Surenchérir d'une certaine manière pour l'aider à acquérir deux tableaux qu'il désire... On est de retour après-demain... Je vais t'expliquer la technique...

— Je m'en fous de ta technique!

Deux bateaux chargés de charbon glissèrent devant eux.

Ce genre d'absence se répéta. Puis ce fut le tour de Miléna qui partit en week-end avec le groupe d'Acting Studio, chez un des comédiens qui possédait une maison dans l'Yonne. Adrien resta à Paris préparer son voyage japonais. Ils se délaissaient, se quittaient un jour, deux, parfois plus.

Adrien accumulait les indifférences et soulignait leurs différences. Il parlait sans cesse de son travail, de cette idée des commencements qui séduisait tant

Ivan Pallach, de cette histoire de la verticalité qu'ils projetaient d'écrire ensemble... *Du lac Turkana à l'intelligence artificielle, en passant par le premier homme sur la lune...* Il voulait la blesser, l'humilier, en jouant les intelligents, comme s'il tirait sur une ficelle de toutes ses forces, pour savoir à quel moment elle allait casser.

Miléna souffrait, il le savait. Pourtant ils continuaient de s'abandonner. A chacun de leurs retours, tout semblait comme avant. Seule une fêlure invisible pénétrait leurs âmes pour aussitôt se cacher comme si elle n'avait jamais existé. Leurs corps retrouvaient les gestes inventés pendant des nuits et des nuits et, si l'élan de leurs dernières effusions s'était transformé, les jouissances étaient au rendez-vous, exaltantes, effaceuses provisoires de discorde.

On les apercevait dans les salles de cinéma, à certaines premières de théâtre et dans les endroits sombres où la fumée qui recouvrait les désœuvrements, faisait office de paravent... De même qu'une musique fracassante réduisait les conversations à quelques mots de circonstance.

On pouvait bien sûr imaginer qu'ils avaient, comme chacun, des états d'âme et de corps, que cette apparence singulière d'une histoire sans histoires pouvait cacher aussi des faiblesses et quelques turpitudes... Mais qui se soucie vraiment des autres...

Ils s'accommodèrent provisoirement de ces apparences, et leurs vies avançaient comme un paquebot de nuit, lentement, sillonnant l'histoire, l'espace et le temps.

17

Ils parlèrent de voyages. Rêvèrent d'îles lointaines, le Cap-Vert, les Marquises, les Grenadines, de leurs corps au soleil, abandonnés, offerts, au milieu de palmiers, d'arbres rares, de bougainvillées, d'hibiscus, de flamboyants et d'oiseaux aux plumes chamarrées. S'endormir le soir aux bruits des tropiques, celui de la mer et d'orchestres lointains célébrant un mariage ou une mort, des musiques de saxophones et de *steel band*, mélancoliques et rythmées. Se regarder et se dire que l'on est ailleurs, privilégiés d'un voyage lointain, parler de l'appartement délaissé, des amis serrés dans le métro, le journal télévisé de vingt heures, et se contenter des images de la France vues par un journal local, trois lignes parfois, une photo encore plus rarement... Les échos d'un pays éloigné, perdu dans le mouvement et la vie d'une autre région du monde.

Si loin, ils trouveraient d'autres gestes, et leurs corps nus, bronzés, rapprochés de la nature, du vent, des collines, de la mer, du ciel, des levers et des couchers du soleil s'abandonneraient...

Puis, ils quittaient les îles, trop cher, les oubliaient.

Les jours passaient, et l'idée d'une absence à deux revenait, insistante, s'éloigner de Paris, du quotidien, s'étreindre mieux, ailleurs, différemment. La mer alors revenait une fois encore, comme un décor régénérateur. Ils doutaient d'eux, se regardaient, se perdaient à nouveau, puis comme un mot magique, ils redisaient « la mer » et reconstruisaient un exil ensoleillé, dupes ni l'un ni l'autre de ces mots d'artifice qui tentaient de les convaincre qu'ailleurs, ils seraient côte à côte, sans la ville, sans tracas, unis.

A défaut de bilan, ils dressaient des cartes géographiques pour inventer des lieux de bonheur imaginaires, un enchevêtrement de mots exotiques, de parfums et de décors pour que leurs deux vies s'y noient, s'y perdent et oublient ces heures passées à s'espérer.

18

Miléna demanda des serviettes en papier au garçon. Elle sentait toutes ces larmes qui allaient jaillir
de ses yeux... « T'es une pleurnicheuse ma vieille et
tu n'y peux rien!... » Elle était entrée dans un café de
la rue Frochot, à côté de leur appartement.

Tout l'après-midi elle avait fait de nouvelles photos, des portraits avec un jeune photographe, du noir
et blanc en studio, ektachrome au-dehors, près
des manèges d'autos-tamponneuses installés sur le
boulevard de Clichy. Il faisait froid. Elle s'était
retenue de pleurer plusieurs fois. Toute cette confusion dans son esprit... Pensées morbides, lassitude,
fatigue. Le photographe ressentit ce malaise et passa
un bras sur ses épaules... « Tu veux qu'on arrête... Je
peux revenir une autre fois... – Non, non », elle avait
insisté.

Il avait alors recommencé à cadrer ce visage de
Miléna, qui souriait, regardait l'objectif, mélancolique, enjouée, un enfant dans ses pensées. Il l'ignorait, elle s'était tue. Elle y pensait si fort qu'elle fut
certaine qu'il allait apparaître sur les photos, son
visage derrière le sien, derrière ses yeux, joyeux,
rieur, criant de plaisir, un vrai visage de bébé, aux
joues arrondies, un duvet sur le crâne et des épaules
potelées. Le photographe aima ce regard qui bou-
geait sans cesse, cette physionomie qui passait par
toutes les expressions... Elle s'était retenue jusqu'à la
fin, puis avait finalement éclaté... Il l'avait embrassée
comme on embrasse quelqu'un qui a un ennui et qui
ne veut pas en parler... Un secret qui fait pleurer,
s'était-il dit... Ils étaient entrés dans ce café de la rue

Frochot. Elle aima sa présence, cette tendresse spontanée, sans manière. Il lui avait pris les mains, l'avait regardée... Puis, il dut partir.

Elle n'avait pas voulu rentrer aussitôt chez elle. Une fille qui était déjà là à leur arrivée n'avait cessé de la regarder. Quand le photographe fut sorti, elle s'approcha.

– Je vous ai vue au théâtre, vous étiez... tellement forte dans ce rôle... J'ai souvent pensé à vous, et je vous vois là, triste, vous qui m'avez tellement émue! C'est bizarre de penser comme cela à quelqu'un que l'on ne connaît pas... Et je ne vous imaginais jamais triste... Je m'appelle Julie... Vous c'est Miléna Pallach, je sais, je me souviens.

Le garçon apporta les serviettes en papier. Miléna se moucha, essuya ses yeux et regarda les traces de maquillage sur le papier, le noir de ses yeux...

– Je dois être affreuse!

Julie prit un kleenex dans son sac à main et effaça les traces de rimmel sur les joues et autour des paupières de Miléna.

– Vous êtes comédienne aussi?

– Si on veut... Pourquoi vous pleurez?

– C'est long, c'est compliqué, c'est simple...

– Je suis indiscrète?

– Non... J'aime un homme, je veux un enfant avec lui...

– Jusque-là...

Miléna regardait la rue, le regard perdu vers l'extérieur. Elle parlait sans nuances dans la voix. Le récit d'une douleur adressé à une inconnue.

– Il hésite... Par moments je sens qu'il veut, et comme si tout à coup il avait peur d'être volé de quelque chose, je sens qu'il n'a plus envie... Et il se tait comme si je n'étais plus là, moi je reste avec mon désir, devant son silence, et j'ai l'impression que c'est ma vie qui s'en va, que ce n'est plus moi cette femme qui supplie...

Miléna avait parlé comme ça... Sans connaître cette fille, la sentant seulement attentive... Elle la regarda, et s'aperçut qu'elle était jolie.

Julie sortit un porte-cigarettes en argent et alluma une Craven à l'embout ocré de taches de maïs... Se ravisant d'un oubli :

— Vous fumez?

— Non... Je ne fume plus.

— Pour l'enfant?

Miléna hocha la tête. Julie sourit. Miléna ajouta :

— Je crois que lui, c'est à un autre enfant qu'il songe, différent... Mais on ne parle que de moi... Vous?

— Moi...

Elle eut une hésitation...

— J'aurais bien voulu être comédienne, faire pleurer, être drôle... Mais c'est la vie qui est une drôle de chose... Je vous parle, comme vous m'avez parlé... Moi, je fais l'amour avec des gens que je ne connais pas...

Elle sourit.

— Un peu comme les comédiens... En un peu moins reluisant! Mon costume de scène, c'est tout ça...

Elle étira ses jambes sur le côté de la banquette, bas résille, talons...

— Et au-dessus, y a des porte-jarretelles... Noirs! Ils adorent ça! Le haut des cuisses blanc comme un écrin et leur désir au centre... De la géométrie à dentelle noire...

— Vous ne travaillez pas ce soir?

— Si. Mais bizarrement, j'ai un rendez-vous. Pas d'amour, n'exagérons rien... J'ai quelques habitués. Une fois par semaine, le mercredi, celui-là vient à six heures, ça fait un an que ça dure... On monte dans la chambre, ça prend dix minutes et il rentre chez lui. Il est directeur d'une agence de banque à Barbès, je suis sur son chemin, pratique, non? C'est comme s'il était entré boire un demi dans un café... C'est pas plus long, juste un peu plus cher!

— Il est marié?

— Marié, deux enfants, un appartement près du parc Monceau, chic, parfum Van Cleef & Arpels, costumes Saint-Laurent, intelligent...

— C'est curieux...

— Non, banal... Les hommes adorent accumuler les fétiches, je suis un des siens. Je ne connais pas les autres. Peut-être que sa femme est une femme-enfant, ou une mégère, et il a par-ci par-là un jouet auquel il est très attaché et qui ne ressemble pas à celui qu'il possède chez lui... Il me méprise, en même temps qu'il sait le pouvoir que j'ai sur lui. Je suis son secret inavoué, inavouable... Un rêve qu'il retrouve à heure fixe, comme un rendez-vous avec la mort. Il voudrait bien me tuer tellement il se sent esclave du jouet que je suis, mais comme il souffrirait encore plus de mon absence, je vis et il survit...

Le garçon fit un signe à Julie. Elle se retourna. Un homme attendait.

— Salut, Miléna... Retrouvons-nous un jour... Je sais plein de choses sur les enfants des hommes, et sur ceux que désirent les femmes... Fais attention...

Elle s'était penchée pour l'embrasser. Miléna vit par l'échancrure du manteau qu'il n'y avait rien en dessous et se demanda à partir de quelle heure aujourd'hui, l'homme qui attendait avait eu cette image en tête, et s'il avait eu envie de mourir à cause d'elle...

« Fais attention! » avait dit Julie. Miléna s'en aperçut quand elle était partie.

19

Vacarme.

Partout le bruit. Des sons, des plaintes, des râles, des cris, des sanglots. Le monde bruisse de partout, chuchote un ruban ininterrompu de froissements, de stridences, mais ne raconte aucune histoire. Ce sont les histoires des hommes qui créent le bruit, et elles se mélangent, comme les langues de Babel, incompréhensibles. Ce sont elles qu'il faut découvrir au milieu de ce foisonnement inextricable. La science, Dieu, les philosophes n'ont pas d'histoires à raconter, les phrases qu'ils utilisent sont des formules mathématiques, lisses, numériques, tendues comme des cordes de verre au-dessus du vide, leurs mots sont enchâssés d'écrins, de thermos d'où ni la chaleur ni le froid ne parviennent à s'échapper. Des mots remplis de sens et non de sensations. Un alignement de chiffres, digitalisés, sans aspérité ni douleur.

Les histoires d'hommes et de femmes, elles, sont encore analogiques, remplies de bruits de fond, de messages mal décryptés, de mots gangués, de distractions... Toutes les existences sont faites de ce tohu-bohu, de cette rumeur sourde d'où émergent un mot, une bouffée vivante, un sanglot compassé, une interrogation hésitante. Les existences ne sont pas faites de diamants ni de pierres rares, c'est de la terre et des cailloux, des rochers, du vent, le ressac des vagues, la tempête, l'explosion des moteurs, les conversations téléphoniques interrompues, l'écho des montagnes, les langues intraduites, les sentiments déguisés, à bout de souffle...

Un jour prochain verra peut-être la lutte entre la souffrance des hommes et la perfection digitale.

Voix.
Ce sont les pleurs de Miléna qui ont « éveillé » Adrien, qui l'ont détourné de l'écran, de la fiction dans laquelle il était plongé, enseveli, pour qu'il tourne son corps, la tête d'abord, vers elle, que ses yeux la regardent, qu'il soit touché par ses sanglots, avant de toucher à son tour avec ses doigts, sa peau, sa bouche, la peau de Miléna. Puis, ce fut elle encore qui prononça une phrase dans un brouhaha d'aéroport où se mélangeaient les annonces de départs et d'arrivées, les voix des voyageurs, étrangères, les cris des enfants, les paroles des douaniers, des policiers, le cliquetis des lamelles métalliques qui tournent sur d'immenses panneaux pour former Toronto, La Havane, Guadalajara, Tombouctou, Djakarta... De cette phrase, un seul mot pénétra l'oreille d'Adrien, *enfant*, et il en fut une fois encore touché, ébloui, intrigué. Ce mot qui avait une histoire pour Miléna, enrobé de sa vie, d'un désir, d'un passé et d'un projet, devint une autre histoire pour Adrien, imprévue, un appel, une recontre de type X, modèle inconnu, un accident.

La musique.
... Comme un bateau frêle sur l'océan... disait une chanson. Arrivé à ce point de leur histoire, c'est cette image qu'il conviendrait peut-être d'employer pour parler de Miléna et d'Adrien. A moins qu'ils ne soient déjà plus sur la même embarcation... Miléna s'étant posée au milieu des rochers pour appeler son amoureux à travers les ténèbres. Adrien, lui, tente de distinguer une voix, un son mélodieux au milieu du fracas de l'océan. Mais alors, il faut que Miléna sache, à moins que son amour le lui fasse inventer

d'elle-même, que seule la musique peut émerger du capharnaüm. Dans ce murmure, la musique seule peut faire en sorte que se rencontrent le sens et la sensation. Il faut, pour attirer Adrien, que Miléna mêle une musique à sa voix, à ses paroles, qu'elle invente pour lui la plus belle mélodie capable de trouer le voile du tumulte. Musique des sons et des mots, musique des images, musique des couleurs, c'est ce travail de musicien, de poète, de cinéaste, de peintre que Miléna doit entreprendre pour être entendue, qu'Adrien la repère à nouveau dans ce fracas. La musique se dégage des bruits du monde, non comme un diamant offert à la raison, mais comme le seul langage possible pour le corps, l'esprit et l'imaginaire. C'était à cela que Miléna devait songer : s'adresser à Adrien tout entier, vivant, sensitif, rêvant, comprenant... Qu'elle compose la musique de l'enfant et qu'Adrien l'entende, soit séduit et s'approche d'elle, à l'aveuglette, confiant, sans autre repère que cette voix de la brume qui appelle.

Mais peut-être se méfie-t-il du chant de la sirène et va-t-il avoir peur de s'écraser sur les rochers qui l'entourent. Peut-être encore ne veut-il pas l'entendre et aura-t-il bouché ses oreilles de boules de cire pour ne pas être séduit... car c'est le cap d'Espérance qu'il vient enfin de trouver, celui où le ciel et la mer se rejoignent, se touchent et s'enlacent pour que l'espace n'ait pas de fin, et c'est là-bas, vers les confins du monde, qu'il se dirige, sans rien écouter d'autre que sa propre injonction : trouver le point où commence l'éternité...

La musique et l'intensité.

Au Moyen Age, le chant grégorien était hurlé dans la lumière des cathédrales par les prêtres, car se faire entendre d'un dieu mégalomane et occupé n'était pas une mince affaire. Miléna avait-elle trop susurré à l'aéroport, qu'Adrien ne pût comprendre qu'une partie de ce qu'elle avait murmuré? Elle avait dit : « Je veux un enfant! » Peut-être aurait-elle dû dire : « Je veux que tu désires un enfant avec moi. » Un alexandrin partageur, plus musical que cette petite phrase de cinq pieds, égoïste et autoritaire. Miléna s'était trompée de registre. Adrien avait sans doute mieux entendu, au même moment, la voix de l'hôtesse qui disait : « Le prochain départ pour Miami, porte vingt-huit... » Douze pieds, une phrase parfaite, psalmodiée, où se mêlaient une promesse, un lieu exotique et le détroit magique pour s'y embarquer.

La musique et la lumière.

C'est tout cela que Miléna devait chercher et trouver, maintenant. Psalmodier, chanter, charmer avec la voix et les mots mélangés, aller au-delà de leur signification, leur donner rythme, pour qu'Adrien les entende avec son corps, son cœur, ses mains et qu'il n'imagine surtout pas des rochers autour de cette voix qui l'envoûterait, et contre lesquels il pourrait s'écraser. Alors, il faudrait encore que la voix qui appelle soit baignée de la lumière des phares et des projecteurs.

Les temps étaient durs pour les femmes lorsqu'il s'agissait d'attirer un homme à leur désir... Etre musiciennes et trouver des lieux éblouissants, beaux comme des cathédrales...

20

Cette lettre de Nairobi, elle l'avait lue et relue, la portait toujours sur elle, dans le métro, elle l'ouvrait, lisait quelques lignes puis fermait les yeux et se disait les autres par cœur, par corps, par amour. Et elle entendait les mots glisser sur sa peau, l'effleurer, caresser ses yeux, ses épaules et sa nuque, à la naissance des cheveux, des mots pour cerner du temps avec elle, découper des paysages et poser sur son corps des tatouages de réalité où les bateaux avanceraient, les vagues onduleraient, les nuages se déchireraient... Aujourd'hui, Adrien faisait comme si rien n'avait été dit, ou plutôt, puisque cela avait été écrit, faisait en sorte que cette lettre n'ait jamais existé.

Elle se sentait désemparée. Depuis le retour d'Afrique, elle ne comprenait pas ces alternances chaotiques, indifférence, tendresse, humiliation, amour, mots exécrables... Promesses et silences, ils vivaient des instants qui les emportaient, puis chaque retour était d'autant plus douloureux qu'il succédait à un moment d'oubli.

Après un de ses cours d'anglais, elle raccompagna Mina, une fille brune, légèrement métissée, jusqu'à l'hôtel Terrass, à dix minutes de chez elle.

— J'habite là parce que mon père y a vécu. Il adorait ce lieu, dit Mina.

— C'est curieux de vivre à l'hôtel...

— Non. C'est vide de tout. Il n'y a la trace de personne... Même si je sais que Jean Genet a vécu là, Orson Welles, Zelda Fitzgerald... Ils y ont été, je le sais, mais leur image ne se fait qu'à travers mon imagination... Mon père était marin, très beau, magnifique, il plaisait aux hommes et aux femmes... Genet l'avait surnommé « Java », c'est beau, non?

Assises sur de longs divans de cuir éraflé, elles réécoutèrent dans le hall de l'hôtel la scène qu'elles avaient enregistrée durant le cours, un extrait d'*Intérieurs*. Son magnétophone à la main, Miléna avait embrassé la fille de « Java » et s'en était allée. Elle avait brusquement quitté l'avenue qui la ramenait chez elle et était descendue vers le cimetière de Clichy, spacieux, tranquille. Marchant dans les allées calmes, aux tombes encore fleuries des chrysanthèmes de la Toussaint, elle psalmodia à Adrien...

« Encore une cassette que j'enregistre... Comme si je n'osais pas prononcer certains mots en te regardant... Pourtant on devrait pouvoir tout se dire... C'est ce que je croyais, et là il y a ces silences, les mots qui cognent la tête... Je sais que tu penses à l'enfant, que tu en parles autour de nous, que tu en rêves à ta manière... Mais il faut que je te parle de lui, parce que ce n'est pas qu'une idée... C'est quelqu'un qui va se faire en moi, pendant des semaines... Tu le toucheras, tu colleras ton oreille contre mon ventre pour le deviner... Il aura un jour un centimètre, et ce sera déjà notre enfant... Puis deux, puis trois, minuscule, et ce sera une parcelle de vie avec du mouvement... Un cœur comme la pointe d'une aiguille qui se mettra à battre à l'horloge du temps... Une personne que ne sera pas encore quelqu'un, seulement un peu de vie dans mon corps, sans lumière, sans parole, sans désir... De la vie toute seule, sans nom, sans regard, silencieuse... De la vie pleine de futur, qui un jour se mettra à espérer de vivre... Et c'est cela qui se mettra à crier pour de vrai, dans notre maison... A crier pour t'appeler, pour m'appeler... Il criera dans le monde, et il n'y

aura que toi et moi pour accourir... Ces deux
personnes qui faisaient l'amour parce qu'elles s'aimaient... Deux personnes pour accourir, parce qu'elles l'aiment, lui, le nouveau, le différent... Pour jouir
de lui, non comme des amants... Jouir avec lui de la
vie qui passe... du monde qui se déroule... de notre
histoire grossie d'une présence venue de nulle part
ailleurs que de nous... Pas celle d'un voyageur qui
passerait un moment par là... Il voyage en nous, avec
nous... C'est le même voyage, le même mouvement...
Il sortira de moi pour se montrer à nous qui l'avons
imaginé... Pour que l'on voie son visage, son corps,
et qu'on le reconnaisse... Il faut qu'il comprenne tout
de suite cela, cette reconnaissance, qu'il n'est pas un
étranger au monde... Seulement le dernier arrivé
dans ce lieu qu'il ne connaît pas... Mais que nous lui
décrirons, lui expliquerons, des jours et des jours,
inlassablement... Toute cette histoire compliquée des
hommes et des femmes venus du lac Turkana... Lui
dire qu'il leur ressemble, puisqu'il regardera le ciel
dans mes yeux, dans tes yeux, et qu'il sera ébloui par
la lumière... Par le bleu, par l'immensité de ce qu'il
verra... Cette histoire longue des hommes, qui
recommencera avec lui... Une fois de plus... Quand il
se dressera sur ses jambes, pour toucher le ciel...
Pour courir et jouer sur la terre, et laisser ses mains
libres d'inventer le dessin auquel il pense, depuis que
nous nous sommes rencontrés... »

Miléna se demanda si Altidor Goupil avait eu un
enfant, s'il l'avait désiré, aimé, s'il était mort pour
lui. C'est sur sa tombe qu'elle se retrouva assise
lorsqu'une petite pluie fine se mit à tomber.

21

Adrien buvait un capuccino. Refrain dans un juke-box :

...Ça f'ra quoi ce jour-là, ça f'ra quoi ce jour-là
Ça f'ra quoi d' serrer une étrangère dans ses bras...

Il pensa à Marianne, leur rencontre de la fin de l'été, et ce sentiment violent qui l'avait poussé vers elle, à la serrer contre lui, comme s'il avait retrouvé là une invulnérabilité perdue. Du comptoir de café où il se trouvait, il l'appela. Sonneries... Absence.

Un type qu'il n'avait pas repéré auparavant lisait un journal en allemand, à deux tables en face de lui. Il portait des lunettes d'écaille qui avaient ceci de particulier : un verre était teinté de rouge pâle, l'autre de bleu... Adrien pensa à ces lunettes en mica et carton pour voir des dessins ou des films en relief, mais il imagina que *Die Welt* n'imprimait pas en bicolore son journal pour être lu en trois dimensions. Il ne put s'empêcher de surveiller l'homme, recherchant l'interstice par lequel une question, un sourire pourraient se glisser et savoir le pourquoi de telles lunettes. Il remarqua que l'homme ne les retirait pas pour regarder l'heure à sa montre, les gens dans la rue, ou quand il jetait un œil distrait par-dessus les feuilles de son journal. D'ailleurs, les couleurs des verres étaient pâles et, placé un peu plus loin que là où il se trouvait, Adrien ne les aurait pas remarquées.

Ce qu'il attendait se produisit, mais pas comme il aurait pu l'imaginer. Il n'y eut ni tasse brisée, ni conflit linguistique avec le serveur, ni pièces de monnaie roulant à terre et qu'il se serait empressé de ramasser, rien qui soit prétexte à... Pas de spectaculaire en somme... C'est l'homme qui, ayant retiré ses lunettes, observa Adrien par-dessus les lettres gothiques du titre de son journal. Leurs regards se croisèrent, l'homme ne baissa pas le sien, et, parce qu'il ne désirait sans doute pas que cela puisse passer pour un affront ou une provocation, il se leva et vint vers Adrien.

– Je m'appelle Klaus Sterber... Je suis de Berlin.

Adrien se présenta, et l'homme, avant de continuer plus loin la conversation, demanda s'il pouvait s'asseoir. Il expliqua aussitôt :

– Je vous regarde parce que je viens de m'apercevoir qu'il y avait quelque chose d'étrange autour de vous...

Adrien avoua qu'il le regardait aussi depuis un bon moment, à cause de ses lunettes. L'Allemand dit qu'il faisait partie de cette espèce rare des gens qui ne voient pas les couleurs : « Je vois le monde en noir, gris et blanc, et ces verres sont seulement là pour me donner l'illusion de colorer un peu les objets, les visages... Mais ne voyez là aucune tristesse. » Il précisa qu'il distinguait, en revanche, les couleurs invisibles pour d'autres, l'ultraviolet, l'infrarouge, les couleurs plus rapides ou plus lentes que celles que chacun pouvait apercevoir... « Et c'est une de ces couleurs invisibles que je vois près de vous... Vous savez, les Japonais utilisent des poissons-chats pour prévoir les tremblements de terre... Moi je suis un poisson-chat occidental qui perçoit les tremblements invisibles... » Il eut un rire aigu, sec, rapide.

Ils commandèrent d'autres cafés et l'homme alla récupérer son journal et sa mallette en cuir.

– ... Mon seul regret, c'est de voir le ciel inlassablement gris... Vous connaissez Berlin?

– Non.

Sterber sembla le regretter.

– C'est là que passe la ligne de démarcation du monde d'aujourd'hui... Cette ville est comme un Christ minéral... De pierres, de bitume, de maisons... Par la faute d'Hitler elle est le lieu du mal pour chaque imaginaire, comme si elle avait repris à son compte tous les péchés du siècle. C'est pour cela que vous devriez la connaître. C'est à deux heures d'avion de Paris, comme Madrid ou Rome, mais elle semble être dans l'autre monde...

Adrien savait peu de chose sur l'Allemagne. Le pacifisme des jeunes Allemands l'irritait plutôt. L'homme lui demanda s'il connaissait des romanciers allemands d'aujourd'hui... Adrien cita Peter Handke, Heinrich Böll, Günter Grass. Sterber fit remarquer que Handke était autrichien et ajouta :

– Peter Schneider – un autre écrivain allemand – a dit récemment qu'il avait moins peur de la guerre que d'une paix éternelle... C'est curieux n'est-ce pas? Mais il voulait dire que la menace atomique perpétuelle comme garantie de non-guerre ne peut pas être une morale de vie digne de pays civilisés.

– Ça me semble être une très belle phrase, juste, mais un peu idéaliste... C'est pour ce genre de raisons élevées que les mouvements pacifistes sont aussi importants chez vous?

– Pas exactement, mais chaque Allemand pense qu'à cause de la dernière guerre, il est un fils maudit de l'humanité, et que le monde est décidé à mener un jour une guerre sur la terre des fils maudits...

– Je ne peux pas imaginer cela une seconde...

Sterber dit que l'escalade nucléaire depuis Hiroshima avait déshabillé le monde occidental de ses espaces de guerre, et que les propositions soviétiques actuelles le terrorisaient.

– Ils proposent le désarmement atomique pour

retrouver dans le monde occidental les lieux d'une guerre possible...

– Ainsi, on vérifiera, par l'absurde, si on est civilisés ou pas...

Sans avoir l'air d'y croire, l'Allemand ajouta :

– Il faut peut-être donner une chance aux gens... à l'humanité. Le pape est bien resté en tête à tête avec celui qui avait voulu l'assassiner...

– Mais il n'engageait que sa propre vie, toute symbolique qu'elle fût... Et c'est vrai que, en théorie, Schneider a raison, un degré de civilisation ne peut se définir sur une crainte... Mais s'il s'était trompé sur le degré d'élévation morale de la nôtre...

– C'est cela qu'on appelle « une conversation de café du Commerce », non?

Même si Adrien avait envie de continuer sur ce sujet, c'était ce regard en noir et blanc qui l'intriguait, et il demanda si c'était cela, être daltonien.

– Non, eux confondent les couleurs. Moi, je n'en vois aucune. Cela s'appelle l'achromisme.

– Et qu'est-ce qu'il y a d'étrange autour de moi?

– Des tremblements de couleurs... Un infrableu, si cela peut avoir une signification pour vous... Un bleu, presque transparent. J'ai remarqué que certains très jeunes enfants portent autour d'eux ce genre de halo... Je l'ai remarqué sur d'autres hommes, mais jamais chez les femmes. Je ne saurais pas vous dire pourquoi.

– C'est étrange, non?

– Je ne trouve pas... Vous avez déjà regardé un avion dans le ciel? On ne parvient jamais à imaginer qu'il y a deux cents personnes à l'intérieur, assises tranquillement, qui dînent, lisent ou écoutent de la musique... On sait qu'elles sont là, mais on ne peut l'imaginer. C'est banal et étrange. Quand je vous ai regardé, j'ai seulement pensé : Tiens, encore un homme avec des tremblements d'infrableu autour de lui. C'est tout. J'ai tenu à vous confier cela, c'est la première fois que j'en ai l'occasion. Mais personne n'est jamais étonné par la couleur des yeux des gens qu'il rencontre, moi, je ne suis pas étonné, parce que c'est ma manière de voir, de rencontrer parfois des hommes avec un tremblement bleu autour d'eux.

Adrien voulut savoir ce que Klaus Sterber faisait à Paris. A cet instant, une femme pénétra dans le café, chercha quelqu'un et les repéra aussitôt.

– Je suis venu la retrouver...

Il s'était levé. Il fit les présentations et parla en allemand avec la jeune femme, puis se retournant vers Adrien : « Veuillez l'excuser, elle ne parle pas français. » Il s'adressa de nouveau à elle et Adrien, par les gestes et le ton de la voix, imagina Sterber expliquer qu'il terminait une conversation, et qu'ensuite ils partiraient.

– ... La retrouver donc, et chercher des lieux magiques. Pas symboliques, magiques... Je ne vous ai pas dit, je suis funambule... J'ai tendu un câble, il y a deux ans, entre les deux plus hautes tours du monde, au *World Trade Center*, au sud de Manhattan. Après ma traversée, et avoir été l'homme le plus heureux du monde, la police m'attendait... A Paris, je voudrais partir de Notre-Dame, mais pour aller où? L'idéal, mon rêve, serait de relier Notre-Dame à la cathédrale de Chartres. Mais matériellement, c'est un peu compliqué... Il rit. Mais je ne désespère pas. Je rêve aussi de Venise, partir du sommet du Campanile sur la place San Marco et, en hommage à Thomas Mann, traverser la lagune jusqu'au Lido. Etre entre terre et ciel, dans un lieu magique, c'est faire avec son corps, la pesanteur et l'air, une œuvre d'art.

Adrien eut aussitôt à l'esprit l'homme au clocher, qui l'avait tant intrigué quand il était enfant... Sterber écouta son histoire et continua :

– Moi j'utilise ce « désir de ciel » comme vous

dites, les cathédrales, les gratte-ciel, les pyramides que les hommes ont construits en tous lieux pour pénétrer le ciel, pour jouer avec le corollaire de ce désir : la pesanteur et la peur du vide...

Il ajouta encore qu'il avait commencé à quatorze ans dans un petit cirque de Berlin, le Binder Cirkus, malgré les cris et réprobations de ses parents qui étaient diplomates, une vieille famille d'aristocrates allemands...

– Et aujourd'hui? demanda Adrien.

– Aujourd'hui? J'ai trouvé le plus beau et le plus grand des cirques, le monde.

La femme et l'homme qui ne voyait pas les couleurs s'étaient levés : « Vous vous souviendrez... Quand un jour la télévision ou les journaux parleront d'un fou qui se prend pour Dieu, sur son câble dans les airs... Klaus Sterber! Souvenez-vous aussi qu'il y a des gens pour qui le ciel est irrémédiablement gris... »

Quand ils furent partis, Adrien fuma une cigarette, lentement, pour mieux penser à tout ce qui venait de se passer. A tout hasard, il rappela Marianne qui cette fois répondit. Il en fut presque contrarié. Une heure plus tard, elle était là. Elle l'emmena à Beaubourg voir une exposition, Le Japon des avant-gardes.

– ... Mais je veux continuer de voyager, dit-il, être prêt à partir, à tout moment...

– Arrête de parler comme un héros de bande dessinée, sans savoir ce que tu veux. D'ailleurs, personne ne sait ce qu'il veut, la vie est faite de tant de cadeaux, d'embûches, de surprises... Partir, ça veut dire aussi être prêt à aimer quelqu'un qui est là, à côté, et ne pas sans cesse rêver que tout est ailleurs. « La vraie vie... » Van Gogh croyait que son voyage à Arles serait une étape vers le Japon où il voulait

244

apprendre les gestes de la calligraphie. Il y est resté, y est devenu fou, a peint ses toiles les plus belles, les plus violentes, les plus réussies. Il est devenu à Arles le Van Gogh génial que l'on admire aujourd'hui, sans jamais atteindre son Japon d'illusion, son rêve de Flamand...

Ils s'étaient arrêtés devant les plans de l'architecte Kenzo Tange qui avait imaginé reconstruire Tokyo sur la mer.

— Mais pourquoi Miléna est pressée... Comme si on allait mourir demain...

— D'abord, c'est de vie qu'il s'agit... Chacun vit à son rythme et elle n'est pas pressée... Ne répète pas avec chaque femme les mêmes erreurs... Tu n'as rien voulu avec moi... Une seule fois je t'ai parlé d'enfant, tu n'as rien dit, je me suis tue... Peut-être que l'on serait toujours ensemble, peut-être pas... Mais je tenais tellement à toi...

— Tu ne m'as jamais parlé d'enfant...

— On efface ce qu'on veut... Je t'en ai parlé! Mais le problème n'est plus là. Avoir un enfant, ce n'est pas la prison, c'est quelque chose que tu ne soupçonnes pas. Toi qui te rêves aventurier, qui te dis curieux de tout... Voilà une découverte à faire et qui est une des plus inouïes... Tu es amoureux de cette fille, vous avez un nouvel appartement, grand, tes reportages marchent bien, où est le problème? Tu réfléchis, tu te donnes trop d'importance, alors que tu dois lui faire confiance à elle... Laisse-toi envahir par son désir, vis en pensant à elle, à vous, pas uniquement à toi... Tu voyageras seul, avec elle, avec l'enfant, et rien ne sera aussi simple. Tout ce que ta logique invente pour échapper à cela, c'est pour échapper...

— Tu parles comme si tu en avais un...

— Je sais tout cela parce que c'est simple, un enfant, c'est de la vie qui se prolonge, c'est un cadeau pour soi, aux autres, à l'histoire de nos vies, au futur. Même avec elle, c'est aussi un cadeau pour moi...

Avant de se quitter, ils empruntèrent à nouveau les escalators transparents du musée et, en descendant, regardèrent, sans rien se dire, les toits de Paris.

L'enfant était là, près de lui, autour de lui, quand il regarda Marianne s'éloigner... Bleu, presque transparent...

22

— Les anges n'existent pas, dit Antoine, presque en s'esclaffant.

— Ne parle pas si fort! chuchota Adrien.

Ils se trouvaient dans une rame express du RER, entre Etoile et Châtelet, des gens autour d'eux se laissaient véhiculer, distraits, le regard vague, perdu, sans que l'on puisse savoir si leurs yeux traversaient cette lumière glauque descendue du plafond du wagon, ou s'ils étaient restés à l'intérieur des images de leur vie.

Adrien continua à parler dans le souffle, sans timbrer sa voix.

— Je n'ai jamais dit que c'était un ange, c'est une présence... (il pensa : une caresse de l'âme, mais n'osa pas prononcer ces mots-là devant Antoine), quelque chose qui me raconte, qui vient de partout... Des bouffées de paysages... de visages, comme si je savais pénétrer à l'intérieur des gens...

— Et je pense à quoi, à cet instant?

— Tu ne peux pas t'empêcher de faire le clown... Ce n'est pas un tour de magie que je veux te faire, je te parle de quelque chose qui est en train de m'arriver, d'important, et j'ai déjà un mal fou à trouver les mots pour te l'expliquer.

— Tu gamberges, tu phantasmes, tu délires, tu extrapoles, tu vagabondes, tu te masturbes, bref, tu es à côté de tout. Je ne sais pas quoi te dire... Cette histoire d'ange — c'est comme ça que je l'appelle, si tu permets — c'est insoutenable, indéfendable... Il doit s'ennuyer dans l'éternité, c'est pour ça qu'il te fait des visites... C'est parce qu'on doit mourir que la vie est excitante, bonne à croquer... La beauté des femmes, des villes, tout cela c'est du vent comme nous, et c'est de cet éphémère que naissent l'art et la beauté. Sans cette certitude de mourir un jour, ils n'existeraient pas, personne ne songerait jamais à se dépasser...

Antoine eut un léger sursaut de tout le corps :

— Tu n'as pas senti?

— Quoi?

— Un frôlement invisible, là, à l'instant... Et il pouffa à nouveau...

— T'es vraiment con!

Glissements du métro, arrêts, crissements de freins, bruit des portes qui s'écartent. Le sifflement du vent compose la musique de chaque départ, de plus en plus aiguë... Beauté des escalators en aluminium brillant, le bleu, l'orangé des carrelages et les plastiques rouges des rangées de banquettes... Des écrans suspendus au-dessus des quais surveillent, d'autres sont là pour distraire... Mondes qui se mélangent, des trous d'espaces dans l'espace.

Quand ils se furent quittés, Adrien regretta de s'être confié à Antoine et en pensant cela, il succombait à cette facilité qui consiste à préférer parler avec ceux à qui l'on ressemble pour se faire confirmer une intuition, plutôt que d'être contredit par un incrédule ou un sceptique, et de se retrouver dans la solitude de sa folie. Avec Ivan Pallach, tout avait été simple. Ils avaient vécu, chacun à sa manière, une aventure similaire. Adrien était ressorti rassuré de leurs entrevues. Là, il était contrarié, énervé. Et s'il n'était pas en train de penser « cet imbécile d'Antoine », c'est parce qu'il le connaissait bien, et savait qu'il était un curieux mélange d'homme d'affaires, d'archiviste méticuleux et de connaisseur d'art.

C'est en remontant l'escalator qui le conduisait au Forum des Halles qu'il repensa à leurs deux escapades italiennes : Venise et Rome. Antoine possédait un des plus importants fichiers du monde : tableaux, peintres, catalogues d'expositions, ventes, acheteurs... Régulièrement, il effectuait des séjours en Italie, à Genève, Los Angeles, New York, visiter ces propriétaires d'œuvres d'art et, au vu des aléas de leur fortune, leur proposait d'acheter, sachant déjà à quel collectionneur il revendrait le ou les tableaux. Sa spécialité, les primitifs flamands, et cette technique qu'ils avaient largement utilisée, la *tempera*, qui consiste à imbiber de couleur des toiles très fines, sans pinceaux. Pour expliquer cela – Adrien l'avait vu cent fois faire – Antoine avait coutume, au dessert, de poser sa serviette blanche sur des boules de sorbet au cassis, jusqu'à ce qu'elle prenne une jolie couleur violine... Ce qui mettait toujours de bonne humeur les serveurs...

A Venise, ils avaient dormi à l'hôtel Gritti, à Rome, en haut des marches de la place d'Espagne, à l'hôtel de la Ville. Antoine aimait aussi le luxe.

Le lendemain, sa contrariété passée, Adrien fut finalement ravi de lui avoir parlé et téléphona pour le lui dire.

« Les anges doivent mourir, dit Antoine, car ce sont eux qui prennent la vie des hommes... De toute façon, ce sont des messagers que personne n'écoute! »

Adrien, tout à son émerveillement du moment, pensait exactement le contraire.

23

Que manquait-il? Rien. Ou alors tout. Ils cherchaient des réponses. Elle disait, et l'enfant! Lui
disait, et le monde!

Leurs pas les menaient souvent sur les bords du
fleuve. Là, ils regardaient les péniches passer devant
eux. Elle reparlait de l'enfant, lui reparlait de l'océan
vers où se dirigeait le courant. Ils se sentaient si
différents qu'ils finissaient par s'extasier d'être
ensemble.

Par la fenêtre, un soir, il la vit sortir du métro et
traverser le boulevard. A la seconde même où il
l'aperçut, il fut vivement ému. De la même manière
qu'il l'avait été lorsqu'il était venu un soir l'attendre
au studio d'anglais et qu'il l'avait regardée dans
l'entrée, à son insu, sur l'écran de télévision.

Début décembre, il avait neigé toute la nuit. Le
froid persistant de la journée avait conservé presque
intacte la couche de neige, sans que la gadoue
habituelle n'endommage trop sa blancheur, et il
voyait derrière elle s'inscrire chacun de ses pas. Peu
de voitures, peu de piétons. La ville avait ralenti sa
vie. Le jour déclinait et il était allé regarder la rue
avant d'allumer un lampadaire. C'est là qu'il la vit,
la tête penchée en avant, son pied droit, comme à
l'accoutumée lorsqu'elle ne se surveillait pas, tourné
légèrement vers l'intérieur. Emu aux larmes, sans
raison, bouleversé par cette femme précisément et
pas une autre, il la vit lever la tête, il recula, mais elle
ne pouvait l'apercevoir. Il l'imagina tout à ses pensées, ce secret permanent... Quelle disproportion,

songea-t-il, entre tous ces corps qui se déplacent, repères visibles de chaque personne, et la multiplicité des rêves et des pensées. Aucun désespoir, aucune volupté n'inscrit de signe, ni sur le corps de ceux qui les ressentent, à l'instant où ils le ressentent, ni sur le monde autour d'eux. Personne ne peut percevoir cela, ce tourbillon invisible fait de visages aimés, amis, de désirs, d'attente, où se mélangent la mémoire et le futur, et qui se dissout dans l'air du temps. Aucune empreinte de cela, ni pour aujourd'hui, ni pour des générations à venir, sinon celles que tracent les poètes, écrivains, cinéastes, tous ces surveillants de l'émotion et du rêve, seuls metteurs en formes de l'indicible journalier.

Il l'aimait en ce moment si mal, qu'à cet instant où il l'aimait si fort, il se demanda si c'était cela aimer quelqu'un, être attendri aux larmes par un geste maladroit, un pied qui rentre légèrement vers l'intérieur, une gaucherie. Il se demanda encore si c'était sa manière à lui de l'aimer ou si c'était un piège dans lequel il tombait et qui lui faisait croire, à cause d'un détail attendrissant, qu'il aimait la personne tout entière.

Dans le film *le Sacrifice*, une femme disait : « Dans une histoire d'amour, il y a un fort et un faible, et c'est le faible qui aime sans arrière-pensée. » L'attendrissement était-il une arrière-pensée ? Pourtant, il ne se sentait pas fort dans cette histoire. Inquiet, incertain de tout. Sauf dans l'instant qu'il venait de vivre, seul, spectateur de Miléna et de son amour pour elle.

24

– La poésie japonaise ne qualifie pas. Il y a une manière de dire soleil, printemps, givre, chrysanthème, sans avoir à ajouter un adjectif quelconque. Soleil renferme en lui, éclatant, éblouissant, chaud, brûlant, été. En revanche, ce qu'un Occidental désignera sous le nom trop simple de brume, le Japonais, suivant la saison, l'appellera *kiri* ou *kasumi*, parce qu'un bouillard posé sur des décors aussi différents que ceux du printemps et de l'automne ne peut être le même brouillard. Il y a un brouillard pour un paysage de printemps et un autre brouillard pour un décor d'automne...

Lou Stalker, cheveux ras, visage émacié, la soixantaine, parlait entre ses dents, bouche fermée, et il avait fallu s'habituer à l'écouter et à le comprendre. Un charme austère, habillé de voyage, chaussures de marche, pantalon et saharienne, prêt à n'importe quel départ...

En guise d'îles Moluques ou de Grenadines, ils étaient finalement allés vers le Sud, sur la côte, à la rencontre, et de la Méditerranée et de Stalker le cinéaste, ami d'Ivan Pallach. Il habitait une somptueuse maison blanche, des ifs et des pins tout autour, un parc rempli de fleurs et de statues, tout en haut d'un rocher qui dominait la mer, non loin du cap Ferrat. Comme pour s'excuser...

– C'est le producteur du film que je prépare qui me l'a prêtée... Regardez, est-ce que je n'ai pas l'allure d'un soldat dans une maison réquisitionnée!

(Je t'aime, murmura Miléna à l'oreille d'Adrien.)

Ils étaient arrivés en fin d'après-midi et prenaient du café, du thé pour Stalker, sur la terrasse, la mer devant eux, à l'infini, bordée seulement sur la droite de montagnes lointaines, bleutées, derrière lesquelles le soleil allait sombrer.

— On peut en voir des milliers, je parle des couchers de soleil, on peut dire cliché, carte postale, ricaner, tout ce qu'on veut, c'est toujours un instant magnifique. Un suspens des couleurs, avec cette attente inéluctable qu'il disparaisse... Savez-vous qu'au Japon, il y a une fête pour les poupées brisées?

Stalker parla des chats et des renards qui avaient au Japon leurs cimetières et leurs temples, puis de Golden Gaï, un minuscule îlot de quartier ancien dans un arrondissement ultramoderne de Tokyo, Shinjuku, où les appartements étaient si étroits que les gens déposaient leurs machines à laver dans la rue.

— Vous connaissez Hiroshima?

— Non, mais Hiroshima, c'est le Japon, et je peux vous en parler... C'est un pays qui s'invente, car il se traverse comme un rêve où la paroi qui sépare de la mort serait si mince, qu'il suffirait de rêver encore un peu plus fort pour que la pellicule de réalité se retire et qu'on la rencontre...

... La poésie, comme l'indifférence à la mort, naît de l'insécurité, et le Japon est une île fragile, soumise aux typhons, aux tremblements de terre, aux raz de marée... La vie n'y a pas la même valeur qu'ici, seuls les éléments, la nature, l'arrivée des saisons sont importants, les individus ne sont que de très petits morceaux d'histoire. Pourtant, la vie doit y être un chef-d'œuvre... Une suite de gestes parfaits où chaque exécutant ne rêve ni d'être ailleurs, ni quelqu'un d'autre, il doit être au bon moment et à la bonne place. C'est exactement ce que nous avons perdu : la

253

manière et la perfection des gestes. Seuls, aujourd'hui, comptent à nos yeux les objectifs... Les rares personnes à avoir encore ce souci sont les artistes et les compagnons issus des bâtisseurs de cathédrales... Quand le tireur à l'arc tend son arc, il ne pense ni à la cible, ni à la flèche qui va l'atteindre, tout est dans son geste, et la flèche n'a pas plus de but que n'en a la vie : ce qui compte c'est la politesse avec l'arc...

Une jeune femme blonde, cheveux courts, en pull noir et jean, sortit de la maison pour les rejoindre. Ils l'avaient entrevue dans l'après-midi, assise devant une machine à écrire. Stalker fit les présentations :

— Lisa Kohler, mon assistante, nous préparons un film qui s'intitulera peut-être *la Méditerranée.*

Elle dit bonjour avec un accent germanique à peine marqué, se pencha et chuchota quelques mots à Stalker qui fit un signe de négation.

— Lisa me demandait si je vous avais parlé de notre projet... Contrairement à l'apparence, vous allez voir que ce n'est pas très éloigné du Japon. Explique-leur, dit-il à la jeune femme.

— C'est un film sur les dieux antiques et le bleu de la mer... Au milieu, ou en premier plan, il y a un homme et une femme qui ne parviennent plus à savoir s'ils s'aiment ou s'indiffèrent... La Méditerranée est le lieu de cette tragédie. Les dieux de la Grèce y ont disparu parce que les hommes ne pensaient plus à eux... Ce sont les hommes qui ont inventé les dieux et non le contraire, et en disparaissant, ils ont emporté l'enthousiasme et l'amour...

(Je t'aime, murmura encore Miléna.)

Elle continua...

— *Die Schönheit ist der Kindern eigen...*

— La beauté est propre aux enfants, traduisit Stalker.

– *Ist Gottes Ebenbild vielleicht...*
– Une image de Dieu, c'est probable...
– *Ihr Eigentum ist Ruh und Schweigen / Das Engeln auch zum Lob gereicht.*

– Elle a le calme et le silence que l'on trouve aussi chez les anges. C'est un poème d'Hölderlin. Il pensait que l'obscurité s'était faite sur le monde occidental à cause de cette disparition des dieux, et que seuls les enfants étaient capables de retrouver ces parts de beauté disparues.

Calme et silence, le soleil disparaissait laissant derrière lui de longues éraflures bleu et jaune. La mer, devant eux, faisait trembler encore des milliers de lamelles d'argent avant que l'ombre ne vienne les effacer.

Assis tous les quatre, leurs regards s'étaient perdus vers l'horizon, au-delà même, et chacun, secrètement, jouissait de cette idée d'infini.

Quand ils se levèrent pour rejoindre la maison, Stalker dit en chemin : « Le seul homme occidental avec lequel un entrepreneur japonais d'aujourd'hui pourrait communiquer dans un langage à peu près identique, serait un bâtisseur de cathédrales... Vous voyez pourquoi le monde méditerranéen ancien et le Japon actuel sont presque voisins... C'est nous qui nous en sommes éloignés, nous avons mis sept siècles pour y parvenir. »

Il leur montra leur chambre.

Après le dîner, c'est là que Miléna et Adrien se retrouvèrent. Ils firent l'amour, sentirent l'amour, pensèrent l'amour, imaginèrent l'amour, décrivirent l'amour. De la fenêtre ouverte aux étoiles que contemplait la nuit, ils sentirent que la mer se refermait sur eux, et ils touchèrent leurs visages du bout de leurs doigts, pour vérifier qu'ils ne s'étaient pas oubliés.

« Elle est curieuse notre histoire... dit Miléna. Parfois on se déteste et on s'ignore, d'autres fois, comme ici, c'est magnifique. Je te sens si près de moi... Peut-être que cette beauté autour de nous aide à cela, ce bleu, les rochers, cette maison de pierre, blanche, entourée de pins, d'ifs, de cyprès avec le large et l'espace devant nous, comme notre nuit au bord de l'Atlantique, tu te souviens... Comme si cela nous aidait à nous débarrasser du quotidien mesquin, des petites turpitudes, de la jalousie, des agacements... C'est la première fois que l'on est plusieurs jours ensemble ailleurs qu'à Paris... Note ça : une première fois ! »

Ils sortirent de leur chambre. L'air était doux. La lumière fut ce qui les étonna le plus, éblouissante, venue du centre de l'espace, elle caressait les pierres, l'écorce des arbres et glissait des morceaux d'univers dans les yeux... Ils entendirent le bruit des gravillons que déplaçaient leurs pieds en marchant, des oiseaux postés dans les arbres s'envolaient à leur approche et ils suivaient les grands signes arrondis qu'ils traçaient dans l'azur.

« J'ai découvert une chose importante, dit Miléna en regardant le ciel... Je sais maintenant que je t'aime plus que toi tu ne m'aimes... Parce que je suis comme ça, je ne sais qu'aimer totalement... Adrien allait parler, elle le fixa... Non, ne dis rien, je le sais, même si ça me fait mal d'avoir à le dire... On rêve tellement d'une histoire où les sentiments seraient identiques... et nous on est si différents... Mais là, on est bien, tout est beau, calme, comme si pour une fois, le temps était avec nous. On est accrochés au temps de la Méditerranée, lent, majestueux... Un temps sans urgence... Il suffit de regarder pour être heureux... C'est la réalité qui est belle... »

Stalker les aperçut et vint à leur rencontre. Il s'adressa à Adrien : « J'aimerais vous parler encore du Japon. Le père de Miléna m'a tellement bien raconté votre idée des commencements et de la verticalité, que je le soupçonne, parce que je le connais bien, d'y travailler de son côté... Je ne serais pas étonné qu'il vous prépare quelque chose qui vous surprendra... Si je ne faisais pas ce film, je m'arrangerais pour aller avec vous à Hiroshima, Tokyo, Kyoto, j'aime tellement ce pays que le moindre prétexte... Mais bon. Il faut que vous sachiez qu'il y a là-bas au moins deux réalités qui coexistent, se superposent, s'entremêlent. Les voyageurs pressés en général n'en perçoivent qu'une seule à la fois. Ou c'est l'américanisation des Japonais qu'ils retiennent, la course au yen, la réussite technologique, le travail acharné, la performance, le culte de leur entreprise... Si vous ne voyez que cette réalité-là, vous vous tromperez. Il y a l'autre, le Japon médiéval, traditionnel, les mariages en costume, les geishas, le théâtre nô, le kabuki, les lutteurs de sumo, et là encore, si vous ne voyez qu'elle, vous vous tromperez, car ce n'est ni l'une ni l'autre, c'est un jeu de miroirs entre elles... Et comme Vélasquez qui cherchait à peindre ce qu'il y avait entre les gens, il faut chercher au Japon ce qui se cache entre ces deux réalités-là... »

Il se mit à rire : « Il vous faudra prier les huit cent huit dieux qui ont la garde du troupeau des rêves, pour qu'ils vous aident à en deviner quelques-uns... »

Ils étaient arrivés au bord du rocher, en surplomb, la mer en bas s'écrasait en gerbes d'écume blanche.

Un hélicoptère traversa le large, au-dessus des petits points blancs des bateaux. Le ciel ressemblait à la mer, le scintillement en moins, une pureté. Miléna les quitta et se dirigea vers la maison.

Stalker encore : « Il y a une idée que je vous soumets comme ça, et qui s'insère entre le moment où l'homme s'est redressé en Afrique, et le départ des premières fusées... Pendant ce temps, tout autour de la Méditerranée, Egypte, Grèce, Rome, c'est la mer qui remplaça le ciel. L'histoire d'Ulysse est un combat contre les dieux, et il se passe sur mer, l'obsession fut horizontale, bleue comme le ciel, mais plane. Il ne s'agissait plus de se dresser pour percer le ciel, et cette période de la mer a été celle des élévations morales, la mise en place de valeurs, esthétiques, sociales, jusqu'à la réalité des démocraties. Si la fin du Moyen Age marque le retrait du divin dans les gestes du quotidien, la Révolution française marque le terme de l'histoire de la Méditerranée pour émigrer vers Boston, New York et retrouver l'obsession du ciel avec les gratte-ciel, les fusées, la satellisation... Vous voyez, la morale est horizontale, le désir, vertical... »

Ils passèrent sous un énorme eucalyptus, au tronc vert pâle, écorché, des lambeaux de son écorce gisant à terre.

— J'aimerais vous demander quelque chose, dit encore Stalker.

Adrien le regarda pour signifier : allez-y...

— Miléna est comédienne n'est-ce pas? Pouvez-vous faire en sorte qu'elle accepte d'interpréter, disons... pour mon plaisir, une des scènes déjà écrites, que l'on tournerait cet après-midi en vidéo. Vous lui donneriez la réplique...

— Mais je ne suis pas comédien...

— Je vous demande seulement de dire quelques mots, face à elle. C'est la femme que vous aimez... Le cinéma, c'est une autre manière de dire les mots de la vie, mais ce sont les mêmes... J'ai besoin de vous, de vos deux visages, de mes mots et de la Méditerranée... Un seul plan.

Au début de l'après-midi, deux réflecteurs blancs furent tournés vers Adrien et Miléna pour adoucir la lumière des visages. Miléna était ravie. Elle avait appris en quelques minutes le texte de Stalker. Adrien, qui avait peu de mots, sut aussi les retenir. Lisa était là. Elle chuchota quelque chose à Stalker.

Il les regarda tous les deux : « Il faut que je vous dise l'idée de cette scène que l'on va tourner. Vous ne savez pas si vous vous aimez, parce que vous ne trouvez pas de volonté en vous... L'amour est une conquête, il faut de la force. La mer est derrière vous, elle est le monde antique qui n'a pas changé, devant, c'est vous avec la civilisation et ses maladies. Vous êtes des naufragés du monde occidental, des rescapés du naufrage de la modernité qui viennent d'aborder, à l'image des héros de Verne et de Stevenson, une île déserte et mystérieuse, dont le mystère est l'inexorable absence de mystère, c'est-à-dire la vérité. Un monde sans dieux avec seulement l'épaisseur de vos corps. Pierre – c'est vous Adrien – réfléchit toujours avant d'agir, elle, Hélène, vit des sentiments simples et ne pense jamais à les analyser. Lui, pense qu'elle l'empêche de réaliser ses ambitions, et il se croit sans cesse obligé de lui montrer son intelligence, alors qu'elle ne lui demande rien. Elle veut seulement qu'il soit là, capable de vivre pleinement une suite d'instants avec elle...

Miléna, au début, vous parlez en l'air, sans vous adresser à lui... »

Stalker, la caméra à l'œil, choisit son cadre et lança : « Allez-y! »

– *Hélène* : J'irais bien au cinéma tout à l'heure, voir un film d'amour... non, d'aventures...

– *Pierre* : Pourquoi tu veux aller au cinéma?

– Tu poses toujours des questions... Au moins une fois, tu ne peux pas dire... OK, on va au cinéma...

– Mais si ça te fait plaisir, allons-y...

– Tu as cassé mon envie... C'était pourtant simple de dire oui tout de suite...

Stalker tourna autour d'eux, de l'un à l'autre. Miléna continua...

– Pierre, moi, j'aime les arbres, la mer, les oiseaux, le soleil, et toi tu as toujours un crayon à la main pour noter, au lieu d'être avec moi, avec les choses qui sont autour de nous... Et tu écris, oiseau, mer, soleil, tu écris Hélène et tu penses uniquement à ce que tu vas bien pouvoir faire avec cela, plus tard, un jour, quand tu te décideras à écrire un roman, un film, l'histoire d'une histoire qui ne s'accomplit jamais...

Elle se leva.

– Tu vas me suivre, parce que ce que j'ai à te dire ne peut être dit que devant l'espace et au bord d'un précipice...

Ils marchèrent vers la mer, Stalker les suivit. Parfois, il les précédait pour avoir leurs visages.

– Je me sens si épuisée, et je cherche en vain un secret de toi qui pourrait m'émouvoir... Mais tu es là, si présent, si plein de toi et je ne peux plus imaginer autre chose que ce corps. Je sais désormais que tu es un rocher sans cachette, sans recoin, sans souterrain, et c'est de là que je veux te quitter, pour retrouver le monde de la vie, *Lebenwelt* auf deutsch, *lifeworld* in english, le monde où les sentiments, les rires, les envies d'aller voir un film d'amour se mélangent et ne posent pas de problème...

– Tout ça, parce que je n'ai pas voulu aller au cinéma...

– Non, c'était déjà comme ça hier, et ce le sera encore demain... Je suis vivante, tu es vivant, et rien ne vit entre nous...

Ils étaient arrivés au bord de l'à-pic qui dominait l'étendue de la mer. Face à elle, ils s'arrêtèrent.

– Pierre, j'ai tellement essayé de t'aimer, tellement voulu que tu m'aimes, nous ne sommes arrivés à rien. L'amour est un sentiment disparu du monde et nous ne l'avons pas retrouvé... Je... Je voulais vivre d'amour, mourir d'amour, et je meurs de rien... Je...

Miléna se retourna vers la caméra... « Je ne peux plus dire vos mots, Stalker, ça me rend tellement triste ! »

Adrien la prit dans ses bras. Stalker se tourna de côté, continua de tourner et resta longtemps, l'objectif vers la mer, la ligne d'horizon entre le ciel et elle, tout en haut de l'image, deux bleus séparés par une ligne presque invisible.

Lisa dit : « Les dieux sont morts parce que l'enthousiasme des hommes mourait. »

Stalker : « Vous étiez magique, Miléna, magnifique, c'est exactement cela que je veux pour ce film... Des êtres perdus, devant la Méditerranée qui est là, obsédante, terriblement belle, somptueuse, et je veux que l'on sache qu'il y a cette beauté restée intacte, qu'un jour le monde lui a ressemblé, et qu'il s'est vidé, épuisé de désordre et de confusion... »

Le soir, ils regardèrent sur l'écran de télévision ce qu'ils avaient tourné. Miléna, belle, émouvante, Adrien, mal à l'aise... Ils étaient exactement les personnages souhaités par Stalker.

26

La ville, cet hiver-là, fut souvent recouverte de neige et Noël se passa dans un petit froid sec, sur décor de rues gelées, de voitures stationnées recouvertes d'une épaisse couche blanche.

Un vrai hiver, avec son apparat : guirlandes multicolores des petites rues commerçantes et des façades de magasins illuminées. La mère d'Adrien fit le voyage de Paris. Petite femme énergique qui travaillait dans un cabinet d'avocats de Strasbourg, mais dont les week-ends, les soirées et quelques vacances étaient accaparés par un travail bénévole à la section locale d'Amnesty International. Elle connaissait mieux le secret des prisons de l'Afrique du Sud, du Chili ou du Cambodge, que les manifestations artistiques de Strasbourg où elle n'avait jamais le temps de se rendre.

Le réveillon se passa dans l'appartement du IXe arrondissement, chez Miléna et Adrien. Ivan Pallach était présent, Sabina aussi. Anne était venue avec le petit Carlos qui avait décidé ce jour-là qu'il serait plus tard « poubelleur » !

— Tu veux dire éboueur...

— Non, poubelleur, parce qu'il y a plein de trésors dans les ordures...

— Je lui ai acheté un uniforme de Zorro, chuchota Anne à Adrien, je suis certaine que quatre poubelles pleines de coquilles d'huîtres lui auraient fait quatre fois plus plaisir...

Pendant qu'Adrien serait au Japon, Miléna et sa sœur se retrouveraient dans un grand décor blanc des Alpes, des skieurs, des téléphériques, des montagnes autour d'elles. Sabina s'était occupée de tout, réservation d'un studio à Val-d'Isère, vue sur les pistes et les sapins. Hélas, sans téléphone...

– Je t'appellerai à Hiroshima depuis une cabine!

– Tu auras intérêt à venir avec un cabas rempli de pièces... C'est au moins vingt francs la minute...

La mère d'Adrien resta trois jours chez eux, puis elle reprit le train pour Strasbourg. A la gare de l'Est, elle pressa son fils contre elle. Il parla de l'enfant de Miléna... C'est elle qui lui fit remarquer : « Ce n'est pas l'enfant de Miléna, c'est votre enfant à tous les deux, ni le tien, ni le sien... A moins que vous ne le rêviez pas de la même façon... »

Autour d'eux, des militaires, des gens, ceux qui attendaient, ceux qui arrivaient, des sourires différents, des visages refermés, d'autres éblouis... « Tu te souviens comme tu aimais les gares quand tu étais petit, tu disais, je serai voyageur de train... Ton père riait, et comme il n'avait jamais su nager il te préférait voyageur de train que marin... »

Ils s'embrassèrent sur le quai. Elle devina une inquiétude... « Tu as été dans ma tête aussi avant de naître, je t'ai rêvé, je t'ai attendu longtemps avant d'être enceinte, longtemps avant je savais ton visage et je t'avais trouvé un nom, *le Parfait*... Mais je n'étais jamais parvenue à imaginer à quel point un enfant était la rencontre vraie de la vie et du rêve, et que c'est la vie qui doit l'emporter... Comme si à un moment, c'était l'absence de rêve qui soit rassurante, et non le contraire... C'est à cela que tu dois penser maintenant... »

Le train allait démarrer. Elle lui caressa les cheveux, l'embrassa encore, et il fut surpris d'avoir cette pensée évidente, mais qui ne lui était jamais venue, que c'était cette petite bonne femme qui avait pensé à lui pour la première fois.

Le test fut positif. « Ça y est, c'est arrivé, pensa Miléna, je suis enceinte, je suis enceinte! » Elle eut envie d'embrasser la gynécologue et songea aussitôt à cette nuit magnifique où Adrien et elle étaient restés unis dans la maison de Stalker, avec la Méditerranée pour les envelopper...

Elle marcha dans les rues de Paris, des heures avec cette pensée, son secret en elle, heureuse et emplie tout entière de ce commencement. Soulagée d'une espérance à ne plus avoir à espérer, puisqu'elle était là, enfouie en elle...

La neige avait fondu. Elle eut envie de sourire aux passants, regarda différemment les maisons, les décors qu'elle connaissait pourtant par cœur. Dans une cabine, elle hésita, introduisit sa carte magnétique, puis la retira. A qui allait-elle annoncer la nouvelle en premier, Adrien, Sabina, Anne? « Adrien bien sûr, comment puis-je hésiter une seconde? » se dit-elle.

– J'ai quelque chose d'important à te dire...

– Tu es enceinte!

– C'est pas drôle, tu devines tout...

– Ce n'était pas difficile à deviner, il n'y a que ça qui soit important pour toi en ce moment...

– Et pour toi?

– J'arrive...

Comme elle devait se rendre au cours d'anglais, ils s'étaient donné rendez-vous dans un café de la rue de Seine. En l'attendant, elle appela Anne et laissa un message sur le répondeur. Puis Sabina... « Ça y est! Ça y est, ta petite sœur attend un enfant!... Tu te rends compte... Un enfant dans mon ventre... Je suis tellement heureuse... » Elles parlèrent encore longuement, et elle s'apprêtait à appeler son père lorsqu'elle aperçut Adrien qui arrivait tout sourire, elle pensa « il est heureux... ». Elle raccrocha et s'élança vers lui. Il la prit par la taille...

— Toi alors... Tu es la première femme qui m'annonce une pareille nouvelle!

Il souriait toujours. Elle était rassurée.

— Ça, c'est un vrai commencement, mon vieux!

— Oui, justement...

Il sortit un appareil photo de sa poche de manteau, et fit des portraits de Miléna sur fond de percolateur, de reflets dans une glace, et d'un barman qui lisait *l'Equipe*. Jetant un regard au-dessus de son journal déplié, il demanda si elle était une nouvelle chanteuse... « On en voit tellement, qu'on n'sait plus...

— Tu te rends compte, Adrien, c'est arrivé... Tout commence! Je suis certaine que c'est arrivé cette nuit magique chez Stalker... Les dieux grecs nous écoutaient et veillaient sur nous...

Lui aussi repensa à cette nuit. Il y avait eu une telle tendresse, qu'il s'était abandonné en elle, n'avait pensé à rien d'autre qu'à cette femme qu'il tenait dans ses bras, oubliant ce qui aurait pu ressembler à un refus ou à une hésitation, était resté lové dans son corps, enfoui en elle, conscient à peine du peu de part qu'il laissait au hasard.

Il ne regretta pas cet abandon, mais pensa aussitôt que Miléna possédait seule, à présent, leurs deux pouvoirs réunis, et que c'était la première fois de sa vie qu'il éprouvait cela : être dépossédé d'au moins un de ses choix... Il ne s'était laissé aucune solution de rechange et désormais, quelqu'un d'autre que lui régnait sur sa volonté, pouvait l'entraver, lui signifier que son futur ne lui appartenait plus entièrement.

Dans l'entrée du petit théâtre, avant de s'en aller et comme il aimait à le faire souvent, il la regarda sur l'écran de télévision relié en permanence à la scène du cours... Il lui vola un instant...

Plus qu'un livre de secrets qu'il aurait oublié, et qu'il suffirait de redemander pour qu'elle le sortît d'une poche pour le lui rendre, elle portait en elle cet élan d'un soir, la vérité d'une nuit qui ne lui appartenait plus, où il l'avait tragiquement, profondément, totalement, aimée.

28

Demain, Miléna prenait le TGV pour Chambéry. Elle partirait avec cette histoire d'elle et de lui, séquestrée dans son corps, enfouie en elle, informe, invisible, un vrai commencement commencé depuis trois semaines... Trois semaines, cinq cents heures, ou encore, trente mille secondes... Trente mille secondes d'un secret. Il n'y pouvait rien... Rien à dire, à exiger. Lui, allait prendre un avion de la *Japan Air Lines* et s'éloigner à douze mille kilomètres de cette femme, enceinte de lui.

Il eut peur. Il songea à ne plus partir, annuler ce voyage qui lui paraissait aberrant : aller visiter une ville bombardée il y a quarante ans, pour y rencontrer un commencement vieux de presque un demi-siècle, alors qu'un début extraordinaire se formait, là, près de lui, dans le corps de la femme qu'il aimait, qu'il étreignait depuis des mois, qu'il caressait, à laquelle il pensait quand elle était absente, qui le faisait trembler quand il la savait malheureuse...

Il eut peur des malentendus, des mots non exprimés, de cette mécanique mise en marche qu'il se sentait incapable d'arrêter. Quand aurait-il dû parler et briser l'avancée de ces trois murs resserrés à présent autour de lui, et dont il ne pouvait s'échapper : un enfant dans le corps de Miléna, un enfant dans sa tête à lui, connecté à lui, présent, la connaissance et la séduction mêmes, et ce départ au bout du monde, éloignement irrémédiable où le temps jouerait contre eux, silencieux, vide de gestes, de mots, de regards, du chuchotement des nuits. Un temps déshabillé de la panoplie des communications amoureuses, pour qu'un unique dessein épouse les tiraillements d'une vie à deux, et les réconcilie. Pourquoi, se demandait-il, n'avoir pas osé parler de l'autre – l'ange comme l'appelait Antoine – et raconter cet enchantement d'une rencontre exceptionnelle, au-delà de toute attente, et avoir au contraire joué de tous les artifices de la persécution, de l'indifférence et du malheur, plutôt que d'extirper un instant de vérité, sa vérité à lui, irrationnelle, sans logique, mais avec laquelle il vivait depuis plusieurs mois. C'est cela qu'aurait dû être aussi une vie amoureuse : oser raconter un trouble qui n'a pas de nom...

Pour Miléna, en cette veille de séparation, tout en apparence était simple. Son désir semblait comblé. Elle avait parlé un jour d'un enfant, et toutes les lettres d'un code génétique vieux de quelques millions d'années étaient rassemblées en elle pour que s'exécute le programme du petit d'homme, semblable à tous les autres et pourtant unique. Elle ignorait tout de l'autre, l'enfant d'Adrien, né de son verbe à elle, et n'avait pu percevoir que les stratagèmes développés par lui pour ne pas avoir à en parler... Cette violence nouvelle, qui l'avait parfois anéantie. A l'instant de leurs voyages, même si elle voyait cette harmonie qu'elle avait imaginée se dissoudre dans le bruit et l'apathie d'un monde trop grand, elle croyait que son désir aurait raison de tout, et que cette vie qu'elle emportait allait submerger chaque ombre et chaque silence.

Pour leur dernière nuit, ils dormirent l'un contre l'autre, éloignés pourtant d'années-lumière. Désastre éblouissant... Il se réveilla souvent, se leva pour boire. Il lui faudrait encore tant de temps pour combler cet abîme de mots qui manquaient...

268

Il la regarda dormir. Respiration profonde, régulière, Miléna se trouvait loin des sons et des mots. Il promena son visage au-dessus d'elle, le souffle près de ses yeux, de sa bouche, de son cou, lui murmura d'innombrables phrases d'amour pour la protéger du mal, de la maladie des oublis et des indifférences... Il aurait voulu la soulever, l'emporter, revenir cinq millions d'années en arrière, sur les rives du lac Turkana, là où tout avait commencé, pour que tout recommence, sans haine, sans désamour, sans ce vacarme dans lequel ils n'avaient plus perçu leurs voix... Revenir à ce silence du début du temps, un ciel pour attirer leurs yeux, le ciel, bleu, limpide, lumineux... Et un désert capable d'accueillir leur unique rêve.

Penché au-dessus d'elle comme le surveillant de ses nuits, Adrien se demandait encore comment lui parler de cet enfant d'éternité, du ciel, des étoiles, cet enfant d'univers rencontré une nuit, au bord d'un lac africain, sans visage, sans nom : l'enfant, ce mot justement prononcé par elle sur un aéroport, et qui l'avait rempli, lui, d'une idée absolue... Il avait tenté de l'oublier, mais il était là, à chaque seconde, présent, le nimbant d'un bleu presque transparent, obstiné, avec lui dans les rues quand il regardait Miléna, qu'il la voyait montrer son ventre et parler de ce corps qui allait s'y loger, qui aujourd'hui y avait trouvé sa place pour accumuler de la vie...

Comment expliquer à cette femme justement, que la vie qui allait grandir en elle, volerait l'éternité d'un ange prodigieux, le sien, l'enfant sans naissance et qui n'avait pas de fin : un errant magnifique.

Les mots des jours et les mots des nuits.

(Le canal gelé. La glace a retenu prisonniers toutes sortes d'objets jetés là et remontés à la surface, bouteilles plastique d'eau minérale, chaussures, batteries de voitures, gants, un bidet de faïence... Une sorte de ruban solide exposant, comme un musée, les objets superflus d'un quartier, d'une époque.

Deux hommes parlent, emmitouflés de manteaux, un cache-nez sur le menton, de la buée se forme devant leur bouche à chacune de leurs phrases.)

– J'ai pensé, pendant la nuit du nouvel an, qu'il faudrait à chaque début d'année régler ses dettes, jeter à la mer tous les objets devenus inutiles et relire sur un cahier la liste, notée tout au long de l'année, des mots incompris, pour se lancer avec la personne avec qui l'on vit, nos amis, ceux avec qui nous discourons, dans une longue explication, afin que les erreurs de sens de l'année précédente ne se répètent pas.

– Ça prendrait six mois par an, vous ne croyez pas?

– Peut-être, mais la suite de la vie ne s'embourberait pas à chaque seconde davantage dans un détritus de mots opaques, où chacun a laissé une part de soi à jamais oubliée, recouverte du temps passé et des instants qui ne se retrouvent pas.

– Vous voulez parler de ces mots des philosophes, épistémé, herméneutique, facultés cognitives, psyché, logos, dasein...

– Non, les mots du quotidien qui semblent à chacun d'une telle évidence que personne ne se donne la peine de les fendre, pour les déshabiller puis les déchiqueter, et que l'on en voie sortir le jus noir, à travers tout ce réseau de filets et d'écluses qui retenaient le flot premier. Nous croyons employer des mots du jour, alors que ce sont des mots de la nuit. Nous disons « des mots de tous les jours », alors qu'il faudrait dire, « des mots de toutes les nuits ».

– C'est vrai que le jour est plus favorisé que la nuit. Il y a un nom pour chaque jour de la semaine, et un seul, « la nuit », pour chaque nuit, comme si elle ne distinguait plus ce qui est le particulier, le singulier et qu'elle enveloppe de son obscurité tout ce que la lumière mettait en devanture.

– Regardez ce canal... Avant la gelée, c'était un canal d'eau fluide avec dans le fond plein d'objets inutiles, jetés là, obscurs. Et à présent, c'est l'hiver, et c'est toujours le même mot pour un canal gelé qui ne sert plus à conduire d'un endroit à un autre... Et tous ces objets remontés aujourd'hui à la lumière du jour, enchâssés, n'étaient pas volontairement cachés, seule la pesanteur les avait fait descendre au fond... C'est cela qu'il faudrait manigancer avec les mots : les geler un instant pour que s'exhibent tous les résidus oubliés et que le quotidien a recouverts...

– Vous pensez à des mots en particulier?

– Amour, enfant, demain, aujourd'hui, jouir, peur, ailleurs, univers, la vie, pleurer...

– J'ai hâte de vous entendre... Il est vrai que les mots sont comme de l'eau, fluides, ils épousent les formes de nos humeurs, l'ampleur que nous avons à les penser et la capacité que nous avons à les contenir...

– Exactement, ce sont eux qui nous emplissent, drainant toutes sortes d'alluvions, d'érosions, nos malheurs jetés à l'intérieur pour nous en débarrasser, nos plaisirs emportés eux aussi, contre notre gré cette

fois, mais parce que chaque sensation est éphémère...
La durée est hors de portée des hommes, et les mots
emportent cette éphémérité.

– Ephémérité, c'est un mot de philosophe, non?

– Pourtant, chacun fait comme si la durée et la
permanence étaient à sa portée... Une sorte de
banque disponible jour et nuit, où il suffirait d'introduire une carte codée pour y avoir accès...

– Mais le compte est vide, ou on ne se souvient
plus du code... Mais, parlez-moi des mots...

– Quand votre femme vous a dit « je t'aime »
pour la première fois, que lui avez-vous répondu?

– Moi aussi...

– Vous auriez dû lui demander tout ce que cela
signifiait de part de sa vie, ses souvenirs d'autres
amours, les autres fois où elle avait prononcé cette
phrase...

– Lui demander d'écrire un roman, en somme...

– Ou alors, lui répondre comme dans cette chanson, vous vous souvenez, « je t'aime, moi non
plus »...

– Elle aurait été vexée...

– Elle aurait eu tort. Cela lui aurait indiqué
seulement que vous l'aimiez sans doute, mais que ce
mot avait pour vous une histoire différente, que cette
phrase avait emporté avec elle d'autres objets que
les siens, d'autres visages, d'autres douleurs, d'autres
plaisirs...

– Vous êtes pour un dialogue du « moi non
plus »?

– Pas exactement, mais le « moi non plus » agirait
comme un clignotant, indiquant à chaque fois que
l'on ne parle pas forcément des mêmes choses, qu'il y
a plein de résidus invisibles tombés au fond des
mots, et qu'il s'agirait de les retrouver et d'en
parler... Quand elle vous a dit qu'elle voulait un
enfant, vous avez répondu « moi aussi »...

– ... Et j'aurais dû dire « moi non plus »... Je vous suis très bien! Mais que de complications, de temps passé à expliquer...

– C'est peut-être moins compliqué que de laisser les mots se réduire à leur sonorité, à leur apparence...

– ... Parfois c'est bien utile...

– Comme je vous l'ai dit, ils ne cachent rien, ils sont lumineux, c'est seulement votre histoire, vos déceptions, votre orgueil qui se sont enfouis au fond d'eux, sans jamais remonter à la surface...

– Avec votre idée des mots gelés, vous m'en donnez une autre. J'ai toujours aimé les vagues de l'océan, et s'il était possible d'en geler une, j'aimerais l'avoir enchâssée sur le buffet de ma salle à manger...

– Une vague, c'est du mouvement, elle n'existe pas par elle-même... Si vous en gelez une, ce ne sera rien de plus qu'un morceau de glace bombé... Pas une vague...

– Alors, on ne peut pas retirer une vague de l'océan?

– Non...

– C'est curieux, je n'y avais jamais songé... Mais alors, votre idée de geler les mots est mauvaise. Peut-être qu'on ne peut pas les retirer du flot du discours, du flux de la parole qui enrobe le monde... C'est l'ensemble des mots qu'il faudrait geler, et se mettre avec des pics à les concasser... Mais c'est aussi impossible que de geler les océans pour en garder une vague...

– Cessez, vous divaguez! Bonne année quand même.

– Bonne année.

– A bientôt...

– Moi non plus.

IV

LE VOYAGEUR MAGNIFIQUE

1

Hiroshima est une ville blanche.

La mer du Japon, en bordure, est parfois plantée de toriis, ces portiques de bois peints en rouge, frontières shintoïstes à partir desquelles le monde visible se mélange au monde invisible, et les formes du quotidien reprennent l'errance éternelle des signes et des choses innommées.

Il y a des voitures à Hiroshima. Les pare-chocs sont en acier chromé, leur tôle est maquillée de peinture claire, et à l'intérieur des montres à quartz clignotent. Comme dans les autres villes du monde, aux heures de pointe, elles roulent au pas et les bretelles d'autoroutes sont saturées. C'est cette banalité qui étonne Adrien. Pourtant, il ne peut en être autrement... Et c'est la surprise qui devient surprenante.

Hiroshima est une ville debout. Elle est blanche, une ville du Sud... Casa bianca... Semblable à tous les ports où des marins transitent, le soir, des néons clignotent et racolent. Les enseignes des love-hôtels sont identifiables, mauves, et dans certaines rues étroites, les filles regardent les passants en murmurant des invitations.

(... Un bruit d'avion, puis plus rien. Des cendres, des pans de murs, des corps brûlés...)

Hiroshima existe, dressée, des rues pour la traverser, des taxis pour la sillonner et des gens pour prononcer chaque jour son nom.

Sept heures après avoir quitté Tokyo dans le train le plus rapide du Japon, ce nom s'inscrit sur des panneaux électroniques, en lettres romanes, juste en dessous des katakanas japonais, pour rappeler au voyageur occidental que ce nom qu'il connaît depuis longtemps et qui erre à travers le monde comme une obsession, désigne la ville où il vient d'arriver.

Le premier point zéro atomique de l'univers se manifesta il y a cinq milliards d'années, le centre de l'explosion s'emplit d'hélium et devint le soleil, les résidus se satellisèrent et les planètes se mirent à tourner autour de lui. Elles ne portaient pas de nom, rien ne désignait rien, l'histoire n'avait pas commencé, les hommes n'existaient pas... C'est l'univers qui les imagina pour un jour être regardé par eux... Et que des yeux s'inventent pour qu'existe son miroir.

Le premier point zéro atomique de l'histoire des hommes a bien eu lieu ici, à Hiroshima, dans cette île isolée de tout, des autres écritures, des autres pensées, dans cette île de toutes les solitudes, étroite, sans ressources naturelles, fragile, au relief tourmenté, posée sur une fracture marine, soumise aux tremblements de terre, aux raz de marée, à toutes les convulsions telluriques possibles... Comme au jour de la naissance du soleil, de semblables noyaux d'hydrogène se fissurèrent pour que se dégage une énergie de cent mille morts. Est-ce le prix payé par un peuple élu pour s'échapper de la Terre et se satelliser sans elle, près d'elle, hors d'elle? Cent mille morts, le prix de l'apesanteur et de la légèreté.

(... Un éclair blanc, un bruit insupportable...)

« Mille soleils... »

Mille soleils imaginés et inventés à Los Alamos, ville des Etats-Unis d'Amérique, pour éclabousser de lumière, le 6 août 1945, cette ville, Hiroshima, au petit matin, à l'heure des réveils et des trajets du travail...

Qui s'en souvient? Le monde entier. Qui en parle? Les rêves, les légendes, les musées de la mémoire...

278

Quatre syllabes enfouies dans chaque cerveau et inscrites sur les souvenirs du monde pendant encore cinq milliards d'années... Jusqu'au jour de la mort du soleil.

Dans Hiroshima, Adrien songe à l'enfant et regarde la ville debout. Il va des bras du fleuve à la mer, puis de la mer au lieu où « mille soleils » éblouirent un matin des yeux emplis de sommeil... Ces fentes noires du visage, cicatrices de regards faits pour regarder à l'intérieur des corps et des choses.

Il reste un seul bâtiment, un seul, du jour de la bombe, vestige, trace d'un instant, gardé en l'état, murs craquelés, vitres brisées, un dôme... Image d'un travail inachevé, celui d'une guerre sans perfection... Un seul bâtiment détruit au milieu de la ville blanche. Blanche et neuve.

Ce nom, Hiroshima, premier mot japonais appris par des millions d'enfants du monde nés après la guerre, Adrien le connaît depuis longtemps. Aujourd'hui, cette ville qu'il a toujours vue couchée, détruite, un désert de pierres et de maisons calcinées, cette ville dans laquelle il marche est blanche, verticale. Le ciel est bleu, c'est un jour d'hiver et il ne peut s'empêcher de penser : « Je suis à Hiroshima, je marche dans Hiroshima, je vis à Hiroshima... »

Ce nom d'Hiroshima l'obsède, tout autant que la présence de l'enfant. Il imagine que ce dernier lieu des commencements qu'il rencontre, au pays de la poignance des choses, peut être le lieu où cette trame tissée autour de lui, inextricable, va se desserrer, et le délivrer de cette guerre entre deux êtres opposés, une figure du temps, une figure d'éternité...

Il ferma les yeux, pensa qu'il était au Japon, le pays aux dix mille dieux, et que l'un d'eux finirait par appeler à lui cet éblouissant visiteur venu à sa rencontre dans un désert.

Il espérait cela, le redoutait, hésitait...

2

« Je le vois à chaque instant narguer l'arrogance de l'univers. Le mensonge tue chaque respiration. Lui, il est l'enfant qui terrasse. Il ne me ressemble pas, il est plus beau, plus exigeant. Il sait qu'il est le roi car sa vie est en dehors de la mienne, magnifique, laquée, éblouissante, il tend des passerelles au-dessus des déchets de planètes, ces poussières de jalousie et de bave de monarques. Moi, je ne sais pas interpréter les signes. Lui, il déverse sur toutes ces apparences un sang révélateur, qui donne forme à l'invisible. Il voit, il entend, il touche. Sa mémoire est immense et connaît tous les romans russes, les romantiques allemands, les langues amérindiennes, et le plus beau haïku japonais, celui qui donne le pouvoir de ne rien désirer d'autre que le monde tout entier...

Que sait-il de ma fatigue, de ces lamentations qui montent de mon corps à chaque nuit comme si la solitude était un mal?... Il sait déjà qu'elle est la chérie, l'amante, celle qui enrobe les âmes, choie les corps de ses mains nues. Révélations, beautés, il faudra plus d'un alphabet pour sa bouche car déjà, il sait prononcer le nom de la mort. Il ne se laisse pas aller aux amitiés et à divers penchants pour autrui, il aime d'un trait de lumière, jouit d'un regard pour un être qui lui est étranger, mais dont la seule présence fait taire en lui toute velléité de mensonge.

L'univers est en lui, sans qu'il ait à le conquérir, et c'est cela sa première connaissance. Il ne bande pas ses muscles pour asservir ou emprisonner. Son imagination seule, sa folie, son rêve rendent visible, de la plus éloignée des galaxies, la beauté de son seul visage, ouvert sur le temps et l'espace, étreinte passionnée de la terre et du ciel, son visage comme une âme regardable, une carte indéchiffrable qui sait tout de l'éternité.

Mon enfant est ce paysage enlacé des marais et des forêts avec le trait noir d'un oiseau qui improvise dans le ciel un voyage indéterminé. Il est un étang où se reflètent les regards de l'animal traqué, la glace d'un lac où des chevaux galopent sans savoir que la montagne d'eau du dessous les engloutira quand les mots et les histoires ensevelies dévoileront leurs secrets à ceux qui les réimagineront.

L'enfant de l'homme n'est pas à mon image, il a celle de milliards d'individus et d'animaux, un vivant élaboré rempli de savoir, capable d'être là, ailleurs, avant la lumière, du sel sur ses lèvres, de la roche sous ses ongles, du bleu dans son œil, attentif aux vents et aux marées, infiniment humain... C'est-à-dire, insouciant de lui, religieux de tout, un pli de l'espace et du temps qui sait pleurer. »

3

Dès son arrivée à Tokyo, à l'aéroport de Narita, Adrien avait rencontré Keiko Kamakura, qui allait être son interprète. Elle connaissait Stalker pour avoir sous-titré quelques-uns de ses films. Adrien arrivait avec un cadeau d'Europe, un livre de photographies de Venise accompagnées d'un texte de Fernand Braudel... Elle était venue le chercher avec sa propre voiture... Petite, l'âge d'Adrien, un manteau fourré, et des gants de cuir. Elle était habituée à ce genre de travail, guide-interprète, organisatrice de rendez-vous, c'est l'agence photographique qui l'avait recrutée... Après avoir récupéré la voiture au parking, elle lui dit qu'il y avait ici de vraies saisons, et que celle préférée des Japonais était le printemps.

— Que voulez-vous voir à Hiroshima ?

— La ville d'aujourd'hui... Regarder, photographier certains endroits de la mer, celui où la bombe est tombée...

— Cet endroit, précisément, se trouve entre les bras d'un fleuve, une île transformée en parc. Il y a un pont ouest de la paix, un pont est de la paix pour y pénétrer, un musée commémoratif de la paix, la flamme de la paix, la cloche de la paix, le monument de la paix des enfants... Comme pour conjurer la guerre à jamais, le mot paix est accolé à chaque lieu, à chaque pelouse... De l'autre côté du fleuve, vous pourrez photographier le dôme de la bombe, le seul bâtiment resté, depuis la guerre, en l'état : détruit. Tout le reste est une ville moderne, vieille de qua-

rante ans, très banale... Ah oui! Il y a des tramways
à Hiroshima...

Adrien regardait Keiko conduire. Concentrée, elle
respectait la limitation de vitesse. Elle semblait plus
européenne que japonaise, il lui posa des questions
sur son français sans reproche.

– J'ai habité Paris, vers la gare du Nord... C'est
fou comme c'est une ville difficile à vivre...

Adrien fit l'étonné, pour l'entendre discourir sur
Paris...

– ... Parce que personne ne se parle, même les
voisins, il n'y a pas de politesse, ni de regards
bienveillants dans la rue ou dans les lieux publics, et
si on est regardée, c'est qu'il y a un intérêt... Vous
avez remarqué comme Paris est sale, tout le monde
jette tout par terre, les étuis de cigarettes, les papiers
cellophane, les boîtes vides de hamburgers... Les
Japonais étaient très sales aussi, et il y a eu de
grandes opérations nationales pour la propreté, le
respect de la collectivité... Maintenant, vous pouvez
vérifier, dans le hall de Tokyo Station à l'heure de
pointe, il n'y a pas un seul ticket par terre... Je vous
fais le pari...

Elle riait.

– Vous verrez, Tokyo est une ville de dix mille
villages... On dit que les corbeaux colportent les
nouvelles de fenêtre en fenêtre... et dans chaque
quartier, tout le monde se connaît... Vous saviez
qu'il y avait des corbeaux à Tokyo?

Elle parla encore de l'architecture de Paris, des
monuments, de l'urbanisme, de la beauté de sa
lumière...

– Ici, à cause des tremblements de terre, les fils
électriques, les canalisations de gaz, tout est aérien...
C'est comme un corps humain transparent, avec les
nerfs, les veines... Une ville écorchée... Mais sur la
route d'Hiroshima, il faudra absolument vous arrêter

à Kyoto et ravir vos yeux à regarder le Pavillon d'or...

– J'ai lu le livre de Mishima... La beauté et la perfection du Pavillon d'or qui avaient rendu fou un jeune moine...

– Le Pavillon d'or a brûlé, c'est vrai, mais c'est une autre histoire... Vous savez, on aime peu parler de Mishima, comme s'il représentait pour les étrangers une caricature, une excessivité – cela se dit? – de l'esprit japonais...

– Il était japonais pourtant...

– Japonais, comme Nietzsche qui adorait l'Allemagne et détestait les Allemands... Après la défaite, la nouvelle constitution a mis la guerre hors la loi. Or Mishima se considérait samouraï, c'est-à-dire « celui dont le métier est la mort »... Idéaliste et excessif en tout, il n'a pu accepter de vivre dans une époque... disons tiède... Et, pour lui, une démocratie ne permettait ni de vivre dans la beauté, ni de mourir dans l'horreur. Il a été logique avec sa logique en se donnant la mort dans la cour de l'état-major de l'armée du Japon...

Adrien désigna au loin une ligne blanche en béton, isolée au-dessus d'une plaine...

– C'est le monorail... Une invention française n'est-ce pas... Pour en finir avec Mishima, ne parlez pas de lui aux Japonais que vous rencontrerez, cela les mettrait dans l'embarras de n'avoir pas à vous répondre.

Entrelacs d'autoroutes superposées, conduite à gauche, trois systèmes d'écritures mêlés, et la mer... Après Venise, Anvers, Amsterdam, Gênes, New York. Tokyo? Les centres du monde sont, paraît-il, toujours des ports de mer...

ans la chambre de l'hôtel Tobu, en plein cœur du
artier Shibuya, bruyant, vivant, Adrien trouva un
paquet posé sur une table, près de la fenêtre. Un
papier coloré, un ruban, un autre papier argenté,
l'emballage était à lui seul un cadeau... A l'intérieur,
un rouleau de papier, deux signes noirs, calligraphiés
au pinceau... A côté une carte de visite... « Bon
séjour dans mon pays. Les deux idéogrammes signifient *Nihon*, c'est-à-dire : Japon. *Ni*, le soleil, *hon*,
commencement ou la source... Vous êtes au pays où
commence le soleil... Je vous aiderai en toutes occasions. Keiko. »

Plus tard, après s'être douché, avoir regardé par la
baie de sa chambre les immeubles de cette planète
inconnue, il écrivit :
« Miléna, tu es si loin...
Que nous est-il arrivé... J'aurais dû te dire tant de
mots qui auraient caressé tes cuisses, ta bouche, tes
oreilles, pour que tu te sentes bien dans le monde avec
moi, – ma petite parcelle d'univers... tu te souviens? –
que tu aies confiance. C'est à toi seule que j'aurais dû
confier cette folie, mais tu étais pourtant la dernière à
qui je pouvais en parler... Mais comment te faire mal
encore, une autre fois...
J'aurais tellement voulu connaître l'harmonie, la
douceur d'être avec toi, de vivre et de regarder la
mer, les lumières qui scintillent quand on est en
avion, la neige et les étendues de l'Alaska que je
survolais ce matin. Quand je les ai vues, immaculées,
des centaines de kilomètres de virginité, j'aurais
voulu que cela nous ressemble, que nous ayons tout
ce blanc à maculer, à graver, à écrire, où tracer des
signes et inverser des syllabes, pour réinventer les
petites choses de nos corps, les ongles, les cils, les

286

paupières, la peau si douce derrière l'oreille, les plis des doigts...

Les corps sont tellement beaux quand ils avancent comme des nuages sur les trottoirs mouillés, avec leurs cheveux pleins de vent et leurs pensées en dessous...

Je ne t'ai pas dit ma honte de ne pas t'avoir parlé de *lui,* cet autre que tu ne connais pas, qui m'a investi, squatté, un enfant du ciel et du désert, des chaussures éculées de vagabond à ses pieds, et des bracelets de seigneur à ses poignets, qui descend des buildings en glissant sur la buée des vitraux, qui sait par cœur les noms de vingt mille fleurs à pétales jaunes... Cet enfant sans loi, qui n'attend rien, n'espère pas, qui sait que l'absence de vie, c'est le temps sans l'histoire, qui sait se faire passer pour l'aurore et la brume, qui sait être la pluie, le crachin, le brouillard de la nuit, le brouillard du matin et des yeux, cet enfant connaît les gouttelettes des rosées et des pleurs, celles des amants du froid et des mots de l'hiver. Séduisant... »

Adrien suspendit son stylo, regarda autour de lui. Un kimono bleu et blanc était posé sur le lit. Devant lui, la ville énigmatique avait allumé ses idéogrammes de néon.

« ... Parfois, je voudrais qu'il disparaisse de mes jours, de mes nuits, qu'il ne soit pas cette tentation permanente d'un pouvoir infini, celui d'être avec lui partout dans le monde, dans chacun de ses recoins, et je voudrais ne penser qu'à toi, vivante, belle, qu'il s'enfuie à nouveau dans l'éternité, de là où il est venu, pour ne pas me sentir entre deux mondes, malade de cela, entre toi et une folie sans nom...

Miléna, tu ressembles tellement à ton nom que je le prononce sans cesse pour qu'il me protège, qu'il soit comme une armure sur ma peau, sur mon visage et qu'il me rende invincible... Je te parle de là où le jour commence, où naît la clarté du monde... A chaque jour que tu vois se lever, retiens que le soleil m'a effleuré bien avant qu'il ne te réveille... »

Il relut la lettre écrite sur le papier extra-fin de la compagnie aérienne, où l'on pouvait lire, en haut à gauche, en plusieurs langues : *En plein ciel...*, puis la glissa dans son passeport.

4

Le soir même, Adrien retrouva la petite Japonaise dans ce quartier que Stalker avait évoqué. Il semblait fatigué, soucieux. Elle le remarqua, pensa à la longueur du voyage et n'en dit rien.

Golden Gaï : encastré entre une sorte de Manhattan aux buildings somptueux, élancés, et un Pigalle de néons avec salles de jeux, restaurants et boîtes de nuit, c'était un îlot de rues minuscules et de petites maisons en bois, des bars pour la plupart, des habitations aussi, et les machines à laver près des portes d'entrée. Des chats rôdaient au coin des ruelles. « *Neko*, c'est leur nom, dit Keiko en les appelant. Est-ce que vous savez pourquoi, dans toute l'Asie, le chat est entouré à la fois de respect et de défiance, comme nulle part ailleurs au monde? Il est le seul animal qui osa arriver en retard à l'enterrement de Bouddha... »

Ils gravirent l'un derrière l'autre les marches d'un escalier étroit, presque à la verticale, une affiche de cinéma sur la porte en haut. Un bar, *La Jetée*, enfumé, une dizaine de consommateurs serrés les uns contre les autres... La maîtresse des lieux, une jolie femme au sourire de Joconde, leur servit des sakés chauds et des petits poissons frits.

Sur des étagères, les bouteilles alignées portaient des étiquettes à visages de chats, les noms de leurs propriétaires écrits au marqueur argenté, dans des langues et des écritures différentes... Quand le temps fut à l'heure des anecdotes et des confidences, la Joconde aux yeux fendus raconta qu'un soir, trois cinéastes du monde réunis ici écrivirent une carte postale à un chanteur français pour lui dire leur plaisir d'être là, à boire ensemble le whisky des chats... « Sûrement celui que l'animal avait cherché en vain pour offrir comme présent à la mort de Bouddha », ajouta Keiko en riant. Les signatures de la carte postale étaient trois prénoms... Wim, Chris et Francis...

Stalker connaissait bien *La Jetée*. Il venait là à chacune de ses soirées tokyoïtes, comme si ce bar était un point magique, par où passaient les courants, les images et les sons, sachant que les mystères ne sont que ce qu'ils sont, des morceaux de lumière qui se logent dans quelques lieux où ils seront sûrs d'être repérés, puisque passent par là ceux qui les recherchent.

Tard, dans la nuit glacée, un accordéoniste aveugle jouait sur un trottoir une mélodie lancinante, une femme lui tenait le bras, et ils se balançaient comme deux petits arbres des rues. Adrien pensa à Miléna... Il se crut infirme et eut un besoin violent de la voir, d'entendre sa voix, d'effleurer ses yeux. Il l'imagina au milieu des montagnes, se préparant à vivre un soir de sa vie. Que pensait-elle?... Comment vivait-elle?...

Keiko demanda s'il voulait encore marcher, aller voir l'écran électronique géant tout près qui diffusait jour et nuit les extraits des films à l'affiche de Tokyo... Trois heures du matin, le décalage horaire était du plomb dans ses muscles.

Elle fit un signe, et la porte arrière d'un taxi s'ouvrit automatiquement, à l'instant même où ils s'apprêtaient à y monter.

Au même instant, Miléna et Sabina rentraient dans leur petit studio. Elles portaient un carton que le gérant du Supermarché leur avait donné pour emporter leurs achats. Début de soirée. Avant d'allumer la télévision, Miléna sortit un beau cahier cartonné et écrivit sur une des premières pages :

« *8 janvier 198...*

Adrien est au Japon et je ne peux l'appeler pour lui parler de toi. Quel nom te donner? Adrienne ou Milan, cela n'a pas encore d'importance... La neige est magnifique autour de nous et une des montagnes s'appelle Solaise. Tout à l'heure, à la tombée de la nuit, j'ai nagé dans une piscine en plein air, à la sortie du sauna, et pour garder la chaleur, l'eau était recouverte d'une multitude de balles de ping-pong. C'était somptueux de nager dans une eau douce au milieu des pics de montagnes et des sapins blancs. Quelques flocons tombaient.

J'écris tout cela pour que tu lises un jour ce journal et que tu saches ce que l'on vivait tous les deux dans le monde, avant que tu n'ouvres tes yeux pour le connaître.

Tant qu'Adrien n'entendra pas tes pieds et ta tête cogner ma peau, il ne pourra croire que tu existes, que tu vis, alors que moi, je sais cela, parce que tout mon corps te sent, tu es à côté de mon âme, ou enveloppé par elle, comment deviner... Je lis en ce moment *la Chartreuse de Parme*, et Sabina *la Montagne magique*... Fabrice est un beau prénom, Clélia aussi. Il faudrait que ce soit les gens qui choisissent leur nom définitif... Moi, j'ai l'impression d'avoir toujours porté le mien, même avant de naître, tant je l'aime. Personne en France ne s'appelle comme moi, c'est un prénom d'étrangère... »

5

Des fleurs de toutes sortes sont jetées là. Elles brûlent lentement et leur fumée s'élève dans le ciel d'Hiroshima.

Des enfants, des vieillards au visage fripé, en pleurs, des Européens, des Américains aux pantalons vert pomme, des gens du monde entier sont là à jeter des fleurs dans le brasier qui avale leur offrande pendant qu'ils prient, mains jointes, tête baissée, à l'endroit où le 6 août 1945 la première bombe atomique du monde s'est écrasée.

Ils prient un Christ, un Bouddha, le dieu des noyaux atomiques, Yahvé, Mahomet ou rien, le vide, un trou au milieu de leur pensée triste, vivant depuis une moitié de siècle avec cette image : que l'assaut du mal s'est fait en découvrant le secret de la matière la plus simple, la plus répandue, l'hydrogène. Le noyau d'hydrogène, ce gaz aimable que l'on respire mêlé à l'oxygène, qui est signe de vie, qui est l'air du monde, auquel ont accès même les plus déshérités de la planète, l'air respiré aussi bien à Johannesburg, dans l'archipel du Goulag, à Villeneuve-lès-Avignon qu'à Hiroshima, un noyau d'hydrogène percuté, fissuré pour qu'il libère la gigantesque énergie qu'il garde enfermée...

Quelle invention, quel roman fissurera le cerveau des hommes pour que se libèrent sa puissance, sa création, sa beauté, son horreur, son éblouissante complexité? Quel percuteur toucha déjà un jour, de plein fouet, le noyau de cellules de quelques hommes ordinaires, pour que se délient mille langues liées, qu'explosent mille soleils et que s'inscrivent sur les arbres, les montagnes et les océans du monde les mots de *Finnegans Wake*, de *l'Homme sans qualités*, de *l'Enfer*...

A quoi pensent les jeteurs de fleurs de la Flamme de la Paix à Hiroshima?

A la fin du XXᵉ siècle? A la cinquante-sixième année de l'ère Showa, le temps japonais? Aux brûlures des visages, aux malformations génétiques, à la guerre Iran-Irak, aux iris du parc Meiji, aux neiges du mont Fuji, à une école de bouquets, au Mahabarhatâ, aux sabres des samouraïs, à Madame Butterfly, à l'arc de bambou du maître Anzawa... Pensent-ils que la guerre Amérique-Japon n'était pas une compétition d'armements, mais un combat entre une foi dans les choses et une foi dans l'esprit... Et que même après une guerre perdue, cette foi dans l'esprit, tenace, indestructible, déclencha le plus vaste programme d'intelligence artificielle du monde pour que le Japon devienne le premier pays de l'histoire à vaincre la pesanteur des corps, à trouver la légèreté de l'être, et laisser à la dernière et à la plus complexe prothèse d'homme, celle du cerveau, le soin de s'occuper d'économie politique, d'histoire et de linguistique pour qu'un peuple entier, uni, soudé, se redresse comme un seul homme, lévite en apesanteur au-dessus de l'île absolue, débarrassé des maladies de la jalousie, du désir et de la solitude, qu'il s'élève dans l'indicible transparence de l'air, dans le bleu indigo du ciel, extasié, afin de réaliser le rêve des premiers hommes... Pénétrer le ciel...

Cinq millions d'années pour trouver la forme de ce rêve archaïque : un rêve d'enfant pauvre qui viendrait d'acheter la première moto qui crève le ciel...

6

Keiko éclata de rire : « Tu es complètement fou! »

C'est Adrien qui l'avait tutoyée en premier. Elle savait qu'en plus de la complicité que le « tu » impliquait, sa rapidité à l'employer serait pour elle une manière de montrer sa faculté d'adaptation à une situation nouvelle.

— ... Comment veux-tu que les Japonais s'envolent, avec ce poids des traditions qu'ils traînent partout, qui collent à leurs semelles, empêtrés qu'ils sont dans leurs politesses, leurs courbettes, cette misogynie insidieuse qui fait qu'une femme de vingt-huit ans, qu'elle soit docteur en physique des particules, institutrice ou caissière dans un cinéma, *doit* être mariée. Tu comprends ce que cela signifie : doit être mariée! Pour qu'une femme soit cadre dans une entreprise, il faut qu'elle attende la ménopause, j'exagère à peine. L'absentéisme, même pour mettre au monde des petits Japonais, est mal vu ici, impensable en tout cas pour un cadre!

— C'est vrai, ça fait désordre...

— Jusqu'au XVIᵉ siècle, aucun texte confucianiste ne parle des femmes...

— Mais toi, tu vis comment?

— Moi, je n'ai pas vingt-huit ans encore... Elle rit, et porta sa main devant sa bouche, pour la retirer presque aussitôt. J'ai vécu en Europe et je me suis regardée autrement. Il faut que je t'explique ce que c'est qu'*amae*...

— *Amae?*

Ils marchaient emmitouflés dans leurs manteaux,

au centre des grandes allées d'un parc qui condui-
saient au temple Meiji. Peu de gens, le froid, seuls les
corbeaux d'arbre en arbre colportaient la nouvelle de
leur arrivée...

— Es-tu armé d'assez de sollicitude envers le
monde asiatique pour écouter un mythe oriental par
ce froid?... Le mythe d'Ajasé.

— Je suis armé de patience tout asiatique, j'ai la
sollicitude, je suis bien couvert... Et surtout, tu sais
quoi? Je suis curieux...

— Cela se passe en Inde. Une reine, Idaiké, désirait
ardemment un fils pour que son roi de mari ne la
quitte pas. Elle alla voir un cartomancien... Ça se dit
au masculin?

— Pas vraiment, mais j'ai compris... Admettons
que ce soit un devin...

— Non, inventons... Donc, elle alla voir un cartomancien, qui lui annonça que dans trois ans un sage
allait mourir et se réincarnerait dans ses entrailles.
Mais la reine Idaiké était pressée et fit tuer le pauvre
sage. La prédiction se réalisa aussitôt, elle fut
enceinte. Prise de remords, elle tenta d'avorter. L'enfant résista et vint au monde. Elle voulut faire tuer le
nouveau-né, mais l'entreprise échoua. L'enfant était
un garçon, et fut appelé Ajasé. Il adorait sa mère.
C'est seulement adolescent qu'il apprit que sa naissance était liée à un meurtre, et se mit alors à vouer à
sa mère bien-aimée une haine farouche, jusqu'à
vouloir à son tour l'assassiner. Il échoua et, pris de
remords, sa peau se couvrit de pustules immondes,
nauséabondes qui firent fuir tout le monde autour de
lui, sauf...

— ... Sa mère.

— Exactement. Alors, ils se pardonnèrent et se
réconcilièrent. Voilà le mythe d'Ajasé.

— Et *amae*?

— C'est, d'après la structure du mythe d'Ajasé, le

nom donné à cette sollicitude, à ce désir permanent que ressent chaque Japonais, d'obtenir l'indulgence de sa mère, et qui crée un rapport de dépendance envers elle... Cette dépendance se recrée dans l'entreprise, et c'est là que je voulais en venir, les Japonais en ce moment passent par une crise d'identité. Et elle est terrible. Ils luttent contre *amae*, contre cette dépendance envers le groupe, l'entreprise, envers le chef, parce qu'ils essaient de devenir des individus à l'occidentale, capables de dire *je*, et non *nous*, sans arrêt. Et cela est un véritable déchirement.

Ils étaient arrivés face à l'entrée d'une cour pavée, immense. Sous un gigantesque portique en bois, ils s'arrêtèrent. Tout au fond, ils apercevaient le temple. Des hommes et des femmes debout y priaient. Parfois, ils lançaient une pièce de monnaie qui tintait avec les centaines d'autres déjà jetées au cours de la journée, frappaient dans leurs mains, puis courbaient à nouveau la tête pour prier.

— Pourquoi claquent-ils leurs mains comme ça? demanda Adrien.

— Pour s'annoncer aux dieux, leur dire qu'ils sont là, et veulent entrer en communication avec eux...

Adrien ne put s'empêcher de penser à l'enfant, et se vit claquer dans ses mains pour l'appeler. Mais il demanda aussitôt:

— Pour en revenir à *amae*, si je comprends bien, vous nous envoyez vos motos, vos caméras et vos magnétoscopes, et nous avons quand même réussi à vous exporter quelque chose : notre individualisme...

— Oui... Hélas! Ou heureusement, je ne sais pas encore...

— Moi qui pensais être arrivé au pays de l'harmonie...

— Tu la trouveras dans beaucoup de situations... Il y a tellement de valeurs qui sont restées intactes ici.

alors que j'ai le sentiment que vous, vous en avez beaucoup perdu en route. Quand je pense que vous vous battiez en duel, il y a encore à peine un siècle, pour laver un affront ou retrouver un honneur perdu...

Adrien joua le naïf et demanda à Keiko si les Japonais se battaient toujours en duel...

— Bien sûr que non, mais ici, ce code de l'honneur est vivace, et pas seulement dans des situations exceptionnelles, mais dans la vie de tous les jours. C'est une panoplie de devoirs, d'obligations, qui va de la loyauté à la gentillesse en passant par l'amour, le respect... C'est tout ce qu'on doit à ses parents, aux amis qui vous ont aidés, et cela n'a pas de fin. Ici, la reconnaissance, tout autant que l'humiliation, sont éternelles... L'histoire d'un Japonais n'est pas faite, comme en Occident, de strates horizontales, d'une succession d'états différents, liés aux événements de la vie, qui cassent, parfois meurent et se recouvrent les uns les autres pour que certains puissent être oubliés, ceux qui encombraient l'esprit ou faisaient le plus mal. Ici, notre histoire personnelle est verticale, aucune strate ne vient en recouvrir une autre, elles s'élèvent côte à côte, et coexistent toute la vie. Il n'y a pas d'oubli.

— A chacun son stress... Les jeunes Européens, eux, sont angoissés par leur avenir... Leur travail, le chômage...

— C'est vrai qu'ici le futur ne compte guère... Les catastrophes nous ont habitués à vivre au présent, et on est tellement façonnés de passé, que s'il fallait en plus s'encombrer d'avenir! Le déchirement est tout autre... Dans les entreprises, la promotion se fait par tradition, à l'ancienneté, et les jeunes Japonais réclament une promotion au mérite. Dans le même temps, leur besoin de dépendance au groupe auquel ils appartiennent, à l'entreprise, l'*amae*, en est tout bouleversé... Et c'est une lutte incessante entre les strates horizontales venues d'Occident et les nôtres, verticales, dont je viens de te parler.

– Et ça fait des nœuds et des bosses...

– Ça empêche surtout d'être légers!... dit Keiko en souriant, sans un regard pour Adrien.

– Et de s'envoler... C'est ce que tu veux dire?

– Je plaisantais... On est très fiers en ce moment, nous qui ne pensons pas à l'avenir, d'être ceux qui imaginent le mieux tous ces objets du futur qu'achète le monde entier et qui le font rêver. Dans le même temps, on sait le poids de tout ce dont je viens de te parler, qui nous condamne au respect des valeurs traditionnelles pour que cette réussite continue. Peut-être qu'un jour, il y aura à choisir...

– Vous vous retrouvez dans la situation d'un homme à qui tout réussit, qui vient d'être couronné de tous les lauriers et qui apprend que sa femme le trompe, mais décide, pourtant, de rester avec elle... Pour les apparences...

– Il y en a plein qui vivent très bien comme ça...

– Et beaucoup plus qui le vivent très mal...

En quittant le temple Meiji, ils montèrent dans un taxi qui les emmena dans le quartier de Ginza.

Adrien, en regardant défiler la ville de l'autre côté des vitres, pensa que ses strates à lui mélangeaient des images antagonistes et ennemies qui lui fabriquaient des pics et des failles contre lesquels sa tête cognait et son corps se couvrait de plaies, attirés qu'ils étaient par deux réalités irréconciliables. Il se demanda s'il trouverait ici le couteau qui coupe les rêves, ou le dieu qui saurait allier l'infini et la légèreté de l'univers, à la pesanteur des corps qui les imaginent...

A cinq minutes des douves de la Cité impériale et à deux pas des enfants qui jouaient avec les dernières caméras vidéo, dans les étages du Sony Building, ils mangèrent près de la voie ferrée, dans une petite impasse tout enfumée, des brochettes de *yakitoris* qui se cuisaient dehors, dans la rue, sur d'antiques fours à charbon de bois.

Des flocons de neige s'étaient mis à tomber, le Japon respectait les traditions.

7

C'est Sabina qui déclencha tout. Une avalanche, ou presque. Cela avait commencé banalement. Deux jumeaux (elles ne l'apprirent que plus tard), descendaient avec leurs luges en plastique, sur une piste pour enfants. Miléna et Sabina étaient assises dans des chaises longues, des couvertures sur leurs jambes, visages au soleil, à une terrasse au bord des pistes. Une fin d'après-midi, elles buvaient des vins chauds, cannelle, orange, sucre... la mère des enfants quelques mètres devant elles. Miléna fredonnait une chanson, la même depuis deux jours, une rengaine qui énervait sa sœur... depuis deux jours.

... Ça f'ra quoi ce jour-là, ça f'ra quoi ce jour-là
Ça f'ra quoi d'serrer une étrangère dans ses bras...

Pendant qu'ils glissaient, un des deux enfants bouscula son jumeau d'un coup de pied, pour pouvoir arriver le premier au bas de la piste. L'autre tomba. Au lieu de pleurer comme aurait fait n'importe quel enfant du même âge, il fila en courant derrière son frère et, quand sa course fut stoppée, le frappa avec ses poings enfermés dans des petites moufles de ski noires. Le vainqueur de descente en luge se mit à pleurer. La mère, habituée, leur lança, tout en sirotant un alcool... « Arrêtez les jumeaux, je vais me lever!... » Mais ils savaient qu'elle ne se lèverait pas et continuèrent le combat. Miléna, qui avait tout vu, sauta d'un bond et vint expliquer aux deux petits mômes en combinaisons bleu ciel qu'il ne fallait pas tricher pour arriver le premier, et que ce n'était pas une raison, quand on avait perdu, pour venir taper sur le gagnant. La mère lui demanda de quoi elle se mêlait... Sabina, excédée, vint à la rescousse dire à Miléna que ce n'était pas parce qu'elle était enceinte qu'elle devait se prendre pour la mère universelle de tous les enfants de la station... De toutes les stations de ski du monde !

— Arrête de me dire sans cesse, à midi, le soir, sous la douche, dans les télésièges, que je suis enceinte et d'avoir l'air d'attraper des boutons...

— Je m'en fous bien... De toute façon, je suis certaine qu'Adrien aussi s'en fout... Ou plutôt non... C'est une vraie catastrophe... Il n'en veut pas de cet enfant, il est bien trop...

— Bien trop quoi ?

— Il a envie que tu lui foutes la paix avec ton môme !

— Trop tard...

Miléna planta là tout le monde et partit à grands pas vers le vieux village.

Elle marcha, comme si elle n'allait plus s'arrêter. Dépassa les dernières maisons, prit le chemin des promenades jusqu'au pied de la montagne. Derrière elle, le village avait disparu, elle ne s'était pas retournée. Là, elle s'arrêta, s'adossa à un sapin, et pour une fois, ne pleura pas. Elle était pâle. Elle murmura : « Ce n'est pas le moment d'avoir envie de mourir... » Elle imagina revenir à Paris, tout de suite, le soir même. Non, le lendemain, puisque le dernier train était déjà parti. Ou rester là, immobile, attendre que la nuit tombe sur elle. Déjà, le jour déclinait, le soleil avait basculé de l'autre côté des montagnes et la lumière s'était retirée des vallées. « ... Ce n'est pas vrai, tu y tiens à cet enfant, tu l'attends comme moi. Tu lui parles dans les rues de Tokyo... Il y a tant de choses que l'on doit faire ensemble, voyager, apprendre des langues, élever un enfant, découvrir le monde et pouvoir se dire que l'on est vivant, amoureux, plein de compassion pour l'humanité, d'élégance l'un pour l'autre, qu'il n'y aura jamais de secret honteux entre nous, ou un mensonge dérisoire qui pourrait être pris pour une trahison... »

Juste avant la nuit, le bleu outremer du ciel fut sombre, profond, et les premières étoiles se mirent à briller. Miléna eut froid, elle serra ses avant-bras sur son ventre, accroupie comme une Africaine... Elle n'avait toujours pas pleuré et s'en fit la remarque. Elle sourit. « J'ai caché ta pochette en soie derrière la lettre de Tchekhov... A quoi rêvent les oiseaux migrateurs, au pays qu'ils vont retrouver? Non, ils pensent seulement qu'ils sont heureux de voler dans le ciel... Tu te souviens? »

Indécise, elle resta là un long moment, prostrée, perdue. Une femme seule.

Il fallait pourtant songer à revenir. Il gelait, un petit vent cinglant soufflait, la nuit était là, et le ciel à présent parsemé d'étoiles. Elle leva la tête vers elles et ne put s'empêcher de penser qu'elle était une étrangère qui parlait une langue que personne ne comprenait jamais... « J'aime les regards qui ne demandent rien. J'aime les paumés, les chats perdus, les bègues, j'aime cette conne de Sabina, j'aime les jumeaux en salopette bleue, j'aime Adrien qui n'écoute pas quand je lui dis ces mots-là, parce qu'il sait qu'il les retrouvera, quoi qu'il fasse. Il a cette certitude, et je me fous si c'est aussi cela ma perdition... »

Elle marcha vers ce qu'elle imaginait être le retour, mais ce qu'elle avait vu comme étant un chemin avec la tombée du jour, était devenu une ombre qui se mélangeait au reste. Aucune lumière devant elle. Elle crut s'être perdue, puis il lui sembla reconnaître les piquets délimitant une piste pour skieurs de fond. Elle suivit ces repères.

L'obscurité. Le froid traversait ses pull-overs, son collant, ses gants. « Je jure que je ne voulais pas mourir », dit-elle, prise de panique subitement. Elle se mit à courir, tomba plusieurs fois, s'adressa à l'enfant, essoufflée... « Toi, tu n'as pas froid, tu ne crains rien, quoi qu'il arrive... C'est la nuit partout, comme une forêt de mauvais rêve... Mais je trouverai... »

Au loin, il y eut une lumière, et elle fut rassurée. Loin encore... Elle s'arrêta pour retirer ses gants et souffler dans ses doigts, l'onglée arrivait, violente, douloureuse... Elle frappa ses mains l'une contre l'autre, les passa sur son visage et continua de courir en trébuchant... Les premières maisons, le village...

Sabina vint vers elle en boitillant et la prit dans ses bras. « La vie est si compliquée parfois... Pardonne-moi, pardonne-moi ma petite sœur chérie... Je n'ai rien dit, oublie tout... Je t'aime, et des fois, j'ai besoin de te faire mal pour avoir le droit de te le dire, plus fort, plus tendrement... »

8

– C'est la plus belle fleur du monde... Ses pétales sont un poison qui donne, avant de mourir, les extases les plus belles, les plus voluptueuses, les plus déraisonnées...

C'est la Joconde aux yeux fendus qui raconta à Adrien, un soir, dans ce bar de Golden Gaï où il était retourné, l'histoire de « la mer des arbres » et de « l'orchidée des êtres perdus ».

Elle lui avait offert le reste de la bouteille du whisky aux chats marquée *Stalker*, et il buvait au bar, la regardant préparer des petits morceaux de poulpe qu'elle mélangeait à de l'omelette froide, un sourire esquissé, immuable, sur sa bouche. Ce soir-là, un jeune journaliste japonais donna à Adrien le nom de Takehiko Yoshi, ingénieur au Nomura, l'institut le plus réputé du Japon pour ses prospectives technologiques. « C'est lui qui saura le mieux vous expliquer pourquoi ce pays réussit mieux que d'autres aujourd'hui, et pourquoi cela se passe maintenant, et pas à une autre époque... Je le préviendrai... »

Il toussa un peu, et fit comprendre que ce temps d'hiver lui donnait de l'asthme. Il voulut ajouter quelque chose pour la gouverne d'Adrien :

– Si vous voulez comprendre un peu ce qui se passe ici, il vous faut entrer dans un temple, prier, rencontrer un ingénieur en technologies comparées, aller à Hiroshima et Kyoto, sentir un tremblement de terre, un matin dans votre lit – vous verrez, c'est très agréable – et enfin savoir qu'ici, il n'y a pas que les femmes et les hommes qui soient japonais, les choses, les animaux, les rêves le sont aussi... Ils s'interpénètrent les uns les autres pour former cette structure unique qui se nomme Japon, dont rien, à aucun moment ne peut être arraché, ni venir s'y ajouter. On ne devient pas japonais. A Tokyo, à Hiroshima, il n'y a pas de bureau de naturalisation... En revanche, dans la Cité impériale, il y a un bureau des poèmes...

Adrien sut plus tard que Susuki Goro, c'était son nom, s'était rendu célèbre, quelques années auparavant, par un scoop extraordinaire... C'est à lui qu'avaient téléphoné et envoyé leurs revendications les combattants japonais de la Fraction armée rouge, depuis Beyrouth, alors qu'ils venaient de détourner un avion américain.

– Wim Wenders est venu tourner ici quand il réalisait *Tokyo-Ga,* dit la Joconde, et je me souviens qu'il préparait un film pour lequel il avait trouvé un titre très beau, *l'Amour du bout du monde...*

... Mais je voulais vous raconter une histoire qui n'est pas une légende, ce lieu existe, à moins de cent kilomètres d'ici... Il y a quelques siècles, un volcan, non loin du mont Fuji, est entré en éruption. Il déversa sur des kilomètres et des kilomètres carrés une coulée de lave magnétique, extrêmement fertile, et une forêt a poussé à cet endroit, immense, touffue et très compacte. Les premiers hommes qui ont voulu l'exploiter s'y sont perdus. D'autres sont revenus plus tard, équipés de boussoles, mais le magnétisme de la terre rendait les aiguilles si folles qu'ils n'en sont jamais ressortis eux non plus. Alors, plus personne ne s'est occupé de cette forêt, si bien qu'elle est devenue une masse sans issue, dense, où personne n'ose s'aventurer. On l'appelle *Jukaï,* c'est-à-dire la mer des arbres.

Elle s'arrêta un instant, remplit les verres de saké

et de whisky, et retourna la cassette de la petite chaîne stéréo.

— Depuis, seuls les gens qui veulent mourir y pénètrent pour s'y perdre... Mais cette histoire ne s'arrête pas là. Dans cette forêt prospère, pousse la plus belle fleur du monde, une orchidée, et on dit que les orphelins d'amour, tous ceux que des peines de cœur ont poussés là pour n'en plus revenir, passent leur dernier instant de vie à la regarder, puis, quand ils sont décidés, absorbent le poison de ses pétales, pour vivre leurs dernières heures dans un bonheur fou, total et sans mesure. Voilà l'histoire de « l'orchidée des êtres perdus »... On n'a jamais pu savoir si c'était le labyrinthe de la mer des arbres qui fascinait le plus, ou l'attirance pour cette fleur de poison, qui n'existe que là...

Adrien, songeur, regardait le dessus de son verre, plein de pensées étranges pour le voyageur de ses jours et de ses nuits...

Avant de quitter cet endroit où il se sentait bien, il acheta une bouteille à l'effigie des chats, et avec le marqueur argenté, inscrivit le nom de *Stalker*, puis l'ayant retournée, sur la face nue, sans étiquette, il inscrivit : « Une orchidée est entrée dans ma tête, et je suis en train de m'y perdre... Quand vous reverrai-je? Adrien. »

9

« ... Est-il un désert, est-il le ciel cet enfant qui ne doit rien aux hommes, ni au carbone, ni au silicium, qui ne doit rien à la lumière ni à la nuit.

Qui est-il celui auquel je songe et qui n'est qu'à moi, alors que son règne est l'univers, que ses mots ne peuvent se répéter puisqu'ils sont de vrais idéogrammes, formés non pas de représentations, mais de vraies montagnes, de vrais arbres, de toitures laquées, de cloîtres, d'oiseaux avec des becs d'os et des griffes, de bouches de volcans, de vrais océans, de vraies mers... Ses idéogrammes se regardent comme des cartes postales et disent des phrases d'univers. Ils ne peuvent se prononcer, ils se lisent, se décryptent comme ces photos satellite où les villes sont bleues, les champs de blé rouges et l'eau verte. Ils sont des parties du monde car l'enfant parle le monde. Il ne connaît pas les signes pour raccourcir un espace et quand il désigne la distance des étoiles, l'idéogramme qu'il déplie a la longueur des années-lumière qui les séparent. Quand il veut parler d'amour, il y a un homme et une femme enlacés et quand il raconte la guerre, il y a mille chars qui crachent du feu, des bombardiers et des ogives nucléaires qui attendent, cachées dans leurs souterrains, le signal qui va les faire s'élancer vers le ciel...

Il ne doit rien aux hommes, ni au sexe qui pénètre un autre sexe pour y laisser de la biologie, des acides aminés et un code génétique... Cet enfant sans programme est le mien, uniquement parce que je songe à lui et qu'il sait cela... Mais il est aux fleurs, à d'autres hommes, à d'autres rêves, à d'autres yeux, il appartient aux romans qui parlent de lui, c'est seulement mon enfant parce que c'est vers moi qu'il s'enfuit quand je pense à lui... »

10

Adrien s'enfonça dans Tokyo, sombra dans ses rues, se grisa de ses voies express, de ses odeurs, de ses lumières : le Japon était là, offert, multiforme et il voulait le fouiller, le connaître et l'aimer. S'y perdre.

Il se levait tôt, circulait dès le matin dans les quartiers périphériques, autour du port, au marché aux poissons, dans Kanda le quartier des livres, dans les gares d'Ueno, de Tokyo Station et de Shibuya, dans les quartiers et les parcs d'ambassades. Il monta dans la tour de Tokyo, pour contempler cette ville sans limites, immense, qui courait jusqu'au pied des montagnes.

C'est en regardant un panneau électronique qui affichait le nombre de décibels que produisait la rumeur de la ville, qu'il demanda à Keiko d'organiser le rendez-vous avec l'homme d'Hiroshima que lui avait indiqué Neil Armstrong, et celui avec l'ingénieur du Nomura Institut.

Il eut une pensée pour Klaus Sterber quand il pénétra dans les laboratoires Matsubara pour photographier les poissons-chats, ces animaux muets qui remontaient au ras de la lisière de l'eau et de l'air quand la terre allait se mettre à avoir des états d'âme...

Il prit un hôtel moins cher, et habita dans un quartier voisin, Omoté Sando.

Boulimique, il apprit par cœur, non pas les mots usuels de nourriture ou de convivialité, mais ceux qu'il trouvait les plus énigmatiques et donnaient aux choses des nuances insoupçonnées... La pluie portait plus de vingt noms différents suivant sa force, son lieu, la saison... *Kosame*, crachin, bruine. *Oame*, averse. *Jiame*, pluie longue et régulière. *Niwaka ame*, pluie soudaine, grain. *Yûdachi*, ondée vespérale d'été. *Samidare*, pluie de mousson...

Il trouva enfin le nom de celui qu'il cherchait depuis son arrivée : *Jizo*, le dieu des enfants, des femmes enceintes et des voyageurs.

11

La lettre écrite le premier soir était restée pliée dans son passeport.

Comme une négation qu'il ne parvenait pas à renverser, Adrien avait du mal à imaginer Miléna enceinte, à se dire, cette fille attend un enfant, et cet enfant c'est moi qui l'ai fait avec elle...

Pourtant, à douze mille kilomètres de là, un commencement de vie était en train d'aspirer l'éternité d'un enfant, le sien, à se gonfler d'elle pour en mourir un jour, puisque la mort était déjà inscrite à son programme... Pourquoi, à chaque image de l'enfant de Miléna, pensait-il à cela, alors que chacun parlait de vie, de naissance et repoussait cette image de mort dans un autre lieu de l'avenir, pour qu'elle devienne la mort lointaine. Forcément lointaine...

Il butait sans cesse sur cette représentation, répétait les mots, les mêmes mots dans les allées d'Asakusa, face aux boutiques de tissus, de chapeaux, de vaisselle et de peignes en bois.

Comment expliquer cela? Lui avouer cela... Comment un seul instant imaginer prononcer ces mots-là dans un téléphone, les laisser s'enfuir au long des courants électriques, monter dans le ciel se réfléchir sur la parabole d'un satellite suspendu au-dessus de l'océan Indien, pour arriver enfin dans le cœur d'une femme qui ne pouvait ni les entendre, ni les comprendre... Cette histoire d'un enfant rencontré au pays des commencements par une nuit étoilée... Au bord d'un lac... Son enfant, puissant, empli d'espace et d'éternité, un enfant d'univers, sacré, né de son rêve d'homme qui avait entendu prononcer son nom de la bouche de la femme qu'il aimait...

Il aurait dû oser dire tout cela à Miléna, dès son retour du Kenya, à cette femme-là justement, l'envahir à son tour de ses mots à lui, qu'elle soit enceinte de son histoire à lui, étrange, hors des normes et du temps...

« L'enfant que je connais n'a pas de visage, pourtant il entend, il voit, il connaît le sable, le vent et chaque lever du soleil, l'aurore et les couleurs des doryphores, l'écume des baleines bleues. Il sait tout de la lumière car il est plus rapide qu'elle et va aussi vite que la pensée... Il suffit d'imaginer Pékin, Oaxaca, la source du fleuve Amazone, pour qu'aussitôt une cité interdite se déploie, le visage d'une Indienne vous regarde et qu'un morceau de jungle se découpe du monde... Il sait regarder en arrière, c'est-à-dire ne pas aller dans le sens du temps, ce sens n'existe pas pour lui... Le temps n'est ni une ligne, ni un fleuve à descendre ou à remonter... Le seul objet au monde avec lequel on puisse le comparer pour l'imaginer, est la vague... Non pas une vague, la vague. Comme elle, il est *l'enfant*. La vague est sans lieu, non localisable, changeante, mouvante, on ne sait si celle que l'on vient de regarder est, à la seconde d'après, en avant ou en arrière, ou encore à l'envers... Quand on ne la regarde pas, elle n'existe pas, il n'y a que des vagues et la mer, de l'eau en mouvement perdue dans l'immensité. La vague que l'on regarde à la pointe Saint-Mathieu, à l'extrême ouest de la France, est encore la vague que l'on regarde depuis la statue de la Liberté à l'entrée du port de New York... Elle est la vague, sans avoir eu à se déplacer... L'enfant de l'homme est aussi bien au lac Turkana qu'à Cap Kennedy ou à Hiroshima, l'espace est son océan, et il en est la vague. Il est là quand l'homme qui l'imagine pense à lui, quand l'homme dort ou est accaparé par des objets, des visages ou d'autres rêves, l'enfant se perd dans le temps et l'espace, s'y dissout, préoccupé de ne pas se laisser enfermer dans une prison de vie qui lui interdirait à jamais d'être là et ailleurs... *la vague.* »

12

Miléna écrivait le journal pour un enfant à naître, Adrien découvrait un pays, un enfant dans sa tête. Ils ne pouvaient se parler, s'imaginaient, pensaient l'un à l'autre à des moments différents. Quand elle découvrait un matin, lui regardait les lumières d'un soir s'allumer. Elle confiait parfois à son magnétophone... « Adrien, tu es là dans mes rêves et je pense souvent à cette nuit au bord de l'océan que l'on s'est juré de n'évoquer qu'ensemble, sans douleur, en se disant seulement : " Tu te souviens de la nuit à l'océan... " »

Lui marchait emmitouflé, dans un pays étranger qui le fascinait à chaque détour de quartier, écoutait des voix et des sons de rue jamais entendus auparavant. Aucune des jeunes Japonaises ne pouvait lui rappeler Miléna, elles étaient brunes, ne portaient pas d'épi et leurs cheveux n'étaient jamais frisés. Un jour, sur la façade des magasins Seibu, il vit un portrait géant de Woody Allen, et crut entendre Miléna pleurer près de lui.

Il se demanda ce qu'était devenue sa pochette en soie blanche...

Parfois, elle imaginait qu'il ne reviendrait pas de ce pays, qu'il y serait retenu comme auprès d'une femme, et qu'elle regarderait leur enfant, image d'un testament amoureux, avec mélancolie. Un soir, elle alla danser avec Sabina, et au milieu de la nuit, la sono fut interrompue, un jeune Américain se mit alors à jouer *Rhapsody in blue*.

Ils étaient ensemble, sans qu'ils le sachent, réunis par-delà l'Europe, l'Asie et la mer de Chine, uniquement séparés d'un secret dont lui seul détenait les quelques phrases, qu'il retardait sans cesse d'avoir à prononcer un jour. Pour l'instant, l'enfant de Miléna était une infime parcelle de vie qui se taisait, encore terrée dans son corps. L'autre, qui ne se montrerait jamais, connaissait l'univers, et venait retrouver l'homme qui pensait à lui. Ils ne se connaissaient pas, ne se rencontreraient pas, étrangers pour toujours.

L'un était l'enfant d'un début, d'une vie et d'une fin... L'autre, l'enfant d'avant ce début-là. Il n'était là que parce qu'un homme s'était mis à songer à lui, et que dans le même temps, une femme lui fabriquait tout ce qui lui servirait à se contenter d'être un petit homme. Pourtant, comme lui, tous les enfants du monde avaient erré dans l'univers, libres, plus rapides que la lumière, instantanés... Le plus souvent, les hommes s'en étaient remis aux femmes et ne s'étaient ni souciés, ni préoccupés d'eux, les avaient oubliés... Les aidant par là même à s'installer, sans presque aucune nostalgie ni regret, dans ces enveloppes de peau que savent leur inventer les femmes, où ils apprenaient aussitôt la pesanteur, les limites de l'espace et celles du temps. Ils oubliaient alors qu'ils avaient su se déplacer dans l'univers aussi vite que la pensée, et retrouvaient seulement la nostalgie de ces pouvoirs quand ils regardaient la mer, le ciel ou le désert... Plus tard.

D'autres fois, très rares, des hommes les appelaient, pensaient avec eux, imaginaient avec eux, et ces enfants d'univers, parce qu'ils avaient été appelés, désignés, existaient comme tels et n'allaient qu'en maugréant dans le corps des femmes. Quand une telle rencontre avait lieu, l'homme et l'enfant devenaient complices d'une histoire absolue, immense, sans limites et qui ne prenait fin que lorsque l'enfant rencontrait sa naissance dans le monde. Il se souvenait alors d'avoir été repéré par la pensée d'un homme, d'avoir traversé des océans pour le retrouver, à son appel, d'avoir sillonné le ciel entre les étoiles quand, dans une chambre d'hôtel, l'homme le désirait, et l'enfant gardait des tristesses maladives, des mélancolies telles qu'il pouvait détester sa mère, la haïr même de lui avoir ôté ce bonheur : d'avoir été ce messager peu ordinaire, entre un homme et l'univers.

13

Adrien écrivait que les geishas mettaient leur main devant la bouche quand elles souriaient, de peur que l'on croie jaunes leurs dents pourtant éclatantes, comparées au fard blanc immaculé de leur visage. Il se demanda si c'était pour cette raison que les jeunes filles japonaises cachaient aussi leurs dents quand elles riaient, en hommage discret aux dames de compagnie?

Il écrivit encore :

« Je photographie inlassablement les visages.

Je marche dans cette ville...

où les Love-Hôtels se parent de façades de châteaux à la Louis II de Bavière et se transforment en paquebot *Queen Elizabeth*, pour attirer les clients... Où un lutteur de sumo se promène presque nu dans la rue, en tenue de combat, toute graisse au vent, entre des voitures Nissan et des minibus Toyota... Où un chauffeur de taxi porte un masque de gaze blanche sur la bouche, pour ne pas contaminer ses hôtes de passage d'une grippe tenace... Où un jeune cadre en costume sombre s'exerce au bord d'un trottoir au lancer d'une balle de golf, sans club, sans balle, sans tee, sans trou ni green à l'horizon, seul entre les voitures en stationnement, à l'intérieur de son rêve de golfeur... Où dans le quartier Haradjuku, à deux pas du temple Meiji, les garçons et les filles semblent tous avoir été habillés par Kenzo, Junko Koshino ou Issey Miyaké... »

Il photographiait cette étrange cité où tout se lit, où l'image même des mots et des choses clignote en néons multicolores sur les façades des immeubles, où le Palais impérial est cerné d'arbres, de parcs, d'iris et de douves, comme un écrin de centre-ville dont on ne pourrait voir que l'emballage, et tenter, sans jamais y parvenir, d'en deviner le mystère ou l'absence de mystère.

— Ma vie est une drôle de chose en ce moment, dit-il à Keiko. Je suis venu ici trouver la clef d'un mystère, rencontrer un commencement, alors que c'est moi le mystère, c'est moi que je devrais photographier, ausculter, regarder. Je me promène avec toi, comme si de rien n'était, je découvre un pays élégant, au moment où je me trouve rempli de vulgarité...

14

Entourée de montagnes immenses, Miléna regardait chaque jour son corps changer, ses seins s'alourdir, ses aréoles s'élargir, ses hanches s'arrondir. Elle était une femme enceinte, offrant à un être nouveau son corps pour qu'il y puise sa forme, celle d'Adrien, puisque c'était cela le code et le programme qu'avait laissés en elle l'homme qu'elle aimait... Son rôle étant de rendre possible et de conduire à son terme l'exécution de cet ordre de vie donné un soir d'éternité, près de la mer Méditerranée, sous le regard des dieux de l'Antiquité que son énergie à elle et la tendresse d'une nuit avaient sortis de leur léthargie pour qu'ils les contemplent continuer le monde.

Chargée de pièces de dix francs, elle s'était rendue plusieurs fois, en fin d'après-midi, dans les cabines téléphoniques de la station. La première fois, elle oublia le décalage horaire. La deuxième, elle y pensa, mais se trompa de sens avec lui. Le résultat en fut inchangé : Adrien était à chaque fois absent.

Distance, silences qui se croisent... Adrien avait plusieurs fois composé les chiffres de l'international, ceux de la France, enfin leur numéro de Paris, mais il avait raccroché à chaque fois. Un soir, il se décida et envoya cinq messages que leur répondeur enregistra fidèlement.

Premier message : Je te laisse ces quelques mots que tu ne trouveras qu'à ton retour... J'ai changé d'hôtel et de quartier... Je vais partir pour Kyoto, ensuite seulement pour Hiroshima... Je pense à toi, à notre drôle d'histoire de vie... Comment dire de si loin... bip.

Deuxième message : ... Trente secondes pour parler d'amour, de si loin, de ces mystères qui nous enveloppent... Comment avons-nous pu nous retrouver dans la situation d'être si éloignés, sans pouvoir communiquer et de n'avoir pas échangé suffisamment de mots avant, dans un moment aussi... bip.

Troisième message : Tu as déposé en moi un enfant que tu n'imaginais pas, et j'ai laissé dans ton corps celui qui ne lui ressemblait pas... Ils sont l'eau et le feu, Miléna, l'un est la fin de l'autre... Pourquoi ne pensons-nous pas aux mêmes choses au même moment?... bip.

Quatrième message : Ce que je viens de dire est enregistré, c'est ce que tu vas écouter à ton retour, quelle nuance y apporter après, quand ces mots-là sont déjà absorbés par le temps, figés par lui... Miléna mon amour, trente secondes pour parler d'une histoire d'éternité... La vie nous joue de drôles de tours... bip.

Cinquième et dernier message : Je te laisse un cinquième message, car au Japon, quatre, qui se prononce *shi,* est aussi le nom qui désigne la mort... Ma belle, mon adorée, je dis ton nom dans le ciel, aux oreilles de ce satellite, à trente mille kilomètres au-dessus de la Terre et qui essaie de nous rapprocher... Dans ce désastre, je t'aime... Ces mots que je t'avais écrits pour la première fois de... bip.

Le soir où Miléna fut certaine de ne s'être pas trompée avec les cadrans du monde et d'avoir mis toutes les chances de son côté pour surprendre Adrien vers quatre heures du matin, un portier de nuit lui apprit qu'il avait quitté l'hôtel.

15

Le lendemain matin, Keiko et lui avaient rendez-vous dans un building de Shinjuku, où des ingénieurs et des techniciens tentaient de comprendre le présent pour imaginer quelques scénarios du futur. Il l'avait raccompagnée à la gare d'Ueno, il lui restait encore une heure de train pour être chez elle. Sur le quai, elle demanda si tout allait bien, et ils se dirent « à demain ».

Marcher, vagabonder, trimarder. Il erra le long de la voie ferrée, dans des ruelles mal éclairées... Contrairement à cette nuit de New York où il s'était senti seul, sans un visage à imaginer, ce soir, il ressentait un trop-plein, envahi d'une multitude de sentiments contraires, qui guerroyaient, se déchiraient comme si son corps, sa tête et son imagination étaient un champ de bataille où claironnaient des armées, des espions, des tanks et les éclairs de bombes... Il se sentait être *la guerre*.

Le neige s'était brusquement mise à tomber, et il s'était abrité un long moment sous un pont métallique. Deux types dormaient là, emballés dans des cartons, et les trains qui passaient au-dessus faisaient un bruit d'enfer.

Mais qui était-il devenu, pour envoyer à une femme, enrobés de messages d'amour, les mots qui allaient la torturer, lui faire le plus mal, lui faire exécrer la vie? La guerre, c'était bien cela... Un vacarme lourd qui envahit des pays, le ciel de ces pays, et il était, lui, ce bruit exécrable qui distribue la haine, le vacarme dans les têtes, l'envie de fuir, de changer de monde et d'avoir honte des hommes...

Alors qu'il s'était cru relié à l'éternité, au flux des choses, aux divinités, qu'il avait pressenti toute cette religiosité dans le ciel de la Méditerranée, dans le ciel du Japon, et avait imaginé s'enrouler au-dedans d'elle, avec Miléna, pour affronter le temps, les questions et leurs vies, il marchait au cœur de ce pays manant et vaincu.

Pour la première fois, il maudit cet enfant entré en lui, qui lui avait offert ce pouvoir délirant de la connaissance, de l'inspiration, de savoir la nuit et l'envers de la nuit. Un pouvoir divin qui l'avait éloigné d'une frimousse qui pleure, d'une belle âme, l'histoire de ses heures et de ses jours, Miléna la beauté, Miléna transparente. La guerre, c'était bien cela : la lutte à mort du divin contre le temps, des formes du monde contre l'ivresse, de la folie contre l'espace permis des rêves. Il n'avait pu réunir cela et se retrouvait au milieu d'une tourmente, broyé, fatigué, meurtri.

16

Il eut envie qu'un temple le recueille. Qu'un moine qu'il imagina grand, mince, le cheveu ras, vêtu d'une robe sombre, puisse percevoir autour de lui ce que Sterber, de son regard noir et blanc, avait remarqué : ce bleu sous le bleu, presque transparent... Qu'il lui offre une cellule austère, l'accueille pour le laisser aller à sa fièvre, à cette agonisante lassitude qui lui étreignait le corps et l'âme. Qu'était-il devenu? Que faisait-il dans ce pays qui lui offrait ce qu'il avait de plus beau, à lui qui se sentait le cœur si laid...

Il aurait voulu, comme au début d'un long roman qui raconterait une vie, se trouver dans un temple, loin du monde et du vacarme. Apprendre les gestes, la perfection de la main et du sentiment, celle du regard et des paroles. Apprendre le silence, à se taire, aspirer les miasmes et ces petits rats dissimulés sous les paupières et qui font voir le monde comme un paysage vénéneux. Une vie à revivre autrement, à recomposer de sentiments simples, de mots sans tiroirs, de regards sans ombrage... Un commencement véritable, tout de lenteur, sans mémoire, où tout est à apprendre, à fignoler, devenir bricoleur de son âme et de son existence et non un bradeur scintillant, un criailleur pailleté, un squelette camouflé sous les strass et la parure. Il se serait appelé A tout simplement, la première des lettres... « Je m'appelle A, je vis dans ce monastère sur la montagne, celui que l'on atteint par cette route sinueuse et pierreuse, au milieu des forêts et des marécages. » Rester là, hors d'un monde mais dans le monde, et se regarder vieillir sans tourment. N'être ni honteux, ni fier d'être A, ce garçon au regard perdu, qui ne mettrait que quelques années à reconnaître le bruit de chaque musique de pluie, à aimer les bains de neige, à regarder le soleil sans cligner, à reconnaître un vent d'équinoxe, à deviner le bleu de la mer sans l'avoir jamais rencontrée, à inventer le ressac de l'océan et y reconnaître les langues du monde qui y sont toutes mélangées.

Pouvoir dire : « Je m'appelle A, et je vous suis étranger. Pourtant, je vous aime, je vous supporte et je vous hais, je ne suis que moi, aux contours précis de ma peau, mon corps n'est pas une apparence, aucune grandeur ne se dissimule derrière, je suis cela et rien que cela, et il n'y a aucune déchirure voyante ou cachée par où introduire le désir. Je ne souffre que de multitude, et veux me rassembler non pour être léger, plus intelligent et aller planer sur les sommets, mais pour regarder la montagne, de là où je suis, l'admirer et me mettre à la gravir... La gravir et aller de convulsions en visions, de défaillance en gloire, de fureur en souffrance, d'éclat en turpitude...

Vous le voyez, ce n'est ni le calme, ni la sérénité que je cherche, c'est savoir inventorier ma souffrance, l'enchâsser comme un diamant, et voir à travers elle les transparences perdues de ma grandeur. Je ne veux parvenir à rien, mais être gonflé du devenir. Parvenir, c'est avoir à revenir. Je ne veux que gravir et, d'illumination en désarroi, savoir que j'existe. Que je ne suis pas une image de plus ajoutée aux images du monde pour embellir un décor, ni une image de synthèse, numérique, faite de milliards de nombres qui ne pleurent pas, ne souffrent pas, ne mentent pas, ne font jamais de cauchemars... Je veux être A et tout A, une lettre, un univers, réapprendre le mensonge, non pour me dissimuler, mais pour transfigurer le monde, le mettre à sac et y puiser ce qu'il recèle de fulgurance et d'étrangeté. Je ne tends pas la main, je la garde serrée contre moi pour qu'elle soit un poing, une cisaille ou le baume pour une autre solitude. Je veux connaître une vraie fin, pour savoir ce qu'est un vrai commencement, et pour cela, brûler mes cartes, détruire ce qui est encore présentable, déchiqueter les apparences et connaître l'hiver le plus long, le froid le plus cinglant, me désembuer de ce regard et mettre à la place de mes yeux deux trous vides par où laisser pénétrer la lumière, se laisser envahir par elle et rejaillir de ce désastre, connecté aux forces qui sourdent de partout, à l'écart des stratèges et des balances du bien et du mal. Contempler enfin mon visage, et qu'il me soit effrayant, tant la lumière, quand elle est éclatante, blafarde les traits, annule ses reliefs, un visage humain, défiguré, qui ne dit rien, ne rappelle rien, raviné d'épines et de torrents, ruisselant, le visage du monde quand la guerre est passée, quand la nuit se déchire et que naît le jour, des gouttes de rosée sur chaque tige d'herbe... Un visage vivant, sans masque ni semblant, racontant l'escalade d'une montagne de broussailles et de ronces, où c'est la griffe des rapaces qui sait mieux que quiconque caresser les corps, puisque s'y mêlent le sang, la douceur de leurs plumes et la gelée des neiges éternelles d'où ils viennent...

Que tout soit blanc, et écrire les premiers mots de ma vie. »

17

« Vous voulez savoir pourquoi le Japon réussit si bien en ce moment, et pourquoi cela ne s'est pas passé plus tôt et ne pouvait pas se réaliser plus tard? »

Encore abasourdi par sa nuit d'errance, Adrien se demandait ce qu'il faisait là, dans ce décor de fauteuils de cuir, de bureau en merisier sur lequel des écrans clignotaient, où vibraient les lumières numériques des données et des graphiques... Keiko, qui venait de traduire, le regarda, il fit *oui* de la tête, répondant à Takehiko Yoshi, ingénieur en technologies comparées au Nomura Institut.

« ... Parce que cette époque n'est plus à l'utilisation de la force musculaire comme moyen de production, ce qui permit à Karl Marx d'écrire au XIXᵉ siècle son *Capital*... Aujourd'hui, nous vivons la rencontre de l'intelligence et de l'information : l'essentiel étant la conjonction des talents, et non plus le capital. Dans toutes mes conférences, je cite saint François Xavier, un Navarrais qui fut un des premiers Européens à rencontrer le Japon... Savez-vous ce qu'il écrivait déjà? '' Ils sont si curieux et si importuns pour demander, si désireux de savoir, qu'ils n'en ont jamais fini de poser des questions et de parler aux autres des choses que nous leur répondons... ''

« Dans cette appréciation qui date du XVIᵉ siècle, vous avez la clef de la réussite de cette fin de XXᵉ siècle... Curieux, désireux de savoir, parler aux autres. En résumé : information, intelligence, communication. »

Il but une gorgée de thé, consulta sa montre et continua :

« Nous avons le goût de l'information. Chaque Japonais est à lui seul un réseau. Il photographie, enregistre, comme si le pays se préparait depuis longtemps à être la mémoire d'un monde qu'il faudrait quitter un jour. Au musée d'ethnologie d'Osaka, il y a forcément un reportage sur des luthiers vosgiens, sur les teinturiers de Marrakech, sur un voyage en TGV et sur les derniers jours d'Olof Palme. Pour deux fois plus d'habitants qu'en France, le tirage quotidien de nos journaux est dix fois supérieur... »

Adrien pensa à sa mère, elle aimait Palme qui avait dit un jour : « Il vaut mieux perdre une présidence que perdre son âme... »

« Vous, je veux dire les entrepreneurs occidentaux, êtes persuadés de bien faire fonctionner vos entreprises en distinguant d'un côté ceux qui pensent, de l'autre ceux qui serrent les boulons. Pour vous le management consiste à faire passer convenablement les idées des patrons dans les mains des exécutants, alors que l'entreprise doit chaque jour mobiliser l'intelligence de tous... Vos patrons " sociaux " croient qu'il faut défendre l'homme dans l'entreprise, nous, nous pensons l'inverse, qu'il faut défendre l'entreprise par les hommes... Pour cela, il faut que règne la confiance, ce qui semble impossible en Europe à l'intérieur des entreprises, puisque toute relation est basée sur le conflit... Vous voyez, notre autre chance historique, c'est que Marx n'ait aucune influence ici, car nous constatons que les pays où il en a eu le plus se sont englués dans l'histoire, quand ils n'en sont pas sortis! »

Là, il rit franchement, de la malice plein les yeux.

Keiko traduisait lentement, cherchant à chaque

fois le mot, la tournure exacte, pour qu'Adrien ne
perde rien de ce que disait Takehiko Yoshi. Adrien
qui continuait de trouver surréaliste cette rencontre,
encombré qu'il était des songes de sa nuit.

Depuis le cinquante-sixième étage du Nomura
Institut, une des tours magnifiques, de verre, de
marbre, de métaux précieux, qui s'élèvent dans Shinjuku, ils pouvaient apercevoir tout Tokyo, le stade
olympique de Tange à côté de l'immense étendue
verte du parc Meiji, les publicités néon au sommet
des immeubles, et plus loin, la mer... Une jeune
femme leur avait servi du thé japonais, *o-cha*, dès
leur arrivée, et pendant que le magnétophone enregistrait, Adrien ne cessait de regarder un Modigliani
accroché en face de lui, derrière la tête de l'ingénieur
qui continua :

« La réussite d'un pays ressemble à celle d'un
artiste. C'est la rencontre d'une prédisposition et
d'un talent avec l'histoire. »

A peine quarante ans, son sourire revenait chaque
deux phrases, une jubilation nationaliste peut-être,
pas mécontent de rappeler à ce jeune Français...
« Vous savez ce qu'a fait dire le général de Gaulle à
un Premier ministre japonais en voyage en Europe
dans les années soixante : Je ne reçois pas un
marchand de transistors! »

Takehiko Yoshi avait prononcé la phrase en français et tenté d'imiter la voix du général. L'effet
comique en avait été irrésistible. Adrien se détendit,
et ils rirent tous les trois...

« Vous rendez-vous compte que c'est seulement en
1984 qu'un président de la République française a
effectué sa première visite officielle dans notre pays!
L'orgueil envahit tous les peuples qui ont été un jour
les phares du monde et, pareils à des stars vieillissan-
tes, ils ne comprennent pas pourquoi ils ont pu avoir
un jour tant de succès, et n'en ont plus... »

Puis, reprenant le fil de son discours...

« Je me suis souvent demandé pourquoi les Français continuaient à produire de si gros objets, comme s'ils restaient marqués à jamais par les entreprises mastodontes du XIXᵉ siècle dans leur quête de l'immense et du colossal, avec ces monuments de fer, le charbon et les cheminées qui crachent la vapeur... On dirait que vous inventez par prestige, pour une élite, comme si vous aviez peur de faire du porte-à-porte et d'avoir à convaincre... Vous inventez des objets énormes, spectaculaires qui se vendent d'Etat à Etat... Avions, trains, usines atomiques, fusées... Nous, nous avons misé sur la multiplicité des petits objets, tous liés à la vie quotidienne, aux loisirs... Et vous les voyez partout, dans les valises de voyage, dans tous les salons du monde, sur les oreilles de tous les jeunes de la planète... Nous n'avons pas honte de fabriquer des objets pour le plaisir des gens... Votre orgueil vous pousse à construire ce qui vous semble le plus beau, le plus technologiquement avancé, sans savoir si cela correspond à un besoin... Nous faisons le contraire : nos réseaux d'information nous renseignent sur les désirs du monde, et nous tentons de répondre à ces désirs... »

Après la traduction de Keiko, Adrien lui demanda, *off*, si le moment était venu pour lui d'avoir à s'excuser d'être français, européen et occidental... Elle rougit légèrement et ne traduisit pas le commentaire.

Toujours avec le sourire, Takehiko Yoshi échangea quelques phrases avec Keiko, qui se retourna vers Adrien : « J'ai dit que tu avais été très honoré d'avoir appris tant de choses et que tu le remerciais de t'avoir accordé cet entretien. »

Adrien allait se lever, l'ingénieur regarda une fois encore sa montre, et comme s'il voulait conclure en beauté, et peut-être dissiper le malaise qu'il n'avait pas manqué d'apercevoir...

« Bizarrement, après la fin du Moyen Age, les sciences du monde occidental ont extrait l'homme du monde du vivant, coloré, sensible, sonore, le monde de la nature, pour le plonger dans une civilisation euclidienne, linéaire, uniforme, incolore, ordonnée... Nous, shintoïstes, sommes restés sans discontinuer, proches de la nature... Il n'y a pas les hommes, et la nature qui servirait de décor autour, nous nous sentons mêlés à elle, religieusement, naturellement... Nous avons su garder en nos mémoires les sons simples du bambou, du vent dans les arbres, de l'eau, des feuilles qui tombent... Et nous pouvons faire des kilomètres en automne pour aller admirer le reflet des feuilles d'érable sur un lac, et regarder la lune, le soir, s'y noyer. »

Il attendit un court moment pour prononcer sa dernière phrase :

« Je suis certain que les révolutions du son et de l'image, qui sont parties aujourd'hui du Japon, sont une chance inouïe pour réenchanter le monde. »

Cette fois, Adrien et Keiko se levèrent, se courbèrent à la japonaise devant l'ingénieur, qui fit de même pour aussitôt tendre la main à son invité.

Dans la rue, Adrien demanda pourquoi l'entretien avait tourné au règlement de compte avec l'Occident...

— Parce que notre pays passe par des phases successives d'occidentalisation et de nationalisme...

— Effectivement, j'ai remarqué...

— Le nationalisme revient après chaque réussite, comme si une fois l'Occident rattrapé ou surpassé, il fallait régler les crises d'identité dont je te parlais... En ce moment, depuis le début des années quatre-vingt, il y a beaucoup de courants très forts et puissants qui poussent dans ce sens, pour que *amae* et individualisme ne posent pas de problème, et que le schéma japonesque se perpétue. Sans avoir à se briser.

Ils marchèrent, et c'est seulement après quelques minutes que Keiko osa parler de lui :

— Tu sembles tellement loin... Préoccupé... On peut discuter si tu veux... Les hommes et les femmes, même s'ils ne sont pas amoureux, ont toujours quelque chose à s'apprendre.

Adrien la remercia, et pour la première fois, l'embrassa. Elle eut un geste de recul, tant ce genre de démonstration était peu japonais, puis elle sourit, et se souvint qu'elle avait passé du temps en Europe.

Près de l'immense gare de Shinjuku, Adrien put voir cet écran électronique géant qui diffusait de la publicité, des extraits de films et des images graphiques somptueuses aussi bien en couleurs que dans les sépias ou le noir et blanc. Keiko ajouta :

— Demain, nous prenons le Shinkansen à huit heures à Tokyo Station. Prépare-toi à voir les plus belles choses du monde... C'est Bénarès, Venise, Paris et Marrakech rassemblées. Kyoto est une ville religieuse, magique et qui bourdonne. Elle remplira ta tête de beautés et te réconciliera avec toi-même, si c'est cela ton désarroi... Et avoue que ce n'est pas être nationaliste de dire qu'une ville qui possède le long d'une rivière, près du Pavillon d'argent, un sentier de méditation nommé « le Chemin des philosophes », mérite un détour...

18

De la nuit la plus sombre à l'éclat le plus voyant,
ce voyage dans l'île de toutes les solitudes serait bien
celui des abîmes et des mirages. Personne ne l'avait
décidé, ni Miléna, ni lui, ni un dieu susceptible ou
amateur de scenic-railway. L'effroi ne se programme
pas, il survient quand le décor que l'on regarde
semble ne plus faire partie du monde, quand tout ce
qui pourrait sauver s'éloigne, l'embarcadère d'un
rêve de noyade qui se dérobe jusqu'au réveil.

Sous le pont de chemin de fer de la gare d'Ueno,
entouré de deux clochards frigorifiés, ses poumons
s'étaient remplis de froid et son âme de gel, et il avait
eu envie qu'une fée, qu'un diable lui coupent la terre
sous les pieds, pour qu'il s'envole et n'ait plus à
sentir ce plomb, ces rivets qui le clouaient en bas du
monde, au ras de l'univers, toute sa folie réduite à un
petit tas d'homme... Ce sont les trains qui passaient
dans la nuit qui lui donnèrent la certitude que
l'enfer, ce n'était pas le feu éternel mais une flamme
dressée que le vent fait vaciller, une respiration qu'un
vacarme étouffe, une lueur qui s'enfuit. A côté des
deux oubliés de la Japan S.A., il était l'oublié, lui
aussi, l'absent, celui qui n'est plus avec les autres
dans le voyage du monde... Ils étaient tous trois les
enfants que le manège a éjectés, en tournant trop
vite, ou parce qu'ils s'étaient mis à danser et hurler
sur les avions, debout, ivres de vent, qu'ils n'avaient
pas eu peur de la force qui jette vers les parapets
ceux qui ne connaissent plus les limites de l'équilibre.
Oubliés, gommés, abandonnés, des absences non
remarquées.

De ces rails de la nuit, où une guerre l'avait terrassé, un train aujourd'hui l'emportait à deux cent cinquante kilomètres à l'heure, vers l'envers de ce qu'il venait de vivre, une paix à voir et à glisser dans son corps. Le lieu où les questions cessent d'être posées.

Kyoto lui offrit son plus beau présent et comme tous les cadeaux japonais, le voile qui servait à le recouvrir était aussi important que le cadeau lui-même : le Pavillon d'or sous la neige.

Un lac autour, le silence, une forêt de bambous et de pins... Il eut l'impression fugace qu'il n'avait toujours vécu que pour cela, arriver un jour ici, regarder ce qui s'offrait à lui et ne pouvoir en détacher ses yeux. Le temple de la séduction. Son mystère n'étant pas enfermé à l'intérieur, rien n'incitait à le pénétrer pour en dérober un autre enchantement plus secret encore... Son mystère était d'apparaître, nu, ultime, vide, empli de cette beauté unique d'être là, dans un lieu du monde, lisse, offert, d'être le déchirement du voile par lequel apparaît ce qu'on imagine être un paradis... Une quatrième dimension traversée pour que les yeux franchissent la ligne, la déchirure d'un monde qui ne surprendrait plus.

Sans marches à gravir, sans tabernacle à ouvrir, sans écrin à desceller, sans océan à sonder, Adrien s'était retrouvé face à lui, Achab devant la baleine blanche, Ulysse devant le bleu de la mer, l'objet rêvé et son apparence retrouvée, absolue, insoluble, indéchiffrable.

Triple prodige de l'or, d'un lieu et de la neige, image d'humanité où rien d'humain ne pouvait apparaître, tout comme derrière les vitres opaques des gratte-ciel que l'on ne peut imaginer que vides, sans cerveau ni âme pour y habiter, le Pavillon d'or ne pouvait qu'être le masque de la beauté, le masque des fureurs, celui d'Hiroshima, du bruit de la bombe, de la violence guerrière des samouraïs, le masque transparent du monde réfugié derrière une apparence pour continuer sa danse irréelle, folle, entropique, sachant que le masque est là et ne cache rien. Le Pavillon d'or, un mystère pour que la foi ne cesse, malgré et à cause de la désillusion, une énigmatique beauté, plantée sur une terre qui tremble, au sommet d'un enfer de laves, une bouche de volcan masquée d'or d'où parlent les ténèbres, d'où hurle le feu de la terre et qui se tait, pour n'être là que ce silence, cette présence poignante offerte à qui a fait le chemin pour venir la contempler.

Qui l'a construit, qui le détruira, qui le rasera, quelle bombe l'anéantira, quel typhon l'emportera? Il est là, impassible sourire d'or et de bois, un décor de film investi par les dieux pour que le film de la beauté n'ait pas de fin. Des dieux venus retourner la caméra vers les visiteurs, comme ces miroirs à l'entrée des temples, vers leurs yeux qui regardent le Pavillon d'or, et enregistrer jusqu'à la fin des temps la frayeur de ces regards, contemplant une image d'eux-mêmes oubliée, parfaite, perdue à jamais derrière des néons clignotants, une carte bancaire démagnétisée dans la poche, errant dans des villes où les cathédrales sont devenues des succursales de la First National City Bank.

Tout empli de cette vision, il écrivit le soir même de l'Orient-Hôtel une lettre à Miléna, que cette fois il posta.

Il n'avait pas arpenté le chemin des philosophes, mais tard, au milieu de la nuit, il alla rôder sur celui des prostituées, tant il avait envie du regard des femmes, de leurs mots qu'il ne comprendrait pas... Il marcha doucement, au milieu d'elles et de leurs petits rires aigus...

Rassuré, caressé, protégé par leurs appels, il continua sa route et se sentit prêtre, amant et sorcier. Il se savait à nouveau relié aux dieux et au désir, relié à la magie de tout ce qui se côtoie et feint de s'ignorer.

19

– Le bleu est la couleur du ciel, de la mer et de l'océan... C'est la couleur rencontrée par les premiers regards, et qui les a fait rêver... Je sais que j'ai raison de venir sur les lieux de commencements, dit-il à Keiko...

Ils marchaient dans le port d'Hiroshima, près des cargos de l'Asie que des dockers pressés chargeaient et déchargeaient et Adrien garda le reste de sa pensée pour lui :

« ... Ils ne ressemblent à rien d'autre au monde. Ils sont des traces du temps sur l'espace de la terre, que ni le vent, ni la poussière des sédiments, ni les constructions ne peuvent effacer. Le ciel est leur témoin, l'air et les rochers tout autant. Ce sont des nœuds indénouables de l'histoire que nous portons en nous, parallèles ou entremêlés à notre programme biologique, ce sont des lieux où l'humanité avait rendez-vous avec sa propre image. Un événement local prodigieux vers lequel tous les regards ou les souvenirs se sont portés... »

– *Ai* en japonais c'est aimer. *Ai* c'est aussi le nom du bleu, dit Keiko...

Un vol de mouettes rieuses passa dans le ciel au-dessus d'eux, s'éloignant au milieu des grues métalliques.

Amour, bleu... Le ciel est amour... pensa Adrien, tout sourire.

– Dans l'île de Shikoku, continua Keiko, en face d'Hiroshima, on cultive l'indigotier, l'arbre qui produit la couleur bleue et *Kame nozoki* – littéralement, coup d'œil dans la jarre – est le plus émouvant des bleus que l'œil japonais puisse regarder. On peut le traduire par : *bleu presque transparent.*

– *Ai,* amour... *Ai,* bleu. Bleu d'amour, je vous aime de bleu, je vous bleu d'amour... De bleu, vos beaux yeux, marquise me font mourir...

– Je ne comprends rien à ce que tu racontes, dit-elle, laissant voir pour la première fois ses dents, tant elle riait.

Adrien n'oubliait pas le pourquoi de sa venue au Japon : comprendre ce redressement soudain d'un pays et savoir si, à cette image d'Hiroshima détruite, ravagée, réduite en désert, avait correspondu un nouveau désir de ciel semblable à celui des premiers hommes d'Afrique, mais armé cette fois de technicité, de prothèses, d'un arsenal de terminaux, d'écrans et d'informations...

Une coïncidence le frappa : cette île était posée sur une fracture de la terre, réplique en négatif de la fracture de la Rift Valley où se trouve le lac Turkana. En Afrique, les bords de la cicatrice terrestre s'éloignaient comme pour y accueillir un jour un océan, au Japon ils se recouvraient, comme pour extirper de la mer le vaisseau-archipel, et l'envoyer d'une ruade dans l'espace.

Les continents jouaient aux dominos.

« ... Le bruit de l'univers est ce qui accapare l'enfant...

Il sait que de lui sont nés la tragédie, le son des vagues, le glissement des alizés, toutes les musiques qu'ont ponctuées des chœurs antiques, la musique d'avant les mots, quand ils étaient grognés, arrachés au grondement de la terre, l'enfant sait qu'il n'y a pas d'ordre dans le bruit, qu'il fut le début de la beauté, le premier écho à la catastrophe solaire, qu'il exista en même temps que la lumière, pour se mêler à elle et que le bleu s'invente... Le bruit de l'univers est le vecteur limpide où circulent les gestes inédits, les proclamations, il est ce par quoi la guerre commence, ce par quoi les premiers chiffres se codent, l'haleine où viennent se puiser les allégories, toutes les figures de la mort et de la résurrection, le cri des femmes dont l'amant succombe, la terreur des héros qui ne savent pas encore ce qu'est la grandeur... »

« Miléna, murmura Adrien... Miléna! »

Il venait de la voir en rêve, penchée au bord d'un puits où était tombé le ciel et s'était réveillé en prononçant son nom.

Il fait nuit à Hiroshima. Dans le parc de la paix, un gong résonne.

Par intervalles, il retentit comme un glas, sourd, terrifiant. Le son est si grave que l'on parvient à imaginer une vague de matière épaisse qui circulerait dans l'air pour venir frapper au cœur et à la peau. Chacun l'entend, s'arrête, puis continue de marcher, misérable, à cet endroit précis où une bombe est venue parler de neutrons et de protons à la terre. Comment imaginer cela... Un éclair, une lumière d'une terrifiante beauté, semblable à celle qu'ont pu apercevoir ceux qui ont déjà fait un voyage vers la mort et en sont revenus pour dire qu'elle est nimbée de bleu, apaisante... Une lumière de l'autre côté...

La nuit est là sur la ville d'Hiroshima. Le ciel, étoilé, reflète la clarté de la ville blanche qui s'est parée de néons, balayant ses murs de couleurs. La ville est tout autour du parc, de l'autre côté des eaux du fleuve Ota, vivante, bruissante, murmurant à la nuit sa vie, remplie de ses habitants et des visiteurs du monde venus là, à la rencontre de leur histoire.

Keiko et Adrien marchent côte à côte, ils se devinent plus qu'ils ne se voient, écoutant ce gong de bronze marteler une mort ancienne au milieu des rumeurs d'aujourd'hui.

Une silhouette s'approche d'eux. C'est avec elle qu'ils ont rendez-vous, à cette heure de la nuit, au cœur d'Hiroshima. L'homme d'Armstrong. C'est un vieux monsieur, et sans pouvoir distinguer son visage, Adrien aperçoit, lumineuse, une fleur en or brodée sur son manteau noir, la fleur de chrysanthème aux seize pétales, image d'Amaserasu, la déesse du soleil, emblème de la famille impériale. Ils se saluent. L'homme parle un instant, s'adressant uniquement à la jeune Japonaise. Quand il termine, elle se tourne vers Adrien et l'informe : « Il demande que tu lui pardonnes de n'avoir voulu te rencontrer qu'une fois la nuit tombée... Il ne veut et ne peut parler à un homme venu des pays d'ailleurs que dans la pénombre ou le visage voilé... Comme le shogun Iesada qui, au siècle dernier, après la visite de quatre navires américains, les " bateaux noirs ", reçut le premier envoyé des Etats-Unis le visage caché par un rideau suspendu au plafond de son palais... La bouche par laquelle s'exprimait le Japon, devant le premier officiel américain rencontré de son histoire, devait demeurer invisible... »

Adrien salue plusieurs fois en se penchant vers le vieil homme, pour montrer qu'il accepte la règle.

L'homme parle à nouveau. La jeune femme, le regard perdu entre ces deux ombres de chaque côté d'elle, traduit... « Il dit que le jour du 6 août 1945, il se trouvait sur un bateau avec son père pêcheur... Ils naviguaient au large, loin du littoral... Il avait dix-huit ans. Sur mer il est difficile d'évaluer les distances, mais comme les sons n'ont pas d'obstacle à franchir, il a très bien remarqué le bruit des moteurs du bombardier... Habitué, pour en avoir entendu tant d'autres, il n'a pas spécialement fait attention... Puis, il y eut cet autre bruit et cette lumière... »

Afin que Keiko se souvienne de chaque mot, de chaque phrase et traduise au fur et à mesure, l'homme parla soudain plus lentement. Keiko décida de parler directement à la première personne :

« Une lumière visible de là où on se trouvait, malgré le jour qui venait de se lever, une lumière plus éclatante que l'aurore, plus blanche que celle du soleil, éblouissante, immense dans le ciel et sur toute la ville, avec ce bruit d'un éclat commencé, et qui continuait, lourd, comme les vagues sur le bois du bateau dans la tempête... La lumière est restée très longtemps, comme accrochée à la ville. Puis une fumée s'est élevée vers le ciel, un nuage gris, immonde, un visage de loup... Moi, impétueux, je voulais rentrer à Hiroshima, voir ce qui venait de se passer, voir notre maison, ma mère, mes frères et mes sœurs. Mais mon père n'a rien voulu savoir. Il avait deviné que cela ne ressemblait à rien de ce qu'il connaissait de la guerre. Mon père fit tourner le bateau vers l'île de Shikoku, à l'opposé d'Hiroshima. Moi, je ne pouvais m'empêcher de regarder vers ma ville... Puis elle disparut, et nous arrivâmes sur l'île vers midi. Les lignes téléphoniques avec Hiroshima avaient été coupées et de Matsuyama, le port où nous avions accosté, nous sommes allés à pied à Dogo, une petite ville thermale où vivaient les parents de notre voisin. C'est seulement le soir qu'une des seules radios du village annonça de Tokyo ce qui s'était passé, interdisant en même temps de se rendre à Hiroshima. Nous sommes restés là dix jours à prier, à attendre, à imaginer... Entre-temps il y eut la nouvelle de Nagasaki.

Quand nous sommes rentrés avec le bateau, Hiroshima était un désert de pierres, de maisons écroulées, calcinées, de pans de bâtiments éventrés, et cela, sur des kilomètres. Nous ne nous reconnaissions plus dans notre ville, elle n'avait plus de sens, plate, à terre, une ville de gravats, de plâtre et d'acier tordu. Toute notre famille était morte, nos voisins, tous les gens que nous connaissions, et les survivants criaient dans les hôpitaux, couverts de plaies, de peaux déchirées, de crevasses au visage... Comme des milliers de gens, mes frères étaient morts noyés dans le fleuve, tant leur corps les brûlait. Mon père et moi avons apporté notre aide à l'hôpital, partout où on avait besoin de gens sains. Nous devions nous laver sans cesse, plusieurs fois par jour, notre pêche fut réquisitionnée à chacun de nos retours et nous avons dû habiter sous une tente militaire, près du port. Des médecins nous rencontraient pour vérifier la radioactivité de nos corps, mais vous voyez, j'ai survécu...

Je suis seulement venu vers vous ce soir pour que vous sachiez, que vous parliez de cela dans votre monde, de ce que j'ai vu, entendu, et de l'horreur qui s'est installée dans mon cœur et dans ma tête à dix-huit ans... Je ne me suis jamais marié car je ne voulais pas avoir d'enfant d'Hiroshima. Pour comprendre ce qui s'était passé dans ma ville et dans le cerveau des savants, j'ai appris la physique nucléaire et pour que ma vie ressemble à un long poème qui recouvrirait la terre des signes les plus beaux et les plus secrets, j'ai appris le septième art martial, celui du geste et de l'écriture, la calligraphie. »

Keiko sembla très mal à l'aise, sa traduction était de plus en plus lente, comme si elle faisait un effort supplémentaire pour dissimuler son trouble...

« Je tiens encore à vous dire que cette date fut la fin d'un monde. A Hiroshima, toute l'histoire de l'humanité, celle des premiers hommes qui inventèrent les rêves, le langage et le feu s'est arrêtée le 6 août 1945. La fin d'un monde, pas la fin du monde... Je veux dire que le jour où l'on a appris que l'ensemble des hommes pouvait s'autodétruire, il ne pouvait plus être question de penser, raisonner, imaginer comme avant.

Je vais à présent vous quitter. Mais j'ai apporté ce présent pour vous. Vous le regarderez ce soir, dans votre chambre, et plus tard dans le pays que vous allez rejoindre. C'est l'idéogramme le plus mystérieux du monde, aucune écriture n'a jamais inventé cela... Nous sommes une dizaine au Japon à savoir tous les *kanjis* de notre histoire, cette écriture importée de

Chine dans notre pays par des moines... Il y en a plus de dix mille si on comptabilise ceux qui ont disparu et que le temps a oubliés. Je vous l'ai calligraphié au pinceau de martre, avec une encre de Chine noire appelée nuit d'hiver, sur un papier japon de type *washi*, le plus noble. Cet idéogramme, regardé dans un sens, signifie « fin ». La fin d'une idée, celle que je vous ai dite tout à l'heure, la fin d'un monde, la fin des hommes, non pas leur disparition, mais les hommes d'une lignée, avec une idée d'eux-mêmes venue du début des temps, du début de l'histoire, progressant, inventant, cherchant à conquérir le ciel, à inventer les objets qui rendent accessible une forme de bonheur... Cet idéogramme " fin " a ceci de particulier et d'unique : quand on le retourne, il signifie " début ". C'est le seul idéogramme du monde, la seule écriture qui ait ce pouvoir. Il ne peut jamais être inscrit sur une feuille avec d'autres signes et a toujours ce privilège d'être seul, énigmatique, au milieu d'un rouleau de papier...

« A chaque extrémité, j'ai disposé un morceau de bambou. L'un est peint de bleu, l'autre de rouge. Le bleu en haut, l'idéogramme dit *début*, le rouge en haut, il dit *fin*. Il faut retenir cela, c'est important de ne jamais confondre ce que signifient les choses.

A Hiroshima, la puissance atomique est descendue du ciel, c'est en la retournant, comme cet idéogramme, qu'elle repartira vers le ciel, pour le connaître, le conquérir et le traverser aussi vite que la pensée. C'est cela le " début " signifié par cet idéogramme unique, le début d'une humanité qui se déplacera par la pensée... Le début de la fulgurance... On n'est pas encore parvenu à trouver le centre de la matière, le centre du noyau atomique. Récemment, on a découvert à l'intérieur des protons et des neutrons, que l'on croyait insécables, une entité qui va par trois, à laquelle on a donné le nom de personnages de James Joyce qui vont par trois, les quarks. Ne voyez pas là un hasard si on donne au centre de la matière des noms de personnages de roman. Les physiciens découvriront bientôt que la matière n'existe pas, et qu'au centre du noyau atomique règne *l'esprit.* C'est avec lui que vous voyagerez, loin, très loin, un jour, dans le temps et dans l'espace, car l'esprit est sans limites, indestructible et sans fin. »

Il se tourna soudain vers Adrien, comme s'il voulait lui transmettre une idée absolue et tragique en même temps.

— Je serai trop vieux, ou mort, quand viendra l'ère de la fulgurance... Pas vous... Peut-être pas vous...

Le vieil homme tendit un papier roulé, recouvert d'un tissu bleu indigo. Il s'inclina, remercia l'étranger de s'être déplacé et d'être venu à la rencontre d'Hiroshima, puis il disparut vers l'ombre, comme il en était apparu.

Keiko sortit très troublée de cette rencontre... Quelque chose dont elle ne voulut pas parler... C'est elle qui demanda à Adrien de rester auprès d'elle cette nuit-là.

22

Le taxi fit une embardée pour éviter un chien qui venait de traverser la chaussée.

Après avoir pesté contre les Arabes en général, les Maliens parce qu'ils sont vraiment les plus noirs, les Iraniens fanatiques, les fous de Dieu, les hezbollahs, les preneurs d'otages, les Allemands pacifistes, les Japonais qui travaillent trop et photographient tout, les Chinois du XIIIᵉ arrondissement squatteurs de quartier, les Viets organisateurs de jeux dans les attentes de taxis à Orly et Roissy, les Auvergnats bistrotiers, les Américains qui ne parlent pas français, les Turcs clandestins de la couture, les Juifs du Sentier, les Soviétiques et Mme Gorbatchev habillée par les plus grands couturiers... le chauffeur du taxi dans lequel était montée Miléna à la gare de Lyon s'en prit aux chiens, aux merdes de chiens, aux propriétaires de chiens, et au maire de Paris qui laissait faire...

En passant devant le café *le Pigalle*, elle aperçut Julie qui en sortait. Elle fit arrrêter la voiture, baissa la vitre et l'appela...

– Tu as une mine splendide, tu t'es fait des rayons?

– Non, Val-d'Isère... Julie, j'aimerais bien te voir à propos de ce que tu m'as dit l'autre jour...

– Qu'est-ce que j'ai dit encore?

– A propos... des enfants des femmes...

– ... Et de ceux des hommes... Oui, c'est important! Ce soir si tu veux, vers huit heures... Ici ou chez toi?

Miléna lui donna son adresse, elles se firent un

signe de main quand la voiture redémarra, et le chauffeur ajouta les putes, les travestis et les homosexuels à sa liste déjà longue des gens qui empêchaient le monde d'aller comme il le souhaitait. Par principe, et surtout pour avoir eu à subir ses doléances pendant vingt minutes, elle ne laissa aucun pourboire.

Dans le paquet de courrier qu'elle trouva à son arrivée, il y avait une lettre *air-mail* rouge et blanc postée de Kyoto, des timbres qu'elle ne connaissait pas, pandas et fleurs de cerisier... L'écriture d'Adrien.

« Adrien! Adrien! » cria-t-elle en arrivant, mais l'appartement était vide. Elle déposa ses bagages dans l'entrée... Il rentrait dans deux, trois jours... Rien n'est jamais certain avec lui... pensa-t-elle.

Le visage bronzé, un sourire accroché à sa bouche, Miléna était lumineuse. Elles avaient quitté par un train du matin la station des Alpes, Sabina voulant s'accorder un répit avant de reprendre une garde, la nuit même, à l'hôpital.

Miléna regarda le compteur du répondeur, et comme elle aimait retarder les jolies choses, elle se fit couler un bain, prit la lettre d'Adrien sans la décacheter, la respira, la toucha avec ses lèvres. Bien qu'impatiente, elle lut tout le reste du courrier, jeta les publicités sans les ouvrir, et mit de côté les lettres destinées au « Japonais » comme elle l'avait appelé pendant son séjour à la neige. Elle téléphona à sa sœur... « Une lettre du Japon est arrivée... Ben oui, une... Dis, vérifie si tu n'as pas mon sèche-cheveux dans ton sac... Sinon, c'est qu'on l'a oublié... Elle attendit un moment... Très bien, je passerai le prendre demain... Bisous! »

Elle ouvrit une grande enveloppe cartonnée, les photos prises avant son départ... Un mot du photographe : « Je les trouve très belles, émouvantes, tes yeux... Celle juste avant que tu pleures est ma préférée... J'espère qu'elles te plairont aussi et que nous aurons l'occasion de nous revoir. Je t'embrasse... » Elle repensa à sa première rencontre avec Julie, ce jour-là justement, et cette phrase en la quittant... Elle y avait pensé sans cesse, elle voulait savoir, savoir plus...

Dans son bain, elle respira à fond, relaxation... C'était un de ses endroits préférés. Elle y resta longtemps, pensant à la lettre qu'elle allait ouvrir, refit couler de l'eau chaude jusqu'à ce qu'elle se sente devenir molle. Elle sortit et en s'essuyant, se regarda pour la première fois enceinte, chez elle, transformée. Elle trouvait ses seins tellement beaux qu'elle imaginait la tête d'Adrien quand il les verrait... Elle les massa légèrement avec une huile douce d'amande, pour que la déformation qui allait continuer ne les abîme pas... Personne ne lui avait jamais dit que le corps des femmes changeait si vite, en un mois ses hanches s'étaient presque effacées... Et son visage qui rayonnait... Elle se sourit dans la glace pour que ses dents apparaissent encore plus éclatantes... Elle voulait tellement qu'Adrien voie vite sa beauté... Elle frictionna longuement sa peau, tout son corps avec l'huile douce.

Que pouvait-il raconter dans cette lettre, parler des petites Japonaises, de la ville et de ce bar que Stalker avait évoqué... La lettre lui démangeait les doigts, et pour retarder une dernière fois sa lecture, elle rembobina la cassette du répondeur et écouta, une feuille et un stylo à la main, tout ce qui leur était parvenu pendant leur absence. Messages raccrochés... bip, bip, bip, la voix de Anne, son agent, bip, bip, bip, Maria, Antoine... Sa voix enfin, Adrien de loin, ton plat, un écho de distance... Dès la fin du premier message, elle revint en arrière et le recopia... Il avait changé d'hôtel, ça, elle s'en était aperçue...

Puis, il y eut les quatre autres... Il mélangeait tout, tendre, et puis cette phrase qui la niait, niait l'enfant qu'elle portait, une phrase d'amour enfin, comme pour compenser. Elle se sentit perdre pied, les larmes qu'elle n'avait pas envie de retenir jaillirent de ses yeux, elle ouvrit la lettre comme une nécessité, et lut :

« Ton visage est magique Miléna, les visages des hommes sont beaux, lui, l'enfant, mon voyageur d'univers, n'a pas de visage. Je ne peux voir ses yeux et entrer avec mes yeux entre ses cils, toucher ses cheveux, sentir sa peau. Il est une parcelle d'éternité qui bouge dans le monde et sait la nostalgie des enfants nés. Il sait pourquoi certains regardent parfois la mer et le ciel, s'arrêtant de jouer parce qu'ils se souviennent, qu'ils parlent encore de cela avec leur père, sans prononcer les mots, inconsolables de ces brasiers, de ces continents qu'ils arpentaient sans mal, sans effort. Les enfants nés qui ont été des enfants d'homme avant de naître sont inconsolables du souvenir de cette lumière qu'ils dépassaient la nuit pour aller rejoindre un matin, de l'autre côté du soleil, inconsolables du souvenir d'être entrés dans le chant des oiseaux, d'avoir été triolets de rossignols, d'avoir vu à la même seconde la pyramide zapotèque en haut du mont Alban au Mexique, et l'église romane de Vézelay qui étire ses couleurs, au long du jour, entre l'orange pâle et le blanc. Inconsolables d'avoir entendu les musiques les plus mystérieuses, le son de cette flûte qui n'est perçu que par celui qui la joue... Inconsolables d'avoir connu la mort et de ne pas avoir eu à en pleurer, d'avoir vu les sourires des jeunes mariés irlandais sortant de l'église d'Aran, au milieu de la mer, des poèmes celtes jaillissant de chaque reflux de la rive, inconsolables d'être nés et d'avoir un jour à connaître les rides et la voix qui se referme, murée d'un temps terminé et d'un lieu à quitter... »

Elle ne lut pas la suite et se laissa glisser le long du divan où elle s'était assise. Etre tout en bas, sur le sol, s'allonger, pleurer, ne pas crier, sentir cette longue douleur lui prendre le ventre, le cœur et la tête, la traverser, fulgurante, épouvantable, une douleur d'anéantissement jamais ressentie, ces mots venus du monde pour torturer sa vie, ce qu'elle était, ce qu'elle croyait être... Elle ne comprenait plus, c'était lui Adrien qui mélangeait tout, un enfant à lui, fou, il était fou, et en plus, lui avoir prononcé au téléphone ces mots d'amour, pour la première fois... le glaive et le sacrement, l'onction, la trahison...

Elle se tortillait comme un serpent sur le sol, transpercée de mots, vaincue, blessée... Elle serra son ventre et parla encore et encore, à cet enfant qui l'entendait déjà et reconnaissait sa voix, à qui elle avait fait entendre Chopin, les mazurkas, Janáček, Schumann, les groupes anglo-saxons, *Rhapsody in blue*, les chanteurs français, ceux de sa future langue, de son futur pays, les mots murmurés de Rimbaud, de Lorca, de Tchekhov, les mots anglais des films d'Elia Kazan, de John Huston, elle répéta ceux qu'elle lui confiait les nuits d'insomnie, doucement, avec la voix de la nuit...

> *Le murmure du vent traverse les joncs,*
> *à ma porte une pluie de lune inonde le lac...*
> *Le rameau et l'oiseau font le même rêve.*

« Tu entends, tu m'entends, lui dit-elle, tu entends comme ils sont beaux les mots prononcés dans le monde, avec la musique qui est à l'intérieur d'eux, tu te souviens aussi du vent qui sifflait autour de nous quand on descendait les pentes des montagnes, le bruit du vent, sa caresse qui claque la peau, le vent.

un ouragan brisé... *Le rameau et l'oiseau font le même rêve...* »

Elle était alors Miléna la souffrante, la blessée, Miléna meurtrie, brisée, anéantie. Elle resta là des heures, jusqu'à ce que la nuit arrive. La nuit de l'hiver, mortelle, sombre, silencieuse. Toute cette neige sur le monde, ce blanc du dedans des corps, entré dans les âmes par les yeux, ce blanc de l'absence et du possible, cette couleur qui n'est pas une couleur ni le contraire du noir, le vide blanc comme un mot qui ne dirait rien, un son silencieux, la page sans signe, la vie avant de vivre, vierge de tout... Miléna recroquevillée, morte d'un chagrin, d'une histoire entrée par ses oreilles et son regard pour aller déchiqueter son cerveau...

Elle ne pleurait plus, respirait par à-coups, un monceau de petite femme qui faisait connaissance avec sa première passion, des épines sur tout le cœur, l'amertume dans la bouche et cette cruelle sensation d'être abandonnée de tout et de tous, seule à vomir son chagrin sur un morceau de planète errant, détaché du monde, du ciel, des hommes. Du seul qu'elle aimait... Son unique amour...

23

Comment dire au revoir à un pays que l'on aime?... se demanda Adrien en regardant Keiko. Le train roulait entre Osaka et Tokyo, un trajet de retour. Parfois un morceau de mer apparaissait, puis s'enfuyait.

Regarder, penser à lui, murmurer son nom, se souvenir de la peau d'une femme, regarder son drapeau. L'inventer? Mishima, auprès de qui un journaliste s'étonnait de n'avoir trouvé chez lui que des objets, décors, références occidentales, avait dit : « Tout ce qui est invisible est japonais... » Un mot d'auteur? La vérité?... Dire au revoir alors à l'invisible, à cette spirale enroulée autour d'un axe vide, absent... Adrien tenta d'imaginer le discours de l'empereur Hiro-Hito, le jour de la capitulation du Japon... Cette non-parole parlait pour la première fois, et c'était pour annoncer une défaite... Ce messager de l'invisible se glissait dans le flux des langages, le seul empereur au monde descendant d'une divinité, la déesse du soleil, transperçait le miroir pour entrer dans le bruit des mortels, dans le multiple, lui l'unique, faisait une apparition sonore pour traverser cette frontière qui n'existe pas et que pourtant chaque Japonais, religieux ou pas, connaît, devine : celle entre ce qui est, et l'esprit des choses.

L'image à conserver était peut-être cet idéogramme unique qu'il gardait enroulé près de lui, le seul *kanji* qui se tourne, se détourne, se voit, se dévoit et se revoit, annulé de sens, début et fin contenus dans une seule figure de l'espace...

Dire au revoir à un pays que l'on aime, c'est

l'aimer encore pendant l'exil. C'est regarder chaque paysage pour ne rien oublier, cette rizière où jouent des enfants avec des cerfs-volants, ces tuiles laquées de bleu, ce mont Fuji entr'aperçu à plus de deux cents kilomètres à l'heure au travers des vitres du train Shinkansen.

C'est retrouver dans sa mémoire ce visage d'ombre, énigmatique survivant d'Hiroshima, le Pavillon d'or sous la neige, Tokyo, vaste chantier de buildings, d'hôtels-gratte-ciel, façade d'une ville qui se dresse vers l'azur, plantée sur une écorce de terre fissurée, qui s'élève à cause et malgré les fractures – « La poésie naît de l'insécurité, Juifs errants, Nippons tremblants », avait encore dit Stalker... L'énergie du désespoir aussi. La volonté sans but, le geste, sa beauté, pour rien d'autre qu'elle, comme le danseur, le penseur, corps blancs immaculés qui sont des flèches pour ailleurs, qui se revêtent d'impossibilités pour entrer dans le monde du possible et rendre présents des mondes absents. Le Japon, c'est cette distance invisible dont parlait Antoine, entre Guernica et Picasso à Paris... Guernica que le monde entier connaîtra à travers lui, seulement à travers lui, sans photos ni reportages, à travers ce médium d'un massacre auquel il n'a pas assisté...

L'artiste est le reporter de l'invisibilité, le Japon est un lieu invisible et chacun en le traversant devient artiste, et se revêt d'un de ses mystères pour le transmettre au monde qui est le sien.

Dire au revoir à un pays que l'on aime, c'est parler de lui au présent, et inventer aux autres sa légende.

Demain Tokyo, pensa Adrien. Derniers jours d'un sas avant le retour vers un prénom, une histoire commencée envahie de décors, de visages, de mots familiers, d'un appartement, son monde, comme une série d'habits dont il allait se revêtir à nouveau, les empiler sur sa peau, pour se protéger du néant, de la nuit, d'une forêt amazonienne... Inextricable.

« Tu te souviendras de moi comme d'une ville? » demanda Keiko.

Adrien l'avait regardée. Il se disait qu'elle avait été le témoin innocent du premier désastre de sa vie et de la plus éblouissante rencontre que le monde lui eût offerte. Qu'elle avait dû souvent penser que les Occidentaux avaient bien du mal à se débrouiller avec le réel et l'invisible...

« C'est pour tout cela que tu m'as émue », lui avait-elle dit à l'hôtel d'Hiroshima. Elle l'avait écouté parler, raconter l'Afrique, Miléna, Neil Armstrong, l'enfant, le sien, celui de Miléna, le désarroi de la gare d'Ueno. « Mais pourquoi tu ne m'as pas parlé tout de suite? C'était ça l'important, pas le reste... Je t'avais pourtant écrit, dès le premier jour, *je vous aiderai en tout.* Tout, c'était aussi les questions, la peur, le désespoir... Pas seulement la traduction des mots... Ton histoire est l'histoire d'une femme, d'un homme, d'un enfant. Je t'aurais parlé comme une femme, de l'homme que j'avais en face de moi et des enfants comme je les imagine... je t'aurais parlé aussi comme une Japonaise, qui vit dans un pays où personne n'est religieux, mais où les dieux sont partout... qui sait que c'est la vie qui l'emporte, à chaque fois, mais croit dans le même temps à la force tenace de l'esprit, à son éternité...

Je t'aurais dit enfin : '' Si tu aimes cette fille, vis tes derniers jours avec ton enfant ici, abandonne-toi une ultime fois avec lui sans crainte, avec félicité, dans ce pays de l'invisible, dans ce pays qui tremble comme la peau d'une femme, ce pays où commence le soleil, puis confie-le au dieu *Jizo*, ou au dieu des poupées qui parlent, ou au dieu des enfants qui ne sont pas encore nés... – tu n'as que l'embarras du

choix ! – et repars dans ton pays délivré de ton secret,
amoureux, ambitieux, prêt à affronter un dragon
pour la femme que tu as choisie. Aime-la, soutiens-
la, tu t'es donné tellement d'importance ! Tu aurais
dû apprendre tout cela ici : te fondre dans les foules,
savoir perdre de ton identité pour entrer dans une
autre, étrangère, celle qui te semble être la plus belle
du monde... ''

C'est cela que je t'aurais dit, Adrien, si tu m'avais
parlé tout de suite comme à une femme... Peut-être
qu'il n'est pas trop tard, pour te le dire maintenant,
cette nuit à Hiroshima, après que nous venions de
rencontrer *l'Empereur des ombres...* »

« ... L'enfant exalte, il est une source où puiser l'arrogance et la piété envers un monde indifférent, pour s'allier à lui, être l'ombre des forêts, l'à-pic des falaises, le parfum des genêts...

Avec rapidité, avec puissance, il voyage entre les replis de la Sierra Madre, vers les schistes et les micas de l'Armorique, vertical, horizontal, il se déplace sans ombre, sans regret, fier d'être là où il se trouve, curieux et fasciné par les beautés du monde qu'il rencontre à chaque instant, par le réel qu'il effleure ou fracture sans jamais éprouver la moindre nostalgie de n'en être pas l'habitant... Chaque pico-seconde est remplie de vitesse et de lumière, d'éclats de ciel et du scintillement des marées, et il ne peut se lasser de cela... »

Leurs dernières heures ensemble? Adrien hésitait. Pourtant il le fallait. « Il le faut! se répéta-t-il, pour elle, pour moi... Pour une histoire à poursuivre, à vivre dans le monde, aujourd'hui, maintenant, demain avec Miléna. Abandonner l'étrange voyageur au pays du commencement des jours... »

Un bruit de pas, on sonna à la porte. Miléna l'avait complètement oubliée... Julie vit aussitôt les yeux rougis et la pâleur. Elle n'avait plus devant elle la fille aperçue l'après-midi à la fenêtre d'un taxi... Un visage fatigué, las et qui ne souriait plus... Elle devina. Sans savoir ce qui s'était réellement passé, elle sut que deux mondes venaient de se rencontrer et s'étaient brisés l'un contre l'autre.

— Tu as eu des nouvelles?

Miléna montra la lettre et fit un signe vers le répondeur.

— Déshabille-toi, je vais faire du feu, dit Julie...

Elle alla dans la salle de bains prendre un peignoir et prépara du bois. Elle se taisait. Elle fit bouillir de l'eau.

— Tu vas boire du thé...

— Quel âge tu as? demanda Miléna.

— Trente et un...

— Tu as des enfants?

— Un garçon... Il a dix ans, répondit Julie en souriant.

Elle roula en boule plusieurs feuilles de papier journal, posa le bois dessus et alluma avec un briquet en argent. Miléna qui la regardait accroupie devant la cheminée remarqua avec un presque sourire ses bas noirs... Quand le feu fit de longues flammes et que son souffle gronda dans l'appartement, Julie se retourna vers Miléna...

— Je t'avais trouvée tellement émouvante dans *les Trois Sœurs*...

Miléna s'était déshabillée, avait enfilé le peignoir.

Julie revint de la cuisine avec un plateau, une théière, du miel et deux tasses.

– J'aurais dû passer chez un pâtissier.

– Je n'ai pas faim... Je suis contente que tu sois là.

Elles étaient toutes les deux assises devant le feu, chaud, fascinant à regarder.

Julie savait qu'il allait falloir emplir cet appartement de sons, ceux de sa voix, que Miléna avait besoin de s'emmitoufler dans un duvet de phrases qui racontent des choses de la vie et la feraient peut-être sourire... Alors, elle allait lui parler de quelques-uns des hommes rencontrés aujourd'hui, des préservatifs qu'il lui fallait désormais acheter en gros, de son rendez-vous du lendemain chez un couturier : ses tracas et délices en somme...

Miléna ne détournait pas les yeux de la cheminée et buvait son thé par infimes gorgées, comme si cela devait ne jamais s'arrêter.

Julie n'avait pas menti, elle avait été bouleversée au théâtre, quand elle avait vu cette fille jouer Irina. D'où était venue cette attirance... Elle avait souvent repensé à ce visage, un mélange de force et de naïveté, et quand elle tirait les cartes du tarot, le soir, pour elle, elle regardait l'arcane de l'Etoile et ne pouvait s'empêcher d'y reconnaître Miléna.

Julie raconta des épisodes de sa vie, de la première fois où elle fit payer un homme et comment cela était devenu une facilité puis une habitude, montra une photo de son fils Pierre, parla avec nostalgie d'un homme qu'elle avait aimé, et comment, aussi elle n'était jamais parvenue à retrouver ce sentiment. Elle dit à Miléna que l'amour était rare, et que l'on garde une amertume à jamais d'en avoir été dépossédé. « Alors on vit avec cette maladie chronique du non-amour, une vie qui se glisse entre celle des autres, sans crisser, sans faire le moindre bruit puisque rien n'exulte ni ne chante au fond du corps... »

C'est de cette manière qu'elle vivait depuis une dizaine d'années, comme des millions d'autres qui rient, vont au cinéma, fument des cigares, chuchotent la nuit parfois pour eux-mêmes, mais se taisent sur l'essentiel, cette vie sans amour... « La mort est indolore, c'est la vie qui est une perpétuelle incertitude de n'avoir pas à aimer, de ne pas rencontrer l'amour, de n'être jamais tranquille avec cela, de n'être qu'incertain, inassouvi, en quête de trouver un visage de rêve à chaque coin de rue... »

Julie savait bien d'autres choses, parce qu'elle écoutait les confidences, les plaintes, les secrets murmurés entre ses cuisses, sur sa peau, sur le lieu de sa « géométrie à dentelle noire ».

Certaines personnes parlent, d'autres écoutent. Julie faisait les deux. Elle parlait avec les femmes et écoutait les hommes.

Elle voulut savoir ce qu'Adrien avait écrit, à propos de l'enfant, et ce qu'il avait dit sur le répondeur. Miléna se boucha les oreilles pour ne pas entendre à nouveau cette voix lointaine qui sortait du petit haut-parleur. Julie lut la lettre puis la rendit aussitôt à Miléna.

— Tu voulais comprendre ce que je t'ai dit l'autre jour...

— Tu as exactement dit : « Je sais plusieurs choses sur les enfants des hommes et sur ceux que désirent les femmes... Fais attention! »... J'y ai repensé si souvent que je le sais par cœur, dit Miléna.

Julie feignit l'étonnement devant tant de précision, puis elle dit que l'avortement était la pire des choses pour une femme, qu'elle avait avorté deux fois et que cela la faisait encore rêver et se réveiller, couverte de sueur... Elle parla d'Adrien, et dit qu'elle savait ce qui lui arrivait, le devinait, certains hommes lui avaient parlé d'enfants extraordinaires qu'ils avaient eux aussi rencontrés.

Julie regarda Miléna. Elle sembla hésiter, prit une longue respiration, puis se lança :

— Si tu gardes l'enfant qui est en toi, il faut que tu saches qu'il sera à jamais nostalgique d'un paradis : l'univers, exécrant la terre et le monde des humains. Il te haïra et pourra avoir envie que tu meures pour l'avoir enfermé dans un corps, obligé à n'être plus libre comme lorsqu'il était avec son père, de l'avoir contraint à vivre, à souffrir, et qu'à cause de cela il ne cesse d'avoir mal et d'errer à longueur de vie au bord de l'éternité.

— Mais c'est monstrueux ce que tu racontes là!...

Imperturbable, Julie continua...

— Il y a encore une chose que je dois te dire... Ne me demande pas comment je sais cela... Si ce renoncement n'est pas fait par toi maintenant, c'est lui qui le fera... Un jour, plus tard, les enfants ont toutes sortes de pouvoirs... Quand tu entends parler d'accidents, à la montagne, à la mer, dans les déserts, en voiture, et que cela arrive à des femmes, tu ne te poses jamais de question, parce que cela fait partie des listes de faits divers devenus banals. Souvent ce sont de vrais accidents, je veux dire, sans aucune cause cachée... Mais d'autres fois, si on cherchait dans l'histoire de ces femmes, dans l'histoire de l'enfant qu'elles ont voulu avoir à tout prix, opposé à celui qu'imaginait l'homme avec lequel elles vivaient, et si les hommes osaient se mettre à parler de cela, faisaient l'effort de remettre au grand jour une histoire qu'ils ont voulu oublier, tu verrais que j'ai raison et que ce n'est pas une idée à sensation pour t'impressionner... Je suis un corps anonyme à qui parfois on confesse tout... Certains hommes m'ont raconté ces histoires, ils pleuraient... Des années et des années après.

– Mais tu es complètement folle... Tu joues les sorcières... Je ne peux pas te croire, je ne peux pas t'écouter! Vous êtes tous fous, toi, lui... Mais où je suis, moi, au milieu de tout ça avec mon enfant?

Miléna se mit à crier, à pleurer, à crier plus fort encore...

– Mais je ne veux pas arracher cet enfant de mon corps... Il est là, vivant, à moi, attaché à ma vie!

– Je t'ai dit tout à l'heure que j'avais avorté deux fois, et c'est la pire des choses... Une des deux fois était pour la raison que je viens de te dire. Comprends, Miléna, je ne t'ordonne rien... J'ai seulement le sentiment de savoir des choses que tu ignores... Je te dis aussi que le seul moment où la vie est encore un brouillon, c'est quand elle se trouve dans le corps des femmes... Après, cela s'appelle un homme, cela s'appelle une femme et son existence n'aura lieu qu'une seule fois...

Elle écrasa une demi-cigarette au fond d'un cendrier.

– L'enfant qui naît ne doit pas être que l'enfant de deux sexes... Il doit être l'enfant de deux cœurs, de deux désirs, de deux âmes, de deux imaginations, de deux paroles... Personne au monde ne peut t'empêcher de garder ce que tu considères à toi, faisant déjà partie du flux de la vie, mais ton renoncement peut ne pas être un acte stérile s'il sert à inoculer à l'homme que tu aimes ce désir que tu portes en toi d'avoir un enfant avec lui, pour en faire un plus tard, à un autre moment de la marche du temps, quand vos idées d'un enfant dans le monde se seront épousées. Et il sera vivant comme tu le désires, imaginant comme il le désire, réinventant à son tour l'alchimie des possibles et de l'impossible pour créer de l'inédit et continuer le monde.

Elles restèrent longuement silencieuses. Miléna

fixait le feu, comme si elle ne pensait à rien d'autre.

Julie vit sa montre...

— Maintenant, prends un calmant, il faut que tu dormes. Demain ce sera un peu plus clair...

— Mais non, rien ne sera plus clair... Ce que tu m'as raconté est tellement abominable!

— Je ne t'ai donné que des repères, Miléna, tu restes maîtresse de tes choix... Mais je pense qu'à présent, tu en sais plus qu'avant mon arrivée, et quand on a à choisir, il vaut mieux savoir pourquoi on fait certaines choses ou pourquoi on ne les fait pas...

— Adrien dit ça aussi... Moi je pense que si on savait tout avant d'agir, on ne ferait jamais rien... Tout serait ou trop effrayant ou trop compliqué... L'instinct ça existe aussi, non?

— Tu m'en veux?

— Salut Julie!

— Salut petite.

Elles ne s'embrassèrent pas.

26

Miléna se retrouva seule. Il était presque minuit.

Une pensée était entrée en elle, insidieuse, obsédante. Elle hésita à cause de l'heure tardive, mais n'imaginant pas passer une nuit avec cette question sans obtenir d'éclaircissements à défaut d'une explication, elle appela son père.

— Je te dérange?

— Non, j'écrivais. Tu es rentrée?

— Cet après-midi... Je peux te parler un moment?... J'ai quelque chose à te demander...

— Pour que tu m'appelles à cette heure-là, il faut que ce soit important... Adrien?

— Non, moi.

— Je t'écoute.

— Je voudrais que tu me... qu'on parle de maman...

— Maintenant, comme ça...

— C'est une belle heure la nuit, non, pour parler de sa mère? Je voudrais me souvenir, et je ne me souviens de rien... J'ai seulement une image d'elle, en voiture, une image de dos. Je ne vois plus son visage me parler ou me sourire... J'ai cette image de sa nuque, de ses cheveux et toi à côté qui conduis... Je n'ai pas le souvenir de sa voix, comme si elle avait été un silence... Je vois aussi deux boucles d'oreilles en métal doré, énormes, qui m'effrayaient...

— Toi, tu étais une petite fille capricieuse, jolie, mélancolique, à qui on pardonnait tout, ta mère et moi.

— Mais quand elle est morte, où j'étais, qu'est-ce que je faisais? Qu'est-ce que j'ai dit?

– Il y a des milliers de choses à dire... Quand l'accident est arrivé, c'était au printemps, tu étais à la maison... Mais qu'est-ce qui se passe Miléna?

– Il se passe que j'attends un enfant et que je me trouve toute seule avec ce désir.

– Adrien t'a demandé quelque chose?

– Non. Il est loin, mais je sais que... Mais toi, à quoi tu pensais quand ma mère était enceinte? Tu pensais à moi de quelle manière?

Il y eut un silence. Miléna attendait.

– Tu es là?

– Oui... C'est tellement loin... Je pensais à toi comme un père qui attend son enfant...

– Ne mens pas, je t'en prie... Elle était agressive, énervée. J'ai tellement besoin de savoir!... Ou on m'en dit trop, ou on me ment, ou on se tait... Et moi, je suis là à me pâmer d'amour pour un enfant qui existe à peine, et que personne n'attend... J'existe... Je suis une femme enceinte, et je veux savoir à quoi pensait mon père quand ma mère était aussi enceinte. Voilà, c'est simple... Et tout semble si compliqué.

– Calme-toi ma petite fille... Tu es seule?

– Bien sûr!

– Je prends un taxi, j'arrive.

C'est lui qui raccrocha.

En l'attendant, elle relut la lettre d'Adrien, puis la plia en deux, la déchira et la jeta dans le feu. Elle fit tomber de la braise d'une bûche à moitié consumée. Elle regarda par la fenêtre, alluma une cigarette, tira quelques bouffées, puis l'éteignit.

Elle se sentait morte, fatiguée, vidée de sa vitalité. L'homme qu'elle aimait était dans une île, à des milliers de kilomètres. Huit heures d'avance sur elle, il retrouvait déjà un matin, une nuit les séparait. Une nuit immense, faite d'incompréhension, de silences, peuplée de diables et de figures grotesques, d'un enfant mystérieux qui l'avait envoûté...

« L'enfant de l'homme, dit-elle. L'enfant d'Adrien, l'enfant qui ne veut pas vivre. »

Son père fut là. Il la prit dans ses bras, la serra comme un amant, tendrement, contre lui, elle s'y blottit, se retrouva petite fille, jeune fille, quand c'était lui le seul homme qu'elle embrassait et qu'elle aimait...

Elle servit de l'alcool, de la zubrowka. Ils burent ensemble. Ils furent long à trouver la brèche par où engouffrer les premiers mots. Miléna parla des messages du répondeur, de la lettre, se tut sur Julie. Ivan Pallach parla de ce qu'il pouvait savoir des pensées d'Adrien, il parla de lui, de Prague, de Miléna.

— Mais quelle sorte d'enfant j'étais avant que maman n'ait l'accident?

— Plutôt sauvage, solitaire. Tu as découvert que tu avais une sœur bien plus tard... Avant, c'était comme si elle n'existait pas...

— Avant l'accident?

— Peut-être, je ne sais plus... Après sa mort, je me souviens à présent – j'ai pensé que l'affection de ta mère te manquait – tu t'es mise à aimer les arbres, les écorces, les pierres, le fleuve, tu voulais tout toucher. Tu rapportais des galets, des feuilles, des branches, de la terre que tu mettais dans des pots ou des boîtes en fer... La maison était envahie de petites choses que tu ramassais dans la rue, dans le parc où on se promenait. Tu m'as demandé une fois : Est-ce que je peux emmener tout Prague dans ma chambre? Tu as voulu apprendre à nager, alors que tu avais une peur bleue de l'eau... Tu disais souvent : J'aime tant les gens, je voudrais passer ma vie à les aimer...

— Mais le jour de l'accident?

— Elle venait d'interviewer Dubceck pendant trois

jours de suite, pour faire un long portrait, et elle était tout heureuse de la manière dont cela s'était passé. Pour se détendre et penser à son article elle a voulu vous emmener Sabina et toi faire une balade en forêt. Il faisait beau, c'était le printemps. Tu as dit : Je déteste la forêt, je déteste les promenades en voiture, je déteste...

— Quoi?

— ... le soleil dans les arbres... Ta mère et moi on s'est regardés et on a éclaté de rire. Elle a haussé les épaules et on a pensé à un caprice de plus... Tu as même affirmé : Sabina aussi déteste le soleil dans les arbres... On a tous ri de toi, tu t'es sauvée en pleurant, vexée, et ta mère est partie avec Sabina. Voilà.

— Tu peux dormir ici si tu veux... Le lit est grand. Si ça ne te dérange pas...

— Tu préfères?

— Oui.

Quand ils furent couchés, allongés côte à côte, leurs regards perdus dans l'obscurité, Miléna put enfin poser la question qui la harcelait depuis le début :

— Mais toi, tu m'as désirée, tu m'as imaginée comment quand maman était enceinte? Est-ce que c'était dans ta tête comme pour Sabina?

— Non, ce fut différent.

Ivan Pallach, avec beaucoup de difficultés, dit à sa fille ce qu'il avait commencé à confier un soir à Adrien. Ce sentiment que quelque chose se formait d'un côté, et se défaisait de l'autre. Il raconta sa tristesse, sa mélancolie d'alors, son impuissance devant la vie qui s'enflait dans le corps de sa femme et son enfant à lui qui disparaissait au fur et à mesure.

— Parle-moi de ça, je t'en prie, ose me dire les

mots, me dire ce qu'était ton enfant, ce que j'étais moi dans ta tête avant de vivre. C'est quoi l'enfant d'un homme?

Dans cette nuit, allongé à côté de sa fille, il murmura que c'était une perfection, quelque chose qui ne peut s'altérer, se dégrader. Une rencontre magique, en dehors de la compréhension habituelle des choses, une rencontre secrète avec le centre du monde, le centre des choses, le centre de la matière... La rencontre avec un être évident, essentiel...

– Il était... *Tu* étais mon confident, mon amour extrême, nous étions ensemble à tout moment, en tout lieu, et toi tu voyageais au travers du temps pour me raconter ensuite les sommets que tu avais approchés, l'océan traversé, les volcans survolés... Tu fus la plus belle aventure de ma vie d'homme, la plus extravagante, la plus inhumaine, car avec toi, j'étais relié à l'univers, aux étoiles, au bleu du ciel, à l'espace des silences. J'ai écrit à ce moment-là mon roman le plus fou, le plus échevelé, où toutes les langues du monde s'entremêlaient, où les sentiments étaient parvenus à se libérer des corps pour jaillir et exulter à la surface du monde... Quand tu es née, je l'ai brûlé, de rage, déchiqueté, il y avait là tant de mots sublimes, inédits, que je ne saurais plus jamais inventer, et ç'aurait été un malheur permanent pour moi d'avoir encore accès à une seule de ces lignes. Pour ne pas vivre inconsolable d'avoir rencontré la perfection, d'avoir eu le pouvoir d'entrer dans le cœur des gens, les décors du monde, dans les cerveaux où s'inventaient les gestes les plus parfaits, les desseins les plus somptueux, j'ai brûlé ces feuilles qui toutes flamboyaient de ta présence, parce que tu avais été là, dans moi, autour de moi, toi ma déesse, comme une divinité, éclairant ma main, mes pensées... Ce roman était la trace de l'aventure parfaite que nous avions vécue ensemble, le souvenir inconsolable d'un mariage d'amour et d'imaginaire, puisqu'il affirmait que l'esprit peut tout, quand il se libère du poids du monde, du poids des souffrances, du poids de vivre...

Miléna était serrée contre son père.

— Et tu as grandi... Ta mère qui t'avait tant désirée, qui avait attendu que je me décide, te couvait d'amour, d'attentions, et toi, tu venais sans cesse vers moi... Je devinais pourquoi, et je me taisais... Nous nous regardions si étrangement que j'étais certain que tu te souvenais de notre secret, et qu'en me regardant tu retrouvais des bribes de tes voyages... Il y avait parfois tant de tristesse dans tes yeux de petite fille.

Ils parlèrent longuement. Enlacés.

— Ma petite, mon amour de fille, il faut savoir pourquoi il y a tant de forces qui nous empêchent de vivre la vie que l'on rêve de vivre, et il faut apprendre à en rire, vraiment apprendre à rire, pour sortir vivant de tout cela. Il n'y a que le rire et l'ironie qui peuvent sauver ce qui peut être sauvé...

— Je voudrais tellement rire de tout ce qui m'arrive aujourd'hui... Il faut que je sache ne plus pleurer et apprendre à rire... Je vais apprendre à rire. A rire...

— ... en gardant ton esprit innocent et ton cœur inspiré.

Ils s'endormirent au matin.

Quand son père fut parti, Miléna téléphona à Sabina qui se trouvait encore à l'hôpital.

— Je peux venir te voir?

— Dans une heure chez moi, si tu veux.

— Non, tout de suite.

27

Dernier soir à Tokyo.

La neige, le froid, le ballet des taxis, un geste, une voiture s'arrête, la porte arrière déjà ouverte... Chauffeurs à gants blancs, repose-tête à housses de dentelle. Parfois une télévision miniature à l'arrière. Alors qu'il n'avait toujours vu du métro que des images d'un enfer surpeuplé, tout l'après-midi, Adrien photographia des rames à moitié vides, fasciné par les voyageurs assoupis, droits, une politesse discrète dictant encore la règle du bien-dormir-dans-le-métro. Visages endormis de petites filles, de vieillards, images de la vie devenue invisible et de la mort qui fait semblant... Etrange union du voile et du jeu où, parce que le corps présent s'endeuille d'un regard, il prétend faire croire à l'absence.

Comment parvenir à photographier la politesse, se demanda Adrien.

Il était là avec *l'enfant*, leurs dernières heures, lui parlait en marchant dans cette ville qu'il aurait voulu nommer : *Aujourd'hui*. Un soir, une nuit et une journée à l'écouter encore, et toute la vie pour se souvenir de cela. Keiko l'avait convaincu, l'enfant et lui s'abandonneraient au pays où commence le soleil...

Adrien regardait le nombre, l'innombrable, la foule, les milliers de visages, les néons hauts de plusieurs étages, entrecroisés de rouges, de mauves, de jaunes, de bleus, créant des mouvements verticaux, horizontaux, zigzagués, les ascenseurs extérieurs, rampant à la verticale sur vingt étages. Des trains ultrarapides traversaient les ponts métalliques, leur phare rouge à l'avant dessiné en ogive de fusée, ils partaient vers l'île du Nord, Hokkaïdo, ou vers l'île du Sud, Kyu Shu.

Cette ville, où le futur est un luxe, une victoire sur le temps, non un dû, devrait s'appeler *Aujourd'hui*.

Sans avoir à frapper deux fois dans ses mains comme au temple shinto, *l'enfant* était là, répondant à l'appel de sa pensée. Demain soir, ils se quitteraient dans un aéroport, ce lieu même où ils s'étaient rencontrés... Avant cette rupture, Adrien voulut donner un nom, à lui, l'enfant sans visage, innommable... Un nom pour les temps futurs où il l'évoquerait, parlerait de lui avec Miléna, le désignerait aux autres. L'enfant d'homme devait avoir un nom, pour être un repère dans le langage, pour qu'il puisse être retrouvé dans ce pli d'univers où il avait été la folie d'Adrien, sa passion, une passerelle d'éternité... Dans ce nom, il y aurait *A*, la première lettre de l'alphabet, la première de son propre nom, et il y aurait *Hon*, qui veut dire commencement, comme le lui avait appris Keiko dès le premier soir.

A-Hon, l'enfant des commencements.

Adrien se retrouva à Roppongi, un quartier du soir aux femmes élégantes, aux boutiques de mode luxueuses, aux Tokyoïtes friqués qui sortaient pour être vus... Il marchait, attiré par une vitrine, par une devanture, un magasin de disques, l'entrée d'un restaurant de *sushi*, de la neige salie sur les trottoirs.

Brusquement, comme s'il s'était senti bousculé, happé, il bifurqua vers des rues transversales, étroites, et s'enfonça à l'intérieur d'un labyrinthe bordé de maisons élégantes, de jardins, l'arrière d'un décor, à trois minutes des projecteurs et du bruit des représentations. La neige avait à peine été foulée, un réverbère de temps en temps jetait une pâle lueur sur ce luxe discret.

Au fond d'une impasse où ses pas l'avaient mené, il se trouva face à une somptueuse maison de brique rouge, une plaque en cuivre sur le portail, et dans le vaste jardin qui la longeait, une volière gigantesque, aussi haute que la maison, éclairée de projecteurs... A l'intérieur, un aigle le regardait. Le bec impeccablement dessiné, le plumage ocre et blanc, deux yeux fixes, un aigle royal... Un aigle, Tokyo, la nuit, Adrien s'était arrêté net. Ils se regardaient à présent. L'animal était immobile, pas un geste, pas un frémissement de plumes, planté tout en haut d'une spirale de verre, ses serres s'enroulaient autour d'une barre de couleur noire. Adrien ressentit un malaise, un embarras, et ce froid qui le pénétrait... Il remonta son col de manteau, serra les coudes contre ses hanches. Transi. Il tremblait... Puis l'animal, sans détourner son regard, poussa un cri strident, un cri horrible qui traversa les parois de verre pour pénétrer le corps d'Adrien tout entier. Aigu, net, coupant. Un cri de lame qui plonge dans la chair, un cri de fond de la nuit et qui le bouleversait... Il regarda autour de lui, se vit seul dans cette petite rue, face à un aigle qui avait ouvert grand son bec et criait... Un cri lancé dans l'ombre d'une ville inconnue, sur cette île de typhons où la terre tremblait... Il ne pouvait se résoudre à quitter cet endroit, meurtri par ce qui le transperçait, une blessure de tout le corps, un éclat et quelque chose qui se vidait en lui, le quittait, s'enfuyait... L'animal n'avait pas cessé une seconde de le regarder, puis il s'était tu. Un homme habillé de blanc, une longue chasuble descendant jusqu'aux pieds – le moine imaginé à la gare d'Ueno – s'était approché de l'oiseau, lui avait parlé, sans qu'Adrien pût entendre aucun son de voix. L'homme regarda vers l'extérieur, vers le lieu que fixait l'aigle royal, et il vit un pauvre hère d'étranger dans la nuit et le froid, un *gaijin*, qui ressemblait à un mendiant, pâle, les yeux accrochés à ceux de l'animal et qui s'enfuit brusquement, laissant derrière lui, au-dessus de ses pas dans la neige, la trace d'une ombre bleutée, étrange, qui disparut bien vite dans la nuit.

Adrien courut dans les petites rues sombres, et ne se remit à marcher que lorsqu'il aperçut à nouveau les façades du quartier avec leurs enseignes lumineuses, les voitures, les néons, tout ce bruissement qui le rassura... Mais il tremblait. Il avait appelé l'enfant pendant qu'il courait... Appelé encore, mais rien ne lui avait été répondu. Il était reparti en arrière, avait supplié, couru, traversé des cours, mais sa voix s'était perdue au milieu des jardins... Aucune réponse, l'enfant avait disparu. Les yeux levés vers le ciel, Adrien n'aperçut que la vapeur orange de Tokyo qui s'y projetait, une douleur lancinante dans tout le corps.

Ses yeux se brouillèrent, il était glacé... Du chaud à boire, du chaud à entendre, des paroles... Il monta dans un taxi et indiqua le seul endroit de Tokyo où cette chaleur pouvait lui être offerte, l'enrober : Golden Gaï.

Dans une rue où les panneaux de cinéma couvraient des immeubles entiers, il quitta le taxi et fit quelques mètres avant de se faufiler dans le dédale de ruelles, et de bars et retrouver l'endroit où il était déjà venu. Il se perdit, revint sur ses pas, prit une autre rue, il ne savait plus si c'était la seconde ou la troisième sur sa droite. Quand il lut sur un petit panneau *la Jetée*, il se sentit presque délivré du mal qui l'enserrait et gravit les escaliers.

En ouvrant la porte, derrière la fumée des cigarettes et les visages des consommateurs, devant le bar, assis au comptoir, face à la Joconde aux yeux fendus, une nuque rasée qu'il reconnaissait, une veste

de baroudeur en toile, une écharpe de soie blanche...
Stalker était là. A Tokyo. Adrien eut envie de se jeter à son cou, de l'embrasser, de lui demander de le prendre dans ses bras. Connaissant sa réserve, il n'en fit rien, l'homme se retourna :

— Le Japon est mystérieux, et il n'y a rien de plus drôle qu'un mystère... Vous êtes tout pâle...

Il lui versa, dans un grand verre, du whisky des chats. Adrien but, et la chaleur de l'alcool, Stalker, le bar minuscule, tel un lieu du monde où le calme et la magie se mêlent, ajoutés aux mots qui s'y prononcent et à ceux qui ne sont que pensés, formèrent autour de lui un cocon bienfaisant où il se remit à respirer.

— Les corbeaux de Tokyo aujourd'hui utilisent le téléphone pour transmettre leurs nouvelles, dit Stalker. Je sais, ou j'ai deviné, que c'était vous, que vous aviez rencontré l'aigle royal de mon ami Musashi Ryu. Il m'a transmis ceci, au cas où je vous rencontrerais, ici ou ailleurs, mais j'ai senti qu'il savait que ce serait ici... L'aigle est le dieu de l'Ordre et de la Connaissance. Il règne sur les sommets, là où se rencontrent les montagnes de la terre et l'infini du ciel. C'est le messager des nouvelles de Première Importance, celles qui méritent de traverser les terrasses du haut du monde. Quand il se met à crier, comme il l'a fait ce soir, c'est qu'il annonce qu'après la fureur et le désordre, l'ordre peut à nouveau s'établir, et c'est lui qui sait remettre la vie dans les rêves, et les rêves dans la vie... Fin de message.

Adrien se mit à pleurer. Stalker fit comme s'il n'en voyait rien et lui dit :

— Je n'ai jamais cru au hasard, vous êtes là, je suis là, quoi de plus normal... Je crois seulement qu'il y a à l'intérieur de nous, des forces qui nous poussent vers des lieux, vers des gens, sans volonté, sans le but de les rencontrer... La flèche du tireur à l'arc n'existe pas, de même que l'arc, de même que le tireur, de même que la cible, tout est dans la perfection du geste et dans l'esprit du tireur qui sait que la vie, comme sa flèche, n'a aucun sens, mais qui s'arrange pour en faire un chef-d'œuvre... Peut-être que vous saurez un jour combien il était important pour moi que je vous rencontre aussi...

Il se tourna vers Adrien, le regarda :

— Ne pleurez plus, l'ordre divin n'est pas un ordre des prêtres... C'est l'annonce que la liste des choses qui font battre le cœur — qui s'était interrompue — peut reprendre désormais ses énoncés.

Stalker tendit à Adrien l'extrémité de son écharpe blanche pour qu'il s'essuie le visage.

V

LE RESTE DE LA VIE

« C'est fini, dit Miléna, tout est en ordre. »

Elle ne pleurait même pas... Dans la chambre de l'hôpital, Sabina auprès d'elle, Julie, Anne, toutes les trois avaient une main posée sur une partie de son corps, son épaule, ses cheveux, son poignet. Elles semblaient vouloir la protéger, que sa souffrance s'arrête exactement là où le déchirement avait pris fin, l'arrachement à son corps d'un enfant commencé.

« On est dans un drôle de monde, c'est une tragédie que plein de gens vivent, et on n'en parle jamais... » Une chambre de femmes dont chacune d'elles savait cela, l'avait vécu, l'imaginait, aurait à le vivre... Les femmes de la vie, attachées à elle, qui regardent leur sang couler, qui savent qu'il est un flux qui coule, qui va, le sang rouge des cuisses, venu du centre du corps, de là où naît l'amour, où la vie se forme, d'où elle s'en va.

Adrien venait d'arriver à Roissy. Miléna. Il ne pensait qu'à elle, n'avait vu qu'elle au-dessus des neiges de l'Alaska... Le taxi n'allait pas assez vite. La pluie, la banlieue, porte de la Chapelle. Dans l'entrée de l'appartement, il trouva son sac de voyage à peine défait, l'enveloppe de Kyoto sur la table, vide... Il n'imagina alors rien d'autre que ce visage différent qu'il allait retrouver, avec un autre regard, d'autres traits, d'autres pensées... Une femme avec une cicatrice en plein dans l'âme.

Elle dira qu'elle porte une plaie, une douleur insurmontable à la place de cet amour qui était tout. Peut-être ne dira-t-elle rien, qu'elle le regardera, et se demandera avec quels mots il tentera de dissoudre cette douleur... Mais le saura-t-il, que la mort a enfoui ses mains en elle, qu'elle est entrée dans son corps couverte de cette maladie d'Hiroshima? Saura-t-il imaginer ce que cela signifie pour une femme? Il dira que pour lui aussi, un enfant a disparu, exactement à la même seconde, qu'il a marché dans une ville étrangère en hurlant, en le cherchant, en l'appelant et qu'il n'est plus venu, sait-elle ce que cette folie disparue signifie pour un homme? Ils ne compareront pas leur souffrance, il dira seulement que c'est aussi une plaie sur le corps des hommes, cet enfant arraché au corps d'une femme.

Il s'approchera d'elle, tendra la main comme pour saisir une de ses pensées, elle laissera faire, ne dira rien, même si elle a encore de la haine dans tout le corps. Elle sourira, les femmes savent faire cela, sourire et ne rien dire... Parler, parler quand tout va bien, retrouver le silence quand elles viennent de rencontrer l'humiliation et le désarroi. Elles se taisent, et elles qui ne pensent qu'à la vie, se mettent à penser à la mort, sans fanfaronner, en silence, comme si elle était déjà là, présente en elles, venue les délivrer d'un souvenir qu'elles ne peuvent retirer de leur mémoire. Peut-être qu'il dira des mots tendres, qu'il ira chercher des éclairs ou des millefeuilles, un bouquet d'anémones, et qu'il lui parlera comme à une convalescente. Il dira que c'est lui qui va aller faire le thé, qu'il s'occupe de tout, qu'elle n'a qu'à rester là, assise avec ses deux oreillers dans les reins, son livre retourné sur les pages qu'elle lisait quand il est arrivé. Elle entendra les bruits venus de la cuisine, les tasses posées sur un plateau, l'allumette craquée pour allumer le gaz, et les portes des placards qui claqueront plusieurs fois parce qu'il ne se souviendra pas où se range la théière.

Ils ne parleront ni de la nuit à l'océan, ni du bleu du ciel, ni du Japon. Ils apprendront doucement de nouveaux mots, une autre manière de se parler, plus posée, feront attention à leurs rires, à leurs évocations du passé. Un jour, ils se mettront à penser à cette nuit où ils pourront refaire l'amour, cette nuit arrivera, et ils se serreront, resteront enlacés très longtemps, sans bouger, sans oser laisser leur voix trahir une déception ou une gêne.

Miléna tournera dans un film pour la télévision, Adrien écrira, avec Ivan Pallach son *Histoire des Commencements*. Ils feront comme si le temps avait tout arrangé, retourneront à des concerts, parleront du soleil, de la mer et d'une île lointaine où écouter le bruit des vagues, oublier. Il se regarderont tressaillir quand quelqu'un, autour d'eux, prononcera le mot *enfant*, et s'observeront détourner le sujet de la conversation. Elle tentera de retrouver son premier regard pour lui, il défaillira, croyant l'entendre pleurer, mais ce sera un rhume ou une poussière dans l'œil quand il croira y voir quelque chose briller.

Ils se retrouveront, sans l'avoir remarqué, dans une autre histoire. Différente. Son début leur aura échappé... Pourtant ils se prénommeront encore Adrien et Miléna, ils habiteront cette ville de grande importance, appelée autrefois *Ville lumière*, et il sera attendri en la voyant revenir, un soir par la fenêtre,

tout à ses pensées, souriante, son pied droit légèrement tourné vers l'intérieur. Il pensera aux oiseaux
migrateurs de Tchekhov, et se demandera si c'est
d'aller le retrouver qui lui donne ce sourire, ou
simplement le bonheur de marcher dans le monde.

*Qu'Yves Coppens, José Ferré,
Dominique-A. Grisoni, Delphine Lefaucheux,
Chris Marker et Tatsuji Nagataki soient ici remerciés
pour leurs conseils et leur présence.*

Y.S.

TABLE

Le Livre de Poche

Extrait du catalogue

Yves Simon

L'Amour dans l'âme   5563

« Leurs adolescences derrière eux, Antoine et Angéla marchaient beaux et uniques sur un morceau de monde. Lueurs des rues de Paris, ils mangeaient des blinis à la crème, écoutaient des saxophones rageurs, écrivaient des mots d'amour sur les murs d'aujourd'hui. Plutôt qu'une vie sans rien, ils allaient s'offrir le luxe de pouvoir la perdre et de ne pas en souffrir.

Nous sommes des étoiles, qui tombons,
qui tombons, l'amour dans l'âme,
vers la nuit et les rochers d'océan. »

Y.S.

Transit-Express   5725

Soudain libéré de ce qui l'attache au quotidien, Marco est embarqué dans la plus étrange des aventures, en compagnie de nombreux autres « voyageurs » captivants et singuliers. Tandis que le train traverse des pays de neige et des villes lointaines, des régions dévastées, des vallons riants ou des paysages de ruine et de guerre, ce petit groupe d'errants roule vers son destin... Pour Yves Simon, respirer, c'est chanter, et chanter, c'est partir un peu. Mais l'écriture aussi lui est un voyage, à la recherche « des milliards d'histoires qui se promènent dans le monde ». *Transit-Express* en recueille quelques-unes, au passage, dans le train-fantôme de l'imagination.

Océans   5972

A Monterville, station thermale de l'Est de la France, les océans sont de lointains mirages pour Léo-Paul Kovski, tendre et fantasque enfant des années 60. Pourtant, un jour, après une longue fugue, Léo-Paul rencontrera l'océan, lieu poétique et géographique de toutes les imaginations. Dès lors il s'évadera de son enfance, quittera ses parents et ira vivre ailleurs. Ce sera Paris, le travail, les femmes, la violence, la littérature, la réussite. Et aussi l'étrange, l'inquiétude, les voyages.

IMPRIMÉ EN FRANCE PAR BRODARD ET TAUPIN
Usine de La Flèche (Sarthe).
LIBRAIRIE GÉNÉRALE FRANÇAISE - 6, rue Pierre-Sarrazin - 75006 Paris.

ISBN : 2 - 253 - 04989 - 1   ✦ 30/6634/7